장미 비파 레몬

薔薇の木 枇杷の木 檸檬の木
장미 비파 레몬
Copyright ⓒ 2000 by Kaori EKUNI
First published in Japan in 2000 under the title
"BARA NO KI, BIWA NO KI, REMON NO KI" by Shueisha Inc.
Korean translation rights arranged with Kaori EKUNI
through Japan Foreign-Rights Centre&Imprima Korea Agency

이 책의 한국어판 저작권은 Japan Foreign-Rights Centre/Imprima Korea Agency를 통해
Kaori EKUNI 와의 독점계약으로 (주)태일소담에 있습니다.
저작권법에 의해 한국 내에서 보호를 받는 저작물이므로 무단전재와 무단복제를 금합니다.

장미 비파 레몬

펴 낸 날 │ 2008년 10월 17일 초판 1쇄
           2016년 8월 31일 초판 12쇄

지 은 이 │ 에쿠니 가오리
옮 긴 이 │ 김난주
펴 낸 이 │ 이태권
펴 낸 곳 │ (주)태일소담
           서울시 성북구 성북로8길 29 (우)02834
           전화 │ 745-8566~7 팩스 │ 747-3238
           e-mail │ sodam@dreamsodam.co.kr
           등록번호 │ 제2-42호(1979년 11월 14일)
           홈페이지 │ www.dreamsodam.co.kr

ISBN 978-89-7381-954-6 03830

• 책값은 뒤표지에 있습니다.
• 잘못된 책은 구입하신 곳에서 교환해드립니다.

장미 비파 레몬

에쿠니 가오리 지음
김난주 옮김

소담출판사

차례

옛날, 마당에 자두나무를 심어주었던 이에게.

제1장 ⭐

어느 멋진 날

가장 좋아하는 꽃은 프리지어였다. 청결한 향이 난다고 생각한다. 도우코는 프리지어에 시호와 스톡을 곁들여 초록색이 풍성한 꽃다발을 만들어달라고 했다.

젖은 종이 타월로 가지 끝을 말고 고무줄로 묶은 후 전체를 종이로 휙 감는 에미코의 정확하고 매끄러운 손놀림.

에미코는 손이 커다랗다. 전신의 균형을 생각하면 유독 크다. 도우코는, 일하는 여자의 손이라고 생각한다. 마디가 단단하고 긴 손가락은 힘이 세다.

"오늘은 검둥이랑 같이 안 왔네."

도우코가 내민 돈을 받아 들고 금전등록기를 열면서 에미코가 말했다. 벽에 매달린 갖가지 색이 알록달록한 리본, 카운터에 놓인 가위와 볼펜, 바구니에 담긴 사탕.

"집 지키고 있어."

새카만 스코티시 테리어에게 검둥이란 이름을 지어준 사람은 미즈누마다. 도우코는 처음에는 너무 흔하고 시시한 이름이라고 반대했다. 하지만 어떤 일에서나 결국은 남편의 의견이 옳다고 느끼는 도우코는 얘기를 하는 도중에 의견을 바꾸어 남편에게 찬성했다. 지금은 검둥이를 간결하고 친근하고 아주 세련된 이름이라고 생각한다.

결혼한 지 4년이 되었다. 그러니까 웨딩 부케를 만들어준 에미코와의 인연도 꼭 4년이 되는 셈이다. 꽃을 좋아하는 도우코는 한 달에 두세 번 에미코의 가게에서 꽃을 산다. 꽃 가게가 검둥이를 데리고 산책하는 공원 근처에 있기 때문이기도 하지만, 괜스레 그쪽으로 걸음을 하기도 한다. 계절에 따라 들어오는 꽃을 바라보며 식물이 뿜어내는 짙고 싱그러운 공기를 마시다 보면, 도우코는 신기하게도 마음이 가라앉았다.

"레이코 씨 요즘 만나?"

꽃을 건네면서 에미코가 물었다. 도우코는 고개를 젓는다.

"바쁜가 봐."

가게 밖까지 배웅 나온 에미코는 "그렇구나." 하면서 손으로 햇살을 가렸다. 하늘이 유난히 파랗다.

"시간 나면 같이 점심이라도 먹자고 전해줘."

도우코는 돌아서서 미소 지으며 고개를 끄덕이고는, 햇살 아래 서 있는 에미코가 멋지다고 생각했다. 미즈누마가 새 둥지 같다고 은근히 놀려대는 긴 파마머리는 물론 와일드하고 빗질이 가능할지 의심스럽지만 화장기 없는 얼굴에 잘 어울렸다. 스웨터에 청바지란 일상적인 차림새와 몇 번이나 빨아 색이 바랜 파란 앞치마도 모두 한데 어우러져 어떤 분위기를 자아내고 있었다.

"시노하라 씨에게도 안부 전해줘."

뒤로 걸어가면서 도우코가 말했다. 시노하라는 꽃 가게를 함께 운영하는 에미코의 남편이다.

"알았어, 미즈누마 씨에게도."

방긋거리며 말하고 에미코는 가게 안으로 들어갔다.

공원 안을 지나 집으로 돌아간다.

아아, 날씨 참 좋다.

도우코는 마음속으로 중얼거렸다. 꽃을 산 날은 자신이 착실하게 생활하고 있다는 느낌이 들어 기분이 좋다.

"야, 날씨 한번 좋다."

츠치야 다모츠는 자신보다 키가 2센티미터 크고, 늘씬한 다리에 하얀 면바지를 입은 여자 친구 옆에서 기지개를 켜면서 말했다. 샘플 전시장이 철수한 하루미 부두에는 사람 하나 없고, 콘크리트 위로 드넓은 바다가 보였다.

"정말."

여자 친구는 딱히 귀여운 것도 아닌 맹한 목소리로 말하면서 하늘을 우러러 눈을 감았다.

"츠치야 씨도 한번 해봐요. 이렇게 눈꺼풀에 햇살이 닿으면 얼마나 기분이 좋다고요."

츠치야는 이 젊은 여자 친구의 웃는 얼굴과 어딘지 모를 맹함, 그리고 불필요한 힘을 쫙 뺀 편안함이 마음에 들었다.

"눈꺼풀은 햇볕을 쪼이는 일이 별로 없잖아요. 그러니까 가끔 이렇게 해줄 필요가 있다고요."

"정말 그런데."

고개를 쳐들고 그러는 시늉만 내고서 츠치야는 주머니에서 담배를 꺼냈다. 저녁때 해야 할 일의 시간과 장소를 머릿속으로 확인하면서 마지막 한 모금을 깊게 빨아들였다. 이렇게 기분 좋은 장소에서 피우는 담배가 몸에 나쁠 리 없다고 편할 대로 생각하면서.

그렇게 눈을 감고 있어도 에리는 츠치야의 몸짓 하나하나를 다 알 수 있었다. 아, 지금 담배를 꺼냈네, 불을 붙이고 있군, 마지막 한 모금인가 봐. 츠치야의 동작은 늘 정확해서, 에리는 그 점이 마음에 들었다.

츠치야는 1년 전쯤, 잡지 광고를 촬영하다 만났다. 입욕제 광고였다. 말이 모델이지 일거리는 항상 소박했지만, 그렇다고 싫지는 않았다. 츠치야 역시 말이 카메라맨이지 늘 소박한 일만 일부러 가려서 하는 점이 인상적이었다. 그의 태도는 늘 진지하고 성실했고, 필요 이상의 열의를 보이거나 감상에 젖지 않았다. 일을 하면서 조수에게 이런저런 괜한 지도를 하지 않는 것도 좋았다. 점심을 먹을 때, 츠치야는 주문한 볶음밥을 한 톨도 남기지 않고 깔끔하게 먹고는 입을 닦은 종이 냅킨을 접시 위가 아니라 테이블 위에 놓았다.

꽤 괜찮은데.

에리는 그렇게 생각했다. 그것은 막연한 느낌이나 순간적인 직감이 아니라 냉철한 관찰의 결과였다. 에리는 그런 식으로만 남자를 좋아하리라고 다짐한 여자였다.

"날씨 정말 좋네."

이렇게 별다른 일 없이 밖에 나온 것도 오랜만이었다.

"어디 배나 한번 타볼까?"

츠치야가 그렇게 말하자, 에리는 츠치야의 팔에 팔짱을 끼면서 신이 난 목소리로 대답했다.

"타요, 타요."

한 달에 한두 번 만날 뿐이지만 에리는 이미 이 곰 인형처럼 땅딸막한 연상의 남자를 상당히 특별하고 없어서는 안 될 존재라 여기고 있었다.

케니 지를 들으면 가슴이 찡하다. 무언가가 가슴속을 건드린다.

꽃병에 꽃을 꽂고, 세면대와 수도꼭지에 물때를 없애는 액체 세제를 발라놓고 30분을 기다리는 동안, 도우코는 좋아하는 음악을 들으면서 와이셔츠를 다렸다. 이 사람의 음악은 왜 이렇게 내 마음을 약하게 만드는 것일까.

그래서 도우코는 혼자 있을 때만 케니 지의 색소폰을 듣는다. 가슴속, 아주 비밀스러운 부분이 공명하는 탓에 미즈누마에게는 보일 수 없는 것이다. 아주 오래전에 봉인한 고독에 몸부림치는 자신을.

수도꼭지를 다 닦은 도우코는 거실 바닥에 앉았다가 그대로 납죽 엎드렸다. 햇살을 오래 받은 마룻바닥에서 따끈따끈한 기운이 피어올랐다. 검둥이가 걱정스러워하며 온 얼굴을 핥아대는 바람에 더는 가만히 있지 못하고 일어났지만, 도우코는 화창한 날의 거실을 무척 좋아했다. 하얀 바탕에 초록색과 연보라색의 추상적인 무늬가 있고, 그 사이사이로 금색 천사가 날아다니는 호사스러운 커튼은 미즈누마가 주문한 것이다. 은은하게 빛나는 하얀 소파와―검둥이가 더럽히기 때문에 하얀 퀼팅 천으로 푹 씌워놓았지만―벚나무로 만든 묵직한 그릇장은 둘이서 고른 것이다.

여기에는 나만의 장소가 있다고 도우코는 생각한다. 집 안의 자잘한 것들은 자신이 책임져야 하지만, 동시에 자신을 비호해주기도 한다. 도우코는 그런 느낌이 좋았다.

"아이 착하지, 귀여운 우리 검둥이."

도우코는 검둥이를 살며시 쓰다듬으면서 다시 누웠다. 그리고 해가 기울기 시작한 거실에서 20분 정도 꾸벅꾸벅 졸았다.

미즈누마는 레이코의 소개로 만났다. 소개라고 해서 정식으로 자리를 마련해준 것은 아니었다. 사람을 초대하기 좋아하는 레이코는 그 무렵에도 주말이면 홈 파티를 열었고, 도우코는 파티의 단골손님이었다.

도우코는 친구들을 대접하는 레이코의 열의가 늘 신기했다. 그리고 자신에게는 그런 재능이 전혀 없다는 것을 절감했다. 그런데도, 아니 그렇기에 더욱 도우코는 레이코의 초대가 반가웠다. 요리 솜씨를 발휘하고, 음악을 선택하고, 손님이 따분해하지 않게 고루 신경을 쓰는 명랑한 레이코를 보는 것이 좋았다.

레이코는 고등학교 시절 친구 중에 졸업한 지 17년이 지난 지금도 친하게 지내는 유일한 존재다. 비슷한 구석이 하나도 없는데, 어쩐 일인지 감각은 맞는다. 옛날부터 그랬다. 아마도 둘 다 주위와 적절하게 거리를 유지하기 때문일 것이라고 도우코는 생각한다.

그런 레이코가 자신의 대학 시절 친구이며 '고지도 연구회'라는 색다른 동아리에서 함께 활동했다는 미즈누마를 소개해주었을 때, 도우코는 유난히 호리호리한 사람이네, 하고 생각했다. 아이보리색 꽈배기 무늬의 고급스러운 스웨터를 입은 미즈누마는 닭찜 냄비를 앞에 두고서 무척이나 더운지 내내 볼이 발갛게 달아올라 있었다.

하기야 그때는 도우코에게 애인이 있어서, 그 볼이 발갛게 달아오른 호리호리한 미즈누마와 2년 후에 결혼하게 될 줄은 꿈에도 몰랐다.

일어나야지.

바닥은 따끈따끈한데 어깨 언저리가 서늘해서 도우코는 몸을 뒤척였다.

일어나서 검둥이랑 산책 가야 하는데.

해 질 무렵의 산책은 일과 중 하나다. 슈퍼에 가서 시장도 봐야 하고, 매일 공원에서 만나는 강아지 모임도 있다. 얌전히 옆에 누워 있는 검둥이도 속으로는 이제 나갈 시간인데, 하며 기대하고 있을 것이다.

아야는 딱히 꽃을 좋아하는 것은 아니었다. 그런데도 비교적 자주―어느 정도 빈도라야 자주라고 할 수 있는지 실은 잘 모르겠지만―꽃을 사는 것은 남편에 대한 빈정거림 또는 심술이었다.

남편 신이치를 아야는 구두쇠라고 생각한다. 생활에 여유가 없는 것도 아닌데 돈에 인색하다. 신이치가 좋아하는 음식은 스키야키다. 스키야키는 손도 많이 가지 않고 아들 유이치도 좋아하니까 저녁 반찬으로 곧잘 만드는데, 신이치는 반드시 고기 값을 묻는다. 그러고는 좀 더 싼 고기로 해도 되잖아, 라고 핀잔을 준다. 아야는 식도락가인 아버지의 귀여움을 받고 자랐기 때문에, 먹을거리에 짜게 구는 인간은 가난해진다고 믿고 있다.

꽃도 그렇다. 벌써 10년 전, 갓 결혼했을 때 일이지만 신이치에게 들었던 소리를 아직도 기억하고 있다.

―그렇게 비싼 꽃을 잘도 사는군.

결혼하면 집안에서 살림만 해주기를 바란 쪽은 신이치였다. 전문대를 졸업한 후 5년 반 동안 근무한 대규모 양주 회사는 월급에 남녀 차가 없어 매달 마음껏 쓸 수 있는 돈이 들어왔다. 물론 그때

같을 수는 없을 것이라고 각오는 했지만, 집에 들어앉아서 살림만
하라고 했으니 나름의 경제적 안정과 포용력을 기대하는 것은 당
연한 일 아닌가, 하고 아야는 생각했다.

　─꽃은 무슨 기념일이나 그런 때 사는 거 아냐?

　그때 신이치는 그렇게 말했다.

　─시들면 어차피 버릴 건데.

　그때의 충격이랄까 실망 때문에 아야는 일부러 자주 꽃집을 드
나들게 되었다.

　"오늘은 어떤 꽃으로 하시겠어요?"

　폭탄 머리 점원이 물었다. 이 점원의 시원시원한 말투는 언제 들
어도 기분 좋다고 아야는 생각한다.

　"글쎄."

　아야는 그다지 내키지 않는 기분으로 가게 안을 돌아보았다.

　"카네이션이 좋은 게 들어왔는데요."

　점원이 말했다. 가지 끝에 꽃망울이 몇 개나 맺힌 엷은 노란색 카
네이션이었다. 점원 말대로 아주 싱싱해 보였다.

　"그럼, 그걸로 하죠."

　아야는 그 카네이션을 다섯 송이 정도 샀다. 엷은 노란색이 양배
추나 배추 색을 닮았다고 생각하면서.

　차로 돌아와 보니 유이치가 아까 사준 주스 캔에는 손도 대지 않
고 게임에 열중하고 있었다. 게임기는, 용케도 저렇게 조그만 화면

에 집중한다 싶을 정도로 화면이 작다. 뒷자리에 카네이션을 내려놓고, 운전석에 앉아 안전벨트를 맸다.

"그만 해. 엄마가 돌아올 때까지만이라고 약속했지."

"아이, 씨."

초등학교 2학년인 유이치는 화면에서 눈을 떼지 못하고 발을 동동 굴렀다. 그래도 혼나고 싶지는 않은지 포기하고 금방 스위치를 껐다. 그러고는 엄마의 비위를 맞추려 목을 껴안았다.

"어리광 피우지 말고, 똑바로 앉아."

아야는 아들을 조수석에 앉히고 안전벨트를 매주었다.

"주스는?"

"마실래."

아야는 뚜껑을 따서 유이치의 손에 캔을 쥐여주었다.

하루 중 아들을 학교에 데려다 주고 데려오는 시간을 아야는 가장 좋아한다. 그 때문에 산 페스티바의―신이치의 차는 오토가 아니라서 아야는 운전하기가 쉽지 않다―햇빛 가리개를 내리고 천천히 액셀을 밟았다.

"오늘 학교는 재미있었니?"

"그런대로."

유이치는 심드렁하게 대답했다. 아야는 건방진 말투라고 생각했다. 말투는 건방지지만, 오동통한 옆얼굴은 뽀뽀를 퍼붓고 싶을 만큼 귀엽다.

"그런대로라니?"

그래도 끈질기게 유도한다.

"그런대로라는 건 말이지."

유이치가 사과 주스를 한 모금 마셨다. 어린애들은 시원한 것을 마시면 왜 이렇게 금방 목소리가 젖어 드는 것일까.

"그런대로라는 건, 수학이 재미있었다는 뜻이야."

유이치가 이번에는 주스를 꿀꺽꿀꺽 마셨다.

"천천히 마셔."

아야는 그런 유이치를 나무랐다.

"그리고."

유이치는 엄마 말은 들은 척 만 척, 젖은 목소리로 말을 이었다.

"그리고 독서 시간에 내가 빌리고 싶었던 책을 다른 반 애가 먼저 빌려 가서, 그래서 다른 책 빌리려고, 잠깐 휙휙 넘겨보았더니 재미있을 것 같아서, 그걸로 빌릴까 했는데, 또 보니까 재미가 없어서, 그래서 다른 책 빌렸어."

"흠, 그랬구나."

그렇게 대꾸는 했지만, 아야는 늘 유이치가 무슨 소리를 하는지 잘 알아듣지 못한다.

빨간 신호에 걸려 차를 멈추자, 슈퍼마켓 앞에 예의 검은 개가 묶여 있는 것이 보였다.

"에방타유에서 케이크 먹고 갈까?"

아야는 근처에 있는 케이크 가게 이름을 말했다.

"아싸."

유이치의 환성을,

"아싸."

하고 아야도 흉내 내보았다. 햇빛 가리개를 내려도 눈이 부실 정도로, 차 안에 기우는 햇살이 환했다.

제2장

자매, 엄마, 할머니

에리는 생활에 쪼들린 적이 없었다. 어렸을 때도 엄마는 학용품이든 옷이든 남들보다 항상 좋은 것, 오래 쓸 수 있는 것을 사주었다. 하지만 낭비는 절대 허용되지 않았다. 에리도 엄마가 절약하며 아슬아슬하게 살림을 꾸려가고 있다는 것을 잘 알기에 투정은 부리지 않았다.

엄마가 일을 했기 때문에 에리는 할머니 손에 자랐다. 줄곧 셋이서 살았고, 그래서 불행하다고 여긴 적은 없었다. 다만, 그 집에 대해서는 간혹 생각한다. 어렸을 때는 더 많이 생각했다. 아빠가 있었던 집.

그렇게 크지는 않지만 오래된 일본식 집이었고 넓은 마당이 있었다. 마당에는 창고가 있었고, 거기에는 할아버지 할머니가 에리를 위해 사주었던 장난감 피아노와 기차, 어린이용 의자와 비닐 수영장이 보관되어 있었다. 그리고 뒷마당에는 커다란 비파나무가 있었다.

사무실 근처를 종종 산책하는 것은 거리 모습이 그 집 주변과 비슷하기 때문인지도 모르겠다고 에리는 생각한다. 사무실은 히로오

와 롯폰기 사이에 있는데, 이 주변에는 의외로 오래된 집이 많이 남아 있다. 늘 큰길을 피해 주택가를 걷다가 공원을 지나 지하철역으로 가는 코스로 산책을 한다.

공원 옆에는 수입 식품을 취급하는 조그만 슈퍼마켓과 테라스가 있는 찻집과 꽃 가게가 있다. 꽃 가게 앞은 늘 알록달록한 꽃과 초록으로 풍성해서 왠지 다가가기가 어렵다. 에리는 꽃을 사는 사람의 마음을 이해할 수 없다. 꽃 가게의 꽃은 축제일 밤에 내다 파는 금붕어 같아, 길가에 핀 들꽃이 훨씬 낫다고 생각하기 때문이다.

찻집에 들어서니, 츠치야는 어두컴컴한 안쪽 테이블에서 카푸치노를 마시고 있었다. 츠치야는 절대 약속 시간에 늦지 않는다. 테라스 자리에 앉으면 좋을 텐데, 하고 생각했지만 그렇게 말하는 대신 에리는 방긋 웃으며 인사했다.

"안녕."

직업상 엄격하게 훈련받은 화사한 웃음이라는 것을 자신도 느낄 수 있다. 테라스 자리로 나가자고 해봐야 츠치야는 이쪽이 차분해서 좋다고 말할 게 뻔하다. 그리고 에리는 그런 츠치야에게 더욱 빠져 든다.

부드러운 고무로 제작된 파란 뼈에서 마시멜로 비슷한 달콤한 냄새가 풍긴다. 검둥이는 새 장난감이 무척 마음에 드는지, 아까부터 두 발로 누르고 깨물고 있다.

"소우코는 검둥이한테만 친절하더라."

오렌지 리프레셔라고, 이름은 좀 이상하지만 향이 싱그러워 마음에 드는 허브티를 우리면서 도우코는 농담 삼아 그렇게 말했다.

"사람한테는 선물 없어?"

"없어."

소우코는 단박에 대답했다. 사람이란 물론 미즈누마를 말한다.

"매정하기는."

조그만 목소리로 그렇게 말하고는 가슴에 가칠한 감촉이 느껴져 입을 다물었다. 그리고 소파 옆에 있는 협탁에 찻잔을 내려놓았다.

미즈누마는 남편으로서 부족함이 없지만, 한 가지 흠이 있다면 소우코와 성격이 맞지 않는 것이라고 도우코는 절감하고 있다. 소우코는 도우코와 세 살 터울이 나는 동생이고, 사이가 참 좋았다. 어디든 함께 갔다. 4년 전, 도우코가 결혼하기 전까지는.

"아빠 엄마는 잘 계시니?"

도우코가 말투를 바꿔 물었다. 김이 모락모락 오르는 오렌지 리프레셔 티를 한 모금 마시고 소우코 옆에 앉는다.

"응. 잘 계시지."

바닥에 떨어져 있던 인테리어 잡지를 집어 팔랑팔랑 넘기면서 소우코가 대답했다.

"여전히 시음詩吟에 빠져계셔."

시음은 몇 년 전, 아버지가 정년퇴직을 하면서 어머니와 함께 시작한 취미 생활이다.

"그렇구나."

그렇게 대꾸하고는 동생의 옆얼굴을 바라본다. 항상 변함없는 짧은 머리, 립스틱을 칠하지 않아도 빨갛고 도톰한 입술.

—벌써 서른둘 아니니.

지난달이었나, 어머니가 전화를 걸어 그렇게 푸념했다.

—도우코 너, 주변에 좋은 사람 없니?

—소우코가 까다롭게 구는데 어쩌겠어.

그때 도우코는 웃으며 그렇게 말했다. 달리 방법이 없었다. 동생이 과거 자신의 애인을 아직도 미련스럽게 사랑하고 있다는 것, 게다가 그 사람은 아내가 있는 남자라는 것을 어떻게 말할 수 있을까.

"오늘은 금방 갈 거 아니지?"

"어."

소우코는 잡지를 들추면서 애매하게 대답한다.

"형부 오늘 늦게 올 거니까, 괜찮아."

"응."

도우코는 한숨을 쉬었다.

"너도 참."

—처제, 너무 봐주는 거 아냐?

미즈누마는 늘 그렇게 말한다.

—당신이나 장인 장모님이나, 왜 그렇게 처제를 감싸고도는지

모르겠다니까. 그래봐야 좋을 거 없잖아.

어제도 그 때문에 말다툼을 했다. 도우코가 소우코에게 전화를 걸어 "오랜만에 놀러 오지 않을래."라고 말한 직후였다.

—애원하면서까지 놀러 오라고 할 필요 없잖아.

놀랐다.

—애원하지 않았어. 내일은 토요일이고, 당신도 나간다니까.

도우코가 그렇게 말하자 미즈누마는 떨떠름한 표정을 지으며 말했다.

—그러니까 결국 나 들으라는 소리군. 후배 결혼식인데 어쩔 수 없잖아.

—누가 뭐래. 당신더러 나가지 말라는 소리 안 했어.

—그렇게 들렸어.

부부 싸움을 할 때도 미즈누마는 절대 언성을 높이지 않는다. 태도 역시 침착하다. 매우 불쾌하다는 표정을 짓고 언짢은 듯한 목소리로 얘기할 뿐이다. 그런 목소리를 들으면 도우코는 늘 소름이 끼친다.

"저녁때, 검둥이하고 산책할 거지?"

손톱을 짧게 손질한 조그만 손으로 페이지를 넘기면서 소우코가 말했다.

"그때 같이 나가지 뭐."

츠치야의 손은 따스하다.

에리는 츠치야와 손을 잡고 걷는 것을 좋아한다. 손가락 하나하나를 꼭 끼고.

"시간 괜찮아요?"

에리가 묻자, 츠치야가 손목시계를 힐금 쳐다보고 대답했다.

"아직 괜찮아."

"앞으로 한 시간? 아니면 한 시간 반?"

츠치야가 난처하다는 표정을 지었다.

"신경이 쓰이는 걸 어떡해."

에리가 말했다.

"분명하게 말해주는 게 좋아요. 꼬치꼬치 물을 생각은 없지만, 그래야 마음이 편하니까."

"알아."

츠치야는 에리와 마주 잡은 손에 살짝 힘을 주었다.

"지금이 세 시 반이니까, 한 시간 반 지나면 갈게."

"알았어요."

스스로도 뜻밖일 정도로 잘 알겠다는 목소리였다. 에리는 순간적으로 어색해하다가 이내 반사적으로 환한 미소를 지었다.

"그럼, 있죠."

최대한 밝은 목소리로 계획을 말했다.

"이모아라이 언덕에 가요. 도깨비 집처럼 아주 오래된 서양식 건

물이 있거든요. 빨간 열매가 열리는 나무도 있고. 그리고 진짜 부자들만 사는 맨션도 있고."

"좋아."

츠치야는 고개를 끄덕이고 부드러운 눈길로 에리와 하늘을 보았다.

"그렇게 하지."

에리는 마치 보트 같다고 생각했다. 이 사람의 너그러움은 보트 같다고.

에리는 자신을 속이 좁다고 여겨왔다. 성급하고 자잘한 일에 신경을 많이 쓰고, 무슨 일이든 흑백을 분명히 해야 성이 풀리는 구석이 있다고. 그런데 츠치야와 함께 있을 때면 어찌 된 일인지 마음이 느긋해진다. 츠치야와 함께 지금 여기 이렇게 있다는 것 말고는 아무것도 중요치 않다는 기분이 든다.

"있죠, 우리 다음에 지난번에 갔던 데 또 가요."

청회색 나일론 토트백에서 빨간 가죽 동전 지갑을 꺼내면서 에리는 말했다. 중학교 1학년 때 할머니가 사주신 동전 지갑이다.

"지난번에 갔던 데?"

츠치야는 자동판매기에서 버지니아 슬림을 사는 에리 옆에 서서, 자신도 주머니에서 담배를 꺼내 불을 붙이며 물었다.

"지난번에 갔던 데라니? 아아, 하루미."

타당, 하고 소리가 나면서 담배가 떨어졌다. 담배를 꺼내 셀로판 껍질을 벗기는 에리의 손가락이 하얗고 가느다랗다.

"응. 그리고 그 호텔도."

"호텔?"

"그래요. 그 전날 밤에 묵었던 호텔."

첫 연기를 길게 뿜어내고 츠치야는 에리의 담배에 불을 붙여주면서 물었다.

"그렇게 마음에 들었어?"

"네. 이름이 아주 마음에 들었어요."

츠치야는 피식 웃었다.

"이상한 소리를 하는군."

물론 이름은 아무 문제도 아니다. 호텔 우라지마는 츠치야와 처음 묵은 호텔이다.

"좋아. 또 가지 뭐."

츠치야가 그렇게 말하자 에리는 츠치야의 볼에 볼을 비볐다.

에미코는 해가 지는 시간이 싫었다. 가게가 바쁘면 그나마 다행이었다. 분주하게 움직이다 보면 모든 것을 잊었다. 그러다 손님의 발길이 끊기고, 유리창 너머 푸르죽죽한 하늘로 문득 눈길이 가면 이유도 없이 가슴이 술렁거리고 불안해졌다.

에미코는 여자 아르바이트생을 하나 쓰고 있는데, 스무 살 난 그녀의 유치한 행동거지가 유난히 눈에 띄는 것도 저녁때였다. 얘기하는 말의 억양이며 하늘색 양말을 신은 발목의 어설픔하며.

점점 짙어지는 바깥의 어둠과 밝은 형광등 빛에 드러난 꽃들의
대조가 너무 심한 탓인지도 모른다. 이렇게 있다 보면 자신이 갇혀
있는 듯한 기분이 든다. 어렸을 때부터 품었던 꿈에 남편까지 끌어
들여 가면서 좋아서 시작한 일인데.

미즈누마 이쿠오는 정장을 하고 있었다. 짙은 감색 코트의 단추
를 모두 풀고 있어, 안에 입은 검은 양복과 가느다란 금갈색 넥타이
가 보였다. 키가 큰 미즈누마는 양복 차림이 참 잘 어울렸다.

"어서 오세요."

오랜만이라는 뜻을 담아 쾌활하게 말했다.

"오늘 멋지네요. 파티라도 있나요?"

"네. 결혼식이 좀 있어서."

미즈누마는 머쓱한 표정으로 대답했다. 에미코는 참 피부가 하
얗다, 하고 생각했다.

"오늘은 무슨? 말다툼이라도 했나요?"

에미코는 머릿속으로 생일도 결혼기념일도 아니라는 것을 확인
하고는 놀리듯 물었다.

"네. 좀, 그럴 일이."

주먹 쥔 왼손을 헛기침을 할 때처럼 입가로 가져가 미소 지으면서
미즈누마는 말했다. 도우코는 저 미소에 반했을까, 하고 생각했다.

"아내가 좋아할 만한 꽃으로, 부탁합니다."

무슨 기념일이나 부부 싸움을 하고 난 후면 미즈누마는 반드시 도우코에게 꽃을 선물한다. 그가 꽃에 전혀 관심이 없다는 것은 가게에 올 때마다 어색해하는 그의 태도로 이미 알고 있다. 아내에게 꽃을 보내는 것은 그저 절차에 지나지 않는다.

물론 에미코는 미즈누마가 원하는 대로 꽃다발을 만들었다. 가을이면 억새와 벨로페로네를 섞고 봄이면 딸기꽃을 섞어, 도우코가 깜짝 놀라며 남편의 센스와 마음 씀씀이에 감동할 만한 꽃다발을.

"미즈누마 씨는 자상하니까, 도우코 씨가 좋겠어요. 부러워요."

에미코는 그렇게 말하고, 아르바이트를 하는 점원에게 "안 그래?" 하며 동의를 구했다.

"네, 정말요."

점원은 진심 어린 목소리로 대답했다. 그 말에 미즈누마는 또 머쓱해했다.

"도우코 씨에게 안부 전해주세요."

넘쳐흐를 듯 풍성한 공조팝나무 꽃 한 아름에 군데군데 제비꽃과 물망초를 섞은 꽃다발을 건넨 에미코는 미즈누마를 가게 앞에서 배웅했다.

"늘 고마워요. 또 오세요."

뒷모습을 바라보며 에미코는 말했다. 미즈누마는 꽃다발을 손에 들고 가로등이 반짝이는 밤의 공원으로 사라졌다.

애당초 미즈누마가 멍청한 인간이다.

경쾌한 금속 소리와 함께 공을 날리면서 소우코는 부아가 치미는 심정으로 생각했다.

멍청함이 전염될 줄은 몰랐다. 지난 4년 사이에 언니 도우코는 정말 시시한 여자가 되고 말았다. 낮에 도우코가 하고 있던 잔주름이 잡힌 파랗고 긴 앞치마. 자신의 언니가 그런 것을 두르고 읽을 수도 없는 서양 잡지―영어가 제일 못하는 과목이었다는 것을 소우코는 알고 있다―를 멍하게 바라보면서 남편이 돌아오기를 기다리는 사람이라고 생각하면 우울했다.

결혼 전, 도우코는 동물 미용사로 페트 숍에서 일했다. 동물을 좋아하는 도우코는 그 일에 만족했고, 결혼에는 조금도 관심이 없는 것처럼 보였다. 자신의 일을 하면서 자유롭게 사는 도우코의 생활은 소우코의 이상이었고 모델이었다. 그때 도우코에게는 성품이 온화한 애인도 있었다.

6백 엔어치의 공을 치고 나자 무릎이 뻐근하고 손바닥도 아팠다. 볼도 화끈거렸다. 박스에서 나온 소우코는 벤치에 앉아 캔 엽차를 마셨다. 다리를 꼬고 한 손으로 턱을 받치고 주위를 관찰한다. 온통 남자였다. 남자와 함께 온 젊은 여자 한 명과 자신은 칠 생각이 없는 듯한 중년 여자―검은 바탕에 표범 무늬가 그려진 스웨터를 입고 있다―가 한 명 있을 뿐이었다.

사실은 왼쪽에서 두 번째, '약간 느린 속도'라 표시된 박스가 소우코의 체력에 딱 맞는다. 고등학생 시절에는 소프트볼부였지만, 지금은 골프가 아닌 운동과는 무관한 생활을 하고 있다. 그런데도 늘 세 번째에 있는 '중간 속도' 박스에 들어가는 까닭은 두 번째 피칭머신에 인형이 붙어 있기 때문이었다. 소우코는 그 인형이 싫었다. 공을 끝없이 던져야 하는 운명에 걸맞게 인형은 무참하리만큼 너덜너덜했다. 공을 던지는 순간, 빙 돌아가는 팔이 금방이라도 떨어질 것 같았다.

이제 3백 엔어치만 하고 돌아가자.

그렇게 생각하면서 일어서는데, 가방에 든 휴대전화가 울렸다. 가방 속에서 나는 탓인지 낮고 작으면서도 귀에 거슬리는 날카로운 소리였다.

"여보세요, 소우코니? 아까는 고마웠어. 지금 어디 있는데?"

"집 근처에 있는 배팅 센터. 형부 들어왔어?"

"아니 아직. 저녁 먹고 가도 되는 건데 그랬나 보다."

소우코는 얼굴을 찡그렸다. 미즈누마와 얼굴을 마주하거나 같이 식사하는 게 싫은 것이 아니었다. 미즈누마의 취향을 보여주는 그 집, 그리고 도우코와 미즈누마 둘이서 골랐다는 그릇 하나하나가 모두 싫었다. 도우코는 아무것도 모른다.

"그래서, 무슨 일이야?"

"아 참, 그렇지."

지금 막 건 전화의 용건을 까맣게 잊어버렸다는 식의 말투였다.

"다음 주 금요일에 시간 있니?"

"금요일?"

"응. 좀 전에 레이코에게서 전화가 왔는데, 오랜만에 홈 파티를 하는데 너도 꼭 왔으면 좋겠다더라. 그리고 마리에 씨도 시간이 괜찮으면 같이 오라고 하던데."

하던데? 그래서 뭐? 목구멍까지 기어 나온 말을 간신히 삼키고 소우코는 짧게 대답했다.

"그래?"

도우코가 마리에를 좋게 생각하지 않는다는 것은 알고 있다.

"물어보고 전화해줄게."

소우코는 세 번째 칸이 비어 있는 것을 확인하면서 대답했다. 전화를 끊고 안테나를 집어넣으며 다시 천천히 일어섰다.

저녁 반찬은 돼지고기와 시금치 샤브샤브에 두부였다. 에리의 집에서는 할머니 스에코가 반찬을 만든다. 에리는 할머니가 만든 반찬이 단순하지만 맛있다고 생각했고, 예전에 홍당무를 싫어하는 에리를 위해서 기적처럼 잘게 썬 홍당무를 섞어 색깔 고운 밥을 지어준 할머니의 자상한 애정이 고맙기도 했다.

이 집에서는 식사를 하는 동안 텔레비전을 켜지 않는다. 여자 셋이 둘러앉은 식탁은 아주 고요하다. 벽에는 파스 포스터. 재작년에 에리가 했던 일이다.

"나, 좋아하는 사람이 생겼어."

젓가락으로 자리공 장아찌를 집으면서 대뜸 말하자, 건너편에 앉은 엄마가 얼굴을 들고 밥공기 너머로 에리를 보았다. 예리한 눈길이었지만 달리 말은 없었다.

"그러니."

스에코는 그렇게 대꾸했지만, 밥을 먹다 말지는 않았다.

"그렇다고, 일단 보고하는 거야."

에리가 말하자 스에코는 짧게 대답하고서 현미 차를 한 모금 마셨다.

"그렇구나."

에리의 엄마는 그 '그렇구나'를 '동사무소의 안내 담당 직원처럼 침착한 그렇구나'라고 한다. 에리는 스에코의 '그렇구나'를 좋아했다. 그 말을 들으면 안심이 되었다.

'기분 좋게 대답하는군.'

언젠가 츠치야가 그렇게 말한 적이 있는데, 스에코의 영향인지도 모른다. 에리는 어렸을 때부터, 단적이고 청결한 애정 표현이야말로 얘기를 제대로 듣고 있다는 것을 상대에게 알리는 수단임을 몸으로 배워 알고 있다.

그것을 말이 아니라 소리 없는 미소와 표정으로 전하는 사람도 있다는 것은 요즘 들어 알았다. 에리는 낮에 마주 잡았던 츠치야의 손바닥 온도를 떠올린다.

"섬유질을 많이 먹어야지."

스에코가 말하자, 에리의 엄마는 깍지콩을 억지로 입에 넣고는 어린애처럼 작은 소리로 투덜거렸다.

"줄기가 잘 안 씹힌단 말이야."

제3장
공원

"정말 괜찮은 거야?"

미즈누마는 도우코를 보면서 그렇게 묻고는 조수석 쪽 문을 열었다. 쇼핑백 두 개는 트렁크에 넣는다.

"잘 어울리던데, 시빌라 원피스."

뒷자리에서 검둥이가 요란스럽게 꼬리를 흔든다.

"됐어."

도우코는 그렇게 대답하고, 회색 시트에 앉아 몸을 뒤로 돌려 검둥이를 안아 올렸다.

"그런 원피스 많은걸, 뭐. 옷장에 다 들어가지도 못해."

희미한 진동과 함께 트렁크가 닫히는 소리. 도우코는 검둥이를 무릎에 앉히고 목덜미를 쓰다듬었다.

"자, 오래 기다리셨습니다. 얌전하게 있었어?"

미즈누마는 확실한 일관성을 갖고 있다. 의식주를 비롯한 모든 것에 일정한 취향과 규칙이 있다. 그 점은 도우코가 입는 옷에도 그대로 적용된다. 실제로 지난 몇 년 동안 도우코의 옷장은 완전히 톤이 바뀌었다.

—기가 막혀서. 언니, 이런 것만 입는 거야?

소우코는 그 때문에 엄청나게 분개하더니, 이제는 포기했는지 아무 소리도 하지 않는다. 결혼한 지 4년, 그전에 입었던 옷은 거의 남아 있지 않다. 물론 도우코는 그렇다는 것을 자각하고 있을 뿐 아니라 지금은 오히려 즐기고 있다. 시빌라나 미우미우의 여성스러운 옷은 비호받을 권리를 느끼게 해준다.

"슈퍼에 들를 거야?"

운전석에 앉아 안전벨트를 매면서 미즈누마가 물었다. 하얗고 단정한 옆얼굴.

"아니, 괜찮아. 나중에 검둥이 산책시키면서 갈래."

도우코는 무릎에 앉은 검둥이를 쓰다듬으면서 대답한다. 일요일. 미즈누마는 쇼핑을 좋아한다. 오늘은 구두 두 켤레와 카푸치노용 밀크 포머를 샀다. 밀크 포머는 마음에 드는 것을 찾느라 인테리어 숍을 네 군데나 돌아다녔다. 미즈누마는 일관성이 있을 뿐만 아니라, 쾌적한 생활을 위한 노력을 아끼지 않는다고 도우코는 생각한다. 그 어린애 같은 열의와 어떤 유의 성실함은 가슴이 아파질 정도다.

"검둥이 목줄 갖고 있어?"

앞을 향한 채 미즈누마가 물었다.

"공원에서 내려줄 테니까, 산책하고 와."

카스테레오에서 나지막하게 흘러나오는 현악기 소리를 들으면서 도우코는 까딱, 고개를 움직였다.

검둥이의 목걸이는 빨간색이고 줄은 갈색이다. 양쪽 다 검둥이
의 매끄러운 털―귀엽게 꼬부라진 새카만 털, 코를 묻으면 강아지
용 샴푸의 약초 비슷한 색다른 향이 풍기는―에 잘 어울린다.

"아직 아무도 안 왔네."

도우코는 검둥이에게 말을 걸었다.

"하긴 아직 세 시밖에 안 됐으니까."

'아무도' 란 다른 개를 말하는 것이다. 검둥이는 아랑곳하지 않
고 앞서 걸으면서 킁킁 냄새를 맡았다. 연못 주위를 한 바퀴 돌고
늘 그렇듯 흙 계단을 올라갔다. 가장자리에 통나무가 박혀 있는 계
단이다. 다 올라가면 말 탄 기사의 동상이 있고 왼쪽에는 도서관이
있다. 여느 때 같으면 여기에서 개를 적어도 다섯 마리는 만난다.
도우코는 개 주인들이 선 채로 나누는 수다에는 끼지 않지만 그래
도 인사 정도는 나눈다.

아직 해가 높은 오후 세 시, 동아리 활동을 하고 돌아오는 여고생
들이 아이스크림을 손에 쥐고 공원 길을 걸어간다.

"이 시간도 꽤 상쾌하다, 그치?"

도서관 뒤는 도우코가 좋아하는 장소다. 나무숲이 울창해 늘 그
늘지고, 움푹 꺼져 있는 탓인지 사람이 없다. 도우코는 두세 걸음이
지만 비탈을 뛰어 내려가는 것이 좋다. 비탈 군데군데에 연꽃이 피

어 있다.

"왕관 만들어줄까?"

진분홍색 연꽃 왕관이 검둥이에게 무척 잘 어울리리라.

비탈을 내려갔더니, 먼저 와 있는 사람이 있었다.

검둥이가 짖자 벤치에 앉아 있던 남자가 고개를 들더니 검둥이
가 아니라 도우코를 물끄러미 쳐다본다.

제멋대로 자란 수염이 턱 전체를 얇게 덮고 있었다. 회색 요트 파
카에 같은 색 트레이닝 바지, 안경을 끼고 운동화는 뒤축을 꺾어 신
었다.

"쉿, 조용히 해."

도우코는 목줄을 잡아당기면서 벤치에 앉은 남자에게 살짝 고개
를 숙였다.

"죄송합니다."

"아니, 괜찮습니다."

남자는 검둥이를 보면서 희미하게 웃었다.

"집 지키는 개로군요."

선량한 눈, 이라고 도우코는 생각했다. 개로 치면 비글이로군. 도
우코는 처음 만나는 남자를 개에 비유하는 버릇이 있었다.

남자는 일어나 도우코가 뛰어 내려온 비탈을 한 걸음에 성큼 올
라가더니 그대로 도서관으로 들어갔다. 스쳐 지나갈 때, 담배 냄새
가 났다.

"조용히 해, 좀."

끝없이 짖어대는 검둥이에게 말했다. 검둥이가 이렇게 짖는 것은 드문 일이었다.

'인상이 참 쓸쓸하네. 괜히 쫓아낸 것 같아 미안하기도 하고.'

도우코는 그렇게 생각하며 쭈그리고 앉아, 검둥이의 목줄을 풀고 들고 온 고무 뼈를 던져주었다. 꽃 왕관은 까맣게 잊어버렸다.

아야는 일요일이 싫었다(그래도 월요일보다는 낫다고 생각하지만).

〈전자전대 메가레인저〉와 〈게게게의 키타로〉로 시작되는 일요일은 남편이 좋아하는 스포츠 중계가 홍수처럼 넘쳐, 종일 텔레비전이 켜져 있다. 그것만 해도 아야는 머리가 지끈거린다. 남자들이란 일곱 살이든 서른네 살이든 놀라울 만큼 텔레비전을 좋아한다. 남편 신이치는 밖에서 돌아오면 불도 켜기 전에 텔레비전을 먼저 켜기도 한다.

신이치는 집 안에서는 마치 다 큰 어린애 같다. 현관 벨이 울리든 전화벨이 울리든 절대 반응하지 않는다. 종일을 뒹구니까 청소도 할 수 없다. 게다가 말을 하지 않으니까 더 화가 난다. 아야는 벌써부터 남편이 정년퇴직을 할 때가 두려웠다. 오후, 한 시간 동안 신이치를 밖으로 쫓아내고 유이치에게는 텔레비전 게임을 해도 된다고 허락한다. 그제야 겨우 아야는 방 청소를 할 수 있다.

"엄마."

유이치는 30분 동안에 네 번이나 엄마를 불러댔다. 시사가 몸을 부딪칠 때의 느낌이 어떻다느니, 지옥동자의 화염지옥이 어떻다느니, 라이프 게이지가 어떻다느니, 게임의 진행 상황을 해설해준다. 물론 아야는 유이치가 뭐라고 할 때마다 들어준다. 어리광을 받아주지 않는 것과 얘기를 들어주지 않는 것은 별개라고 생각하기 때문이다. 오이시 선생도—아야가 존경하는 의사다. 이와나미 신서인지 주코 신서인지, 아무튼 저서도 있다—그렇게 말했다. 아이들이 보내는 신호를 캐치하지 못하는 것이 가장 큰 문제라고.

아무튼 일요일은 분주하고 시끌시끌하고 짜증스럽고, 그리고 아무것도 할 수 없는 날이었다.

도서관에 있자니 너무 따분해서 10분을 견딜 수가 없었다. 이럴 줄 알았다면 강아지가 있든 말든 거기 있을 걸 그랬다고 생각하면서 신이치는 끽연실에서 담배를 피웠다. 서서 먹는 우동은 어제도 먹었고, 이발소에는 지난주에 다녀왔다. 집에 가고 싶은 것은 아니었지만 그렇다고 달리 갈 곳도 없었다. 신이치는 자신이 아주 부당한 대접을 받고 있는 것 같아 불쾌했다. 참 내, 왜 일요일마다 이런 꼴을 당해야 하는 것인지 모르겠다.

창밖은 자잘한 돌이 깔려 있는 광장이다. 음수대와 말 탄 기사의 동상이 보인다. 바로 앞에는 버드나무가 있고, 갓 돋아난 보드라운

새잎이 해 질 녘의 바람에 흔들리고 있다.

아야와 결혼한 지 9년이다. 결혼 생활에 이렇다 할 불만은 없지만, 일요일에 남편을 밖으로 내쫓는 그 버릇은 어떻게 좀 해주었으면 좋겠다고 생각한다.

저녁때 도우코는 미즈누마가 좋아하는 비프스튜를 만들었다. 엄마에게서 직접 양송이버섯과 셀러리를 듬뿍 넣어 약한 불에 푹 끓이는 방법을 배웠다. 곁들일 반찬으로 샐러드 두 가지도 만들었다. 밥은 콩을 섞어 지었다. 저녁을 먹은 후에 미즈누마가 카푸치노를 끓여주었다. 소파에 앉아 카푸치노를 마시면서 두 사람은 서로를 배려하고 상대를 위해 할 수 있는 모든 일을 하고 있다는 충족감에 젖었다. 그리고 오랜만에 섹스를 했다. 추상적인 무늬가 그려진 파란색 커버를 씌운 침대 위에서. 그 커버도 인테리어 숍을 몇 곳이나 다니면서 찾아낸 것이었다.

오랜만에 레이코를 만난다. 도우코는 아침부터 기분이 들떴다. 점심때를 생각해서 아침에는 사과만 먹었다. 현관에서 미즈누마를 배웅한 후, 창문을 열어 환기를 시키고 세탁기를 돌려놓고 설거지를 하고서 화분에 물을 주었다.

"아, 날씨 좋다."

검둥이에게 칼슘이 강화된 사료를 주면서 도우코는 살며시 눈을 감았다. 메리 코프란Mary Coughlan의 CD를 틀었다.

"아, 안 되겠다."

도우코는 그렇게 중얼거리면서 검둥이 옆에 엎드렸다. 따끈한 햇살 냄새가 난다. 만나고픈 친구를 만나러 가는 것조차 귀찮을 만큼 이 집은 푸근하다.

에미코는 베이지 색 깔끔한 투피스(치마는 긴 플레어스커트), 레이코는 검은색 바지 정장에 딱 달라붙는 회색 셔츠를 받쳐 입고 은 팔찌를 하고 있었다. 거기에 몸에 부드럽게 휘감기는 선명한 초록색 울 저지 원피스를 입은 도우코가 가세한다. 이 세 여자에게 공통점은 거의 없다. 하지만 그런 것은 문제가 되지 않는다. 조그만 가게 안이 엇비슷한 여자들로 북적거린다. 오후 1시, 주택가 안에 있는 레스토랑. 식욕을 자극하는 버터와 채소와 마늘 냄새가 자욱하다.

"오랜만이다."

늘 하는, 어깨 높이에서 손을 마주 잡고 손가락을 꼭 끼는 인사를 한다. 레이코의 손가락은 길쭉하고 싸늘하다.

"잘 지냈어?"

"그럼, 잘 지냈지."

"많이 바쁘지?"

"그렇게 바쁜 것도 아냐. 괜히 정신없이 지낼 뿐이지."

"매니큐어 색깔 예쁘다."

"아, 이거. 새로 나온 색상이야. 소니아의 베르니 라커 55번."

"전화 줘서 고마웠어. 소우코도 오라고는 했는데."

"잘했어. 그래서, 온대?"

에미코는 그런 얘기를 나누는 도우코와 레이코를 조금 떨어진 곳에서 보고 있다. 웨이터가 테이블로 안내해주었다.

"정원이 보이네."

"저것 좀 봐. 나무 모양이 재밌다. 당나귀도 있고 난쟁이도 있고."

분홍색 테이블클로스를 씌운 둥그런 테이블에 짤막한 장미 한 송이가 장식되어 있었다. 소우코는 여자 셋이 가끔 만나 점심 식사를 하는 이 모임을 '유한부인들의 런치'라고 비아냥거리지만, 도우코는 틀린 말이라고 생각한다. 도우코 자신은 몰라도 레이코와 에미코는 엄연히 일하는 부인들이다. 점심때 두 시간을 내는 것도 쉽지 않다. 잔에 담긴 빨간 포도주를 바라보면서 도우코는 이 원피스를 입고 오길 잘했다고 생각했다. 하얀 피부가 돋보이고, 무엇보다 행복한 아내다워 보인다.

전채와 파스타, 간단한 메인 디시에 디저트는 커피. 한 접시 한 접시를 맛있게 먹으면서 도우코는 가게 안을 몇 번이나 돌아보았다. 온통 여자들이라 쓴웃음이 나왔다.

레이코와 에미코는 아르바이트를 하는 여자 얘기를 하고 있다. 에미코의 꽃 가게에서 일하는 여자 애는 도우코도 알고 있다. 짧은 머리에 자그마한 몸집. 말수는 없지만 인상은 그리 나쁘지 않다.

"말하는 게 영 굼뜨다니까."

에미코가 말한다.

"그게 요즘 애들 특징인가. 행동까지 굼뜨고."

레이코가 웃었다.

"안됐다. 우리는 얼마나 바지런하고 사근사근한지, 진짜 행운이다 싶은데."

레이코는 잡지 편집을 하고 있다. 새로 들어온 아르바이트생 애기인 듯하다.

"학생인데, 얼마나 딱 부러지는지. 파티에도 오라고 했으니까 한번 만나봐. 틀림없이 마음에 들 거야."

"몇 살인데?"

에미코가 물었다.

"스물하나."

레이코는 신기한 과일 이름이라도 말하듯 그 숫자를 말했다. 길고 풍성한 검은 머리에 둘러싸인 윤곽이 뚜렷한 레이코의 옆얼굴.

도우코에게 레이코는 특별한 친구다. 20년을 알고 지낸 친구일 뿐만 아니라 미즈누마를 소개해준 중매쟁이이고, 그 전에 사귀었던 남자와 헤어지는 과정에서 겪었던 수많은 난관도 레이코의 도움 없이는 이겨내지 못했을 것이라고 도우코는 확신한다. 화창하게 갠 결혼식 날 아침, 도우코와 옷시중을 드는 여자 말고는 아무도 없는 교회에 레이코가 누구보다 일찍 나타나 꼭 껴안아주었던 기억을 도우코는 절대 잊지 못한다.

이 사람과 미즈누마 씨는 정말 잘 어울리는 한 쌍이다.

에미코는 포도주 한 잔에 두 볼이 발그스름해지고 커다란 눈까지 촉촉해진 도우코를 가만히 바라보면서 그렇게 생각했다. 결혼이란 아마도 이런 사람이 해야 하는 것이리라.

시노하라와는 언젠가 이혼할 생각이었다.

새로 나온 따끈한 프랑스빵을 집으면서 에미코는 속으로 한숨을 쉬었다.

점심을 먹은 후에는 반드시 엽차와 함께 칼민을 먹는다. 칼민은 동네에 있는 구멍가게에서 박스째 한꺼번에 산다. 지금 책상 서랍에는 새것 두 개와 껍질을 깐 것이 절반쯤 남아 있다. 나머지는 비닐 주머니에 담아 사물함에 넣어두었다. 평소처럼 엽차를 2인분 끓여서, 한 잔은 자신의 책상 위에 또 한 잔은 차타니 마리에의 책상에 놓았다.

"고마워."

마리에는 엷은 핑크 색 찻잔을 쥐고서 차를 마셨다. 방금 전 화장실에 다녀온 탓에 찻잔 둘레에 립스틱이 선명하게 묻는다. 마리에는 여섯 살이나 많은 선배지만, 소우코는 사내에서 가장 마음이 잘 맞는 사람이라고 생각한다. 점심은 대개 같이 먹는다. 오늘은 근처에 있는 정식집에서 소우코는 연어구이 정식, 마리에는 고등어구이 정식을 먹었다. 놀다가 전철이 끊기면 마리에의 아파트에서 자기도 하고, 둘 다 온천을 좋아해서 가끔 이즈나 하코네 같은 곳으로 온천 여행을 가기도 한다.

마리에는 독신이면서, 일도 잘하고 골프도 잘 친다. 그리고 정말 다리가 아름답다.

"마리에 선배, 이번 주 금요일에 시간 있어요?"

소우코는 언니가 레이코 씨의 홈 파티에 오라고 했다는 얘기를 했다.

"레이코 씨 집? 오랜만이네. 가고 싶다. 다들 잘 계셔? 소우코 너도 갈 거지?"

"가겠죠, 뭐."

소우코는 모호하게 대답했다. 갈 생각이기는 하지만 귀찮기도 했다. 그곳은 그런 장소이고, 소우코는 또 그런 성격이었다.

"아, 또 그 두문불출이 시작된 거야? 그럼 안 되지. 밖으로도 나다녀야지."

마리에는 일어나 마시다 만 차와 담배 케이스를 들고 끽연실로 갔다. 줄무늬 셔츠를 입은 야윈 뒷모습.

창문으로 살랑살랑 바람이 불어 들었다. 아드득, 하고 조그만 소리를 내며 소우코는 입 안에 있는 칼민을 깨물었다.

아야는 월요일이 싫었다. 그렇게 우울한 일요일보다 더 싫으니,

거의 최악이라도 해도 좋을 정도다. 월요일, 신이치는 회사에 가고 유이치는 학교에 가니까 집에는 아무도 없다. 갑자기 휑해진 집 안.

월요일 오후에 아야는 늘 공원에 간다. 늦은 오후의 공원은 엄마와 아이들의 천국이다. 아야도 유이치가 초등학교에 들어가기 전에는 늘 둘이서 함께 다녔다. 꼭 저렇게.

아야는 동상 옆에 있는 벤치에 앉아 돌아다니는 아이들을 바라본다. 유이치가 너무 커버렸다고 생각한다. 날마다 기초체온을 재면서 배란 날짜를 가늠하고 있는데 좀처럼 둘째가 생기지 않는다.

아야는 임신한 자신이 좋았다. 자신의 몸속에서 생명이 자라는 그 느낌이 좋았다. 둘째는 여자 애가 좋겠다고 생각한다. 조그맣고 좋은 향내가 나는 여자 애가.

부드러운 바람이 아야의 볼을 스치고 속눈썹 위로 흘러간다. 벤치 뒤 화단에는 꽃이 다닥다닥 핀 조팝나무와 개나리 가지가 흔들리고 있다.

연못가로 내려가는 긴 계단을 단숨에 뛰어 올라온 키가 큰 여자가 아야를 보고는 싱긋 미소 지으며 고개를 살짝 숙였다. 여기서 몇 번 만난 여자였다. 날씬하고 예쁘면서도 보이시한 여자. 아야도 웃으면서 인사를 한다.

"안녕하세요."

여자가 노래하듯 말했다.

슬슬 유이치를 데리러 갈 시간이다. 아야는 손목시계를 보았다.

오늘은 집에 가서 푸딩이라도 만들어줘야지, 하고 생각한다. 남아 있는 캐러멜로 만든 사탕은 앞으로 일주일 동안 아야 자신의 간식이 된다. 아야는 일어나 회색 바지를 입은 엉덩이를 털었다.

제4장

보름달

"세 시에는 끝날 거야."

츠치야가 그렇게 말했는데도 두 시 반에 온 것은, 물론 일하는 츠치야의 모습을 보고 싶어서였다. 사진 촬영을 하는 츠치야는 정말 멋지다고 에리는 생각한다. 소박하고 털털한 점이 좋다. 그리고 철저하게 프로인 점이. 츠치야는, 카메라맨의 상징 같지만 실은 유치하기 짝이 없는 모자도 절대 안 쓰고 너덜너덜한 리바이스 501도 입지 않는다. 평범한 셔츠에 바지. 바지는 부들부들한 베이지 색 면이다.

츠치야는 강둑에 앉아 있는 에리를 아직 보지 못했다. 카메라를 단단히 잡고 있는 손목, 그 손등, 손가락과 손톱. 전신의 신경을 곤두세우고 파인더를 들여다보는 눈, 살짝 구부린 무릎.

신인상을 받은 남자 작가를 찍는 일이라고 했다. 집 근처를 산책하는 구도라고. 파파스의 폴로셔츠를 입은 작가는 자그마한 체구에 선이 가냘픈 사람이었다. 풀 냄새, 조수가 들고 있는 반사판, 촬영 장소의 풍경 너머로 흐르는 다마 강. 셔터를 누르는 소리가 어렴풋하게 들릴 때마다 에리는 츠치야가 사진에 담을 풍경을 생각하면서 가슴 설레했다.

　촬영이 끝나고 담배를 입에 문 채 조수와 둘이 도구를 정리하던 츠치야와 눈이 마주쳤다. 에리는 애정을 담뿍 담은 눈빛으로 방긋 웃었다. 츠치야는 약간 놀랐다는 듯이, 그러나 반색하며 씩 웃고는 물었다.

　"언제 왔어?"

　"아까요. 한 20분 됐나."

　에리는 일어나서 축축해진 뱀 가죽 무늬 바지를 툭툭 털고는 강둑을 뛰어 내려갔다.

　강가에 있는 패밀리 레스토랑은 자그마한 방갈로식 구조였지만, 주차장은 아주 넓었다.

　"아, 어두워."

　입구에서 에리는 가게 안의 어둠이 갑작스러워 잠시 당황했다. 안쪽 자리로 안내를 받은 두 사람은 커피를 주문했다. 두툼하고 묵직한 하얀 컵, 창밖은 햇살.

　"싸고 뜨거운 커피에는 멘솔 담배가 제격이라는데, 알아요?"

　에리가 묻자, 츠치야는 잘 모르겠다는 표정을 지었다.

　"아니. 그런가?"

　에리는 자신 있게 고개를 끄덕이고는 입구에 있는 자동판매기에서 평소 피우는 담배와는 다른 담배를 샀다. 곧바로 껍질을 벗기면서 테이블로 돌아와 츠치야에게 한 개비 내밀었다.

지켜보는 에리 앞에서, 멘솔 담배를 피우고 커피를 마시면서 츠치야는 정말 즐겁다는 듯이 하하, 하고 웃었다. 낮고 부드러운 웃음소리.

"정말 그런데. 과자 같은 느낌이야. 옛날에, 뭐였더라? 담배 모양 박하사탕이었나? 그거하고 비슷한데."

"박하사탕?"

에리는 그런 것은 몰랐지만 츠치야가 정말이라고 하니까, 그런가 보다고 생각했다.

"이거 우리 외할머니가 가르쳐준 거예요."

외할머니 스에코는 골초다. 보통 쇼트 피스를 피운다.

"와."

츠치야는 의외라는 표정을 지었다.

밖으로 나오니 해가 기울어가고 있었다.

"벌써 저녁때네."

에리는 눈부신 하늘을 올려다보면서 말하고는, 츠치야가 문을 열어준 소형 밴에 올라타 안전벨트를 매고 근처 호텔에 도착할 때까지 얌전하게 앉아 있었다.

자잘한 해바라기 다섯 송이와 아이비를 섞어 유리 꽃병에 꽂아 테이블에 올려놓았다. 꽃은 에미코의 가게에서 사 왔다. 벌써 해바라기가 나와 있어 놀랐지만, 요즘은 무엇이든 다 그렇다. 레이코 자신도 석 달 뒤에 나올 잡지를 지금 만들고 있다.

오늘은 일찍 일을 마무리하고 세 시에 퇴근했다. 남편도 일찍 돌아오기로 했다. 어렸을 때부터 집에 친구들을 초대해 조촐한 파티를 여는 꿈을 꾸었었다. 덕분에 친구들 사이에서 호스티스로서의 평판이 자자하다. 하지만 포인트는 어디까지나 '조촐함'에 있다. 따라서 거창한 음식은 만들지 않는다. 맥주와 포도주, 안주는 치즈와 살짝 튀긴 연근을 준비하고 오븐에다 채소를 듬뿍 구워놓는다. 주 메뉴인 닭찜은 어젯밤에 다 준비해놓았기 때문에 이제 바실리코 라이스만 만들면 된다. 디저트로는 타피오카가 들어간 코코넛 밀크를 냉장고에 넣어두었다.

세면실에는 면 타월 대신 두꺼운 종이 타월을 열 장 정도 바구니에 담아놓았다. 담배를 피우는 손님이 네 명—남편까지 하면 다섯 명—이니까 그들 옆에는 재떨이를 놓아둔다. 음악은 치유 효과가 있고 담소에 방해되지 않는 엔야를 선택했다.

첫 손님은 사쿠라코였다. 사쿠라코는 편집부에서 아르바이트를 하는 학생이다. 출판부장의 조카라 언젠가는 정식으로 입사하게 될 텐데, 본인은 어디까지나 '딱 1년 동안만 잡용 전문 알바생'으로 뛸 계획인 듯했다. 첫날 자신을 그렇게 소개한 사쿠라코는 "무슨 일이든 시키세요."라고 윤기 흐르는 짧은 머리에 자신감 넘치는 눈빛으로 말했다.

"어서 와요. 거기 앉아."

낮에 회사에서, 뭐라도 돕고 싶은데 일찍 가도 되느냐고 묻기에 그러라고 적당히 대답했는데, 사실 손님이 오기 전에는 이렇다 하게 도울 일도 없었다.

"집이 정말 멋지네요."

의자는 숫자가 모자라 치워버렸기 때문에 소파나 바닥에 앉아야 한다. 거실이 넓어야 한다는 조건을 내걸고 찾은 집이라 평소에도 가능하면 가구 없이 살고 있다.

대학 시절 친구 두 명이 캔 맥주 상자를 들고 나타났다.

"와, 레이코 씨, 오랜만이네요."

"나까지 묻어와서 괜찮을까 모르겠어요."

회사에서 곧바로 온 소우코와 마리에는 케이크를 들고 있었다.

남편은 보드카—레이코가 좋아하는 술이다—두 병을 안고 돌아왔다.

그리고 8시가 넘어 도우코와 미즈누마가 포도주를 들고 도착했다. 같은 편집부 동료 두 명은 9시가 넘어야 올 것 같았다.

오랜만에 여는 홈 파티였다. 오븐에 구운 채소—빨강 노랑 파프리카와 브로콜리, 가지와 토마토, 호박과 표고버섯과 양파—에 도우코는 환성을 질렀고, 학생 시절 친구는 현관에 걸려 있는 조그만 판화를 칭찬했다. 소우코는 늘 그렇지만 정말 솜씨가 좋다고 감탄스럽게 말했다. 그 모든 말들이 마음에 없는 공치사는 아니라는 것을 레이코는 알고 있었다.

에미코가 가게 문을 닫고 달려왔을 때는 분위기가 화기애애하게 무르익어 있었고, 음식도 절반밖에 남아 있지 않았다.

"와, 맛있는 냄새!"

그런데도 에미코는 코를 킁킁거리며 탄성을 질렀다. 에미코는 들고 온 초콜릿—뭘 가져가면 좋겠느냐고 하기에 식후에 가볍게 먹을 수 있는 초콜릿이 좋겠다고 대답했다—을 레이코에게 건네면서 시노하라와 함께 오지 못해 미안하다고 몇 번이나 사과했다. 어제 전화로 남편은 감기 기운이 있어 못 갈 것 같다고 암시는 주었지만.

"그래도 난 즐길게요."

농담처럼 그렇게 선언한 에미코는 맥주를 시원스럽게 꿀꺽꿀꺽 마셨다.

잔은 계속해서 필요하니까 비는 대로 살짝살짝 씻으면서, 레이코는 등으로 친구들의 목소리를 들었다.

이렇게 시끌시끌한 것을 좋아한다. 자신의 인생에서 다양한 장면을 함께했던 친구들이 한자리에 모여 그들이 서로 알게 되고, 미즈누마와 도우코처럼 결혼을 하는 경우도 생기고, 그런 것들 모두가 행복한 일이라고 레이코는 생각한다.

이렇게 만나고 헤어진 후 그들 각자가 생활하는 모습을 보면 새로운 기운도 나고, 자신의 인생이 충만하고 살 만한 가치가 있는 것으로 여겨진다.

엔야가 싫증이 나서 음악을 카릴 시몬Carly Simon으로 바꾸고—

하기야 아무도 알아차리지 못했지만—레이코는 보드카 잔을 손에 들고 학생 시절 친구들 틈에 꼈다. 고지도 연구회의 친구들이다. 원래 술이 그다지 세지 않은 미즈누마가 발갛게 달아오른 얼굴로 일본 축구와 유럽 축구의 차이점에 대해 말하고 있었다. 도우코와 에미코는 베란다에 나가 있고 그 자리에 닭고기 접시를 든 편집부 동료 두 명이 함께하고 있었다. 소우코와 마리에, 그리고 남편과 사쿠라코는 바실리코 라이스를 먹으면서 뭐라 뭐라 신 나게 얘기하고 있었다.

이런 때면 레이코는 자신이 모든 것을 갖고 있음을 확인할 수 있다. 남편, 일, 그리고 친구. 레이코는 투명한 액체가 담긴 잔을 흔들었다. 카랑카랑 얼음이 부딪치는 소리가 났다. 카릴 시몬은 "When your lover has gone, when your lover has gone." 이라 노래하고 있다.

'계란의 양을 늘려 부드럽게 구웠습니다. 한정 특매.' 라고 쓰여 있는 무인양품의 바움쿠헨Baumkuchen 한 개를(조그만 직사각형으로 개별 포장되어 있다) 입에 넣고 아야는 페이지를 넘겼다.

'날씨가 좋아졌다. 이 정도면 일요일에는 해발 2천7백미터인 파울호른faulhorn에 오를 수 있을지도 모르겠다. 꼭 그렇게 되기를 바란다.

책을 읽다 지쳐 동네를 산책했다. 좋은 곳이다. 강가에 있는 구시

가지는 아무리 봐도 싫증이 나지 않는다.

여기저기 있는 신문 판매대를 기웃거렸다.'

엄마의 권유로 이누카이 미치코犬養道子, 평론가_옮긴이의 책을 읽게 되었는데, 참 재미있다. 지금 읽고 있는 『프리부르 일기』도, 지난주에 읽은 『라인 강가』도.

회사에 다닐 때 몇 번 선을 보았다. 그때 프로필의 취미란에 독서라고 쓰자니 너무 평범한 것 같아서 다도와 피아노, 그리고 테니스라고 썼다. 테니스는 학생 시절에 했으니까 거짓말은 아니다. 하지만 그래도 역시 가장 좋아하는 것은 독서라고 생각하는 아야는 유이치를 목욕시키고 이부자리에 누인 후—탕! 타당! 탕탕! 하면서 그림책을 읽어줘야 한다—간신히 잠든 얼굴을 보면서 이렇게 책을 읽을 때면 마음이 푸근해진다.

인생의 삼분의 일을 자면서 지내는 데다 다른 사람에게 보이기 위한 것이 아니기 때문에 오히려 품질이 좋은 잠옷을 입어야 한다는 것은 아버지의 지론이었다. 그 지론을 빌미 삼아 산 프랑스제 부드러운 면 네글리제를 입고, 로얄 코펜하겐의 화사한 찻잔에 홍차를 따라 침대로 들고 왔다.

'늘 생각하지만 파리는 물론 본과 런던, 그리고 이곳에서도 각국(적게는 7개국, 많게는 10개국)의 신문을 팔고 또 산다는 것은 신문을 읽는 일상 속으로 이 넓은 세계의 생생한 목소리가 파고든다는 뜻이다.'

아야는 책을 덮고 식은 홍차를 한 모금 마셨다.

"정말 오랜만이네요."

마리에는 젊은 여자의 얘기가 잠시 끊기기를 기다렸다가 그 자리를 떠나 베란다로 나갔다. 물론 도우코와 미즈누마가 도착했을 때 인사를 하기는 했지만, 불러준 사람에게 다시 한 번 반듯하게 인사를 해야겠다고 생각한 것이다.

"어머, 마리에 씨. 잘 지냈어요?"

눈가가 발그스름하게 물든 도우코가 평소보다 약간 톤이 높은 목소리로 말했다. 부부가 나란히 술에 약하다. 도우코는 직장 후배의 언니이기는 하지만 자신보다 세 살 아래다. 마리에는 초콜릿 색 원피스에 액세서리 하나 걸치지 않은 깔끔한 차림으로 어른의 귀여움을 연출하고 있는 이 피부 하얀 여자가 싫지는 않았다.

"소우코가 신세를 많이 지고 있다면서요."

도우코는 그렇게 말하고 술잔에 입을 댔다.

"골프다 술이다, 여러 가지로 배우는 게 많다고, 소우코에게서 얘기 많이 들었어요."

"무슨 말씀을요, 저야말로."

마리에는 미소 지으며 대꾸하고는 원피스의 네모난 목둘레와 의외로 풍만하고 균형 잡힌 가슴―보정 속옷을 입고 있나―을 보며 포도주를 한 모금 머금었다. 마리에의 입맛엔 지나치게 단 포도주다.

"그래도 힘들겠어요. 꽃 가게를 운영하는 것도."

옆에서 레이코의 동료라는 여자가 에미코에게 말을 걸었다.

"자영업이니까."

이런 포도주에 취할 리가 없는데 볼이 화끈거리는 것은 집 안이 후덥지근한 탓이다. 하지만 베란다는 시원하고, 하얗고 둥그런 보름달이 떠 있는 것도 기분 좋은 일이라고 마리에는 생각한다. 마리에는 보름달을 좋아한다.

"그래요. 하지만 좋아서 하는 일이라서."

가칠한 목소리로 에미코가 대답했다. 이 사람은 늘 말이 없다.

"디저트도 드세요."

안에서 레이코가 말했다.

"골프, 재밌나요?"

도우코가 물었다.

"재미있어요."

마리에는 지난번 코스를 떠올렸다. 소우코와 함께였다. 소우코는 초보자지만 용의주도하게 치기 때문에 배우는 속도가 빠르다. 그래서 함께 다녀도 성가시지 않다.

"단순한 점이 좋아요."

도우코는 무슨 말인지 모르겠지, 하고 생각하면서 마리에는 말했다.

"단순하게, 하나씩 전진하는 점이요."

"여기 있었어?"

방충망을 열고 미즈누마가 얼굴을 내밀었다.

"아, 미즈누마 씨."

도우코가 반가운 목소리로 말했다. 이 사람은 왜 자기 남편을 이름으로 부르는 것일까. 마리에는 혀라도 차고 싶은 기분으로 미즈누마에게 가볍게 인사했다.

"당신이 좋아하는 코코넛 밀크가 있는데."

미즈누마의 말에 도우코는 가벼운 걸음으로 안으로 들어갔다.

츠치야는 혼자서 이만한 음식을 거뜬히 준비하고, 손님 한 명 한 명을 배려하는 아내를 찬탄의 시선으로 바라본다.

"아름다운 부인에, 행복하시겠어요."

앞에 있는 젊은 여자가 굳이 그런 소리를 하지 않아도 레이코는 정말 훌륭한 여자라고 절감하고 있다. 라인이 묘한 검은 옷은 아마 꼼 데 가르송Comme de Garcon이겠지. 야위고 키가 큰 레이코에게 무리 없이 잘 어울린다.

"너무 마시지 마."

바지런히 움직이던 레이코가 츠치야 옆에서 잠시 걸음을 멈추고 조그맣게 속삭이는 목소리의 울림에서 자신까지 배려하고 있다는 것을 알 수 있다.

츠치야가 한눈에 반한 사람이었다. 절반은 강제로 꼬드겼다. 이 여자밖에 없다고 생각했고, 실제로 레이코는 츠치야가 꿈꾸던 여자였다. 성실하고 꼼꼼하고, 게다가 정도 많다.

—츠치야 씨, 섹스광이에요?

낮에 침대 속에서 에리가 물었다.

—나, 섹스 좋아하는 사람 좋아해요.

스포츠 브래지어와 팬티를 입고 있었다. 어떻게 벗기면 좋을지 몰라 머무적거리고 있었더니, 키득키득 웃으면서 몸에 딱 달라붙은 브래지어를 티셔츠를 벗듯이 머리 위로 벗었다.

에리는 팔다리가 굉장히 길다. 싸늘하고 매끈한 그 팔다리로 츠치야의 목과 등과 허리와 발목을 휘감는다.

—걱정 마요. 아무것도 원하지 않으니까.

에리는 그렇게 말했다.

—일은요? 다음 약속 시간은 몇 시예요?

늘 시간을 챙겨준다.

가방에 조그만 생수병을 넣어 다니면서, 강둑에서든 섹스를 한후든 물을 마셨다.

츠치야가 이렇게 바람을 피우는 것은 처음이 아니다. 그런 성격이라고 하면 듣기에 거북하지만, 연애는 인생의 중요한 한 요소라고 생각하고 있다.

늦게 온 두 사람이 제일 먼저 돌아갔다. 그리고 에미코와 소우코와 마리에가 돌아가고, 고지도 연구회 멤버와 도우코와 사쿠라코가 마지막까지 남았다. 도우코와 사쿠라코는 뒷정리를 도와주었지만, 사실 레이코는 혼자서 하는 것을 좋아했다. 마음도 편하고 훨씬 빨리 끝난다.

"즐거웠어."

부엌에 멍하게 서서 진심이 담긴 말투로 도우코가 말했다.

"정말 존경스럽다."

도우코의 그 말에는 전혀 다른 뜻이 없다.

"옛날부터 그랬지. 레이코는 무엇이든 잘하고, 다른 사람을 위해 솔선해서 움직이고."

"너, 취했나 보다."

접시에 남은 음식을 나무젓가락째 쓰레기통에 버리면서 레이코는 불현듯 가슴이 서늘해졌다. 심장 뒤쪽으로 바람이 쓱 지나가는 느낌이었다.

"그 귀걸이 멋지네. 아까부터 보고 있었어. 레이코의 피부색에 잘 어울려."

큼지막한 오닉스가 마음에 들어 작년 말에 산 것이었다.

"이제 그만 가지."

미즈누마가 얼굴을 들이밀고 하는 소리에 도우코가 "알았어."라고 대답했다.

그 말에 안심한 레이코는 자신의 감정에 뒤가 켕겼다.

"조심해서 가. 검둥이에게도 안부 전하고. 또 만나자. 점심도 같이 먹고."

현관에서 필요 이상의 아쉬움을 표현했던 것은 아마 그 탓인지도 모르겠다.

발 디딜 틈 하나 없이 어질러진 거실 한가운데서 신이치가 선잠을 자고 있었다.

"일어나."

신문, 잡지에 텔레비전 리모컨, 귀이개에 전기면도기—신이치는 밤에 면도를 한다. 수염이 별로 없는 체질이지만, 다음 날 저녁때면 송송 돋은 것이 눈에 띄니까 아침에 깎으라고 몇 번이나 권했지만, 신이치는 습관이라면서 말을 듣지 않았다. 요컨대 아침에는 잠이 덜 깨 귀찮은 것이다. 그런 점도 칠칠맞지 못하다고 아야는 생각한다—화장지, 칼피스를 마셨는지 허옇게 자국이 남아 있는 컵. 모든 것을 누운 상태에서 손이 닿는 곳에 늘어놓는 남편의 게으름에 불평을 해봐야 소용없다는 것은 결혼한 지 3년 만에 절감했다. 그래서 이미 포기한 지 오래지만, 이렇게 소리를 크게 높여놓고 스포츠 뉴스를 보면서 용케 잠을 잔다 싶어 놀라울 뿐이다.

"일어나. 벌써 12시라고. 아니면 침대에 가서 자든지."

돌아오는 길에 라면을 먹은 모양이다. 신이치는 파 냄새만 풍길 뿐 좀처럼 일어나려 하지 않았다. 아야는 몇 번이나 흔들어 깨웠다.

이누카이 미치코 씨 같았으면 이런 남자는 그냥 내버려두겠지.

"좀 일어나라니까."

점차 목소리가 높아져 짜증스러운데, 입고 있는 프랑스제 부드러운 면 네글리제와 자신의 피부에서 피어오르는 바디 로션—부르주아의 신제품이다—향이 귀신으로 변하는 것을— 유이치의 말을 빌리자면—간신히 막아주고 있었다.

제5장

네 개의 밤

검둥이가 소파에 앉아 있는 도우코의 허벅지에 몸을 기대고 편안하게 자고 있다. 구불구불한 검은 털에 덮인 얇은 피부가 숨을 쉴 때마다 오르내린다. 검둥이는 체온이 높다.

미즈누마는 밤늦게 들어오기 때문에 도우코는 검둥이와 둘이 있을 때가 많다.

"이 미련퉁이."

검둥이를 쓰다듬으면서 도우코는 조그만 소리로 중얼거렸다.

"나만 있으면 이렇게 안심할 수 있다니."

미즈누마를 위한 저녁 식사는 대충 준비가 되어 있다. 돼지고기와 함께 찐 배추에서는 달짝지근한 냄새가 나고, 집 안에는 먼지 한 톨 없다. 결혼하고서 청소가 취미처럼 되고 말았다. 도우코 생각에 중요한 것은 닦기다. 바닥과 들창, 책꽂이는 물론 식탁의 다리 하나하나에서 문손잡이, 전등갓, 커튼레일 위까지 도우코는 날마다 빈틈없이 닦는다. 아침마다 이를 닦듯이 규칙적으로.

텔레비전 화면에서는 벌써 몇 십 번이나 본 〈캘리포니아〉가 소리 없이 흐르고 있다. 줄리엣 루이스도 브래드 피트도 무척이나 좋아하는 배우지만, 소리 없는 세계에서는 한없이 멀게 느껴진다.

현관에서 나는 소리에 도우코는 검둥이보다 먼저 반응한다. 도우코는 하루 중, 미즈누마가 돌아오는 시간을 가장 좋아한다. 그러면서도 복도 문을 여는 순간 늘 가벼운 실망—이렇게 현관으로 뛰어나가는 자신에게—을 느낀다. 종일 이 순간을 기다리고 있었다니.

하지만 물론 그 점에 대해서 더는 생각하지 않는다.

"어서 와요."

방긋 웃으며 미즈누마의 목을 껴안는다. 미즈누마의 양복에서는 바깥 냄새가 난다. 바깥 공기의 냄새, 타인의 냄새, 만원 전철의 냄새.

"음, 다녀왔어."

미즈누마는 목을 안기고서도 도우코를 포옹하지는 않는다.

이 사람의 입술은 대체 어떤 구조일까.

캐러비언 블루니 선셋 비치니, 방마다 이름이 붙어 있는 부티크 호텔의 얼리 아메리칸이라는 방에서 에리는 등을 한껏 뒤로 젖힌 채 생각한다. 츠치야의 입술이 무릎에만 닿아도 온몸의 피부가 전율하는 것은 어째서일까. 츠치야의 숨이 피부에 스치면 신음하지 않을 수 없다. 츠치야의 몸, 매끄러운 근육의 곡선과 울룩불룩한 관절 하나하나, 그리고 체온. 그 모든 것이 에리의 욕망을 자극한다.

"참을성이 많은데."

재빨리 팬티를 입고 침대에 걸터앉아, 냉장고에서 꺼낸 것이 아
닌 늘 가지고 다니는 물을 마시는데, 등 뒤에서 츠치야가 그렇게 말
했다.

　"참을성이 많다고?"

　무슨 뜻인지 알 수 없는 말이었다. 모델 동료나 단대 시절 친구들
에 비해 자신은 남자 경험이 그리 많지 않은데, 어쩌면 그것과 관계
가 있을지도 모르겠다고 생각했다.

　하지만 츠치야는 침대에 옆으로 누워 한 손으로 턱을 괴고서, 돌
아보는 에리에게 이렇게 말했다.

　"상관없지 뭐."

　미소 지으며 재미나다는 듯 말해, 상관없으면 됐지, 하고 단순하
게 결론을 내린다.

　상상이나 추측은 질색이다. 눈에 보이는 것, 입 밖으로 나온 말,
에리는 그런 것만 믿기로 했다.

　"시간은 괜찮아요?"

　물병을 건네면서 물었다.

　"괜찮아."

　"정말?"

　"물론."

　에리는 츠치야가 발음하는 '물론'을 좋아한다. 안도감에 울고
싶어진다.

"그럼 나중에 잠깐 산책해도 돼요?"

"물론."

옆으로 누운 채 자신이 건넨 물을 마시는 츠치야의 목을 쳐다보다, 에리는 다시 침대로 기어 올라가 그 목에 키스를 퍼부었다.

큼지막한 슈마이를 덥석 베어 물고서, 번들거리는 입술로 맛있다는 듯 포도주를 마시는 마리에를 보고 있으면 소우코는 기분이 묘해진다. 경의와 부러움과 연민이 뒤섞인 기분이다. 슈마이에 적포도주가 참 잘 어울린다면서 요즘 밤마다 그렇게 '심야의 낙'을 즐긴다는 마리에는 애인 하나 없이 마흔이 되어가고 있다. 물론 소우코도 연애가 전부는 아니라고 생각한다. 자신의 일을 하면서 다양한 취미 생활을 즐기고, 굳이 피트니스 클럽에 다니지 않아도 탄력 있는 몸매를 유지하는 데다 지금 살고 있는 아파트 외에 모아둔 돈도 꽤 많은 듯한 이 나이 많은 친구의 생활이 품위 있고 즐거워 보이는 것은 물론이다. 다만, 자신이 그렇게 되고 싶은가 하면, 그건 별개의 문제다. 그리고 소우코는 그런 자신을 상당히 고식姑息적이고 어중간하다고 여기고 있다.

"소우코, 이 기타 소리 좀 들어봐."

마리에는 슈마이를 꿀꺽 삼키고 말했다. 그리고 소리에 젖어 들 듯 눈을 감고서 끅 하는 기묘한 소리를 내더니 두툼한 포도주 잔의 술을 들이켰다. 소우코의 귀에는 플레이어에서 흘러나오는 음악이 오히려 거슬렸다.

─혼자가 나쁘다는 건 아니야.

언제였나, 도우코가 그렇게 말했다.

─하지만, 내내 혼자 있다 보면 출구가 없어질 것 같은 기분이
들어.

도우코가 미즈누마와 결혼하기 직전, 그러니까 야마기시를 차버
리는 어리석은 선택을 한 바로 다음이었다.

─소우코는 도우코와 별로 닮지 않은 것 같아.

소우코는 티타늄 테 안경을 낀 선이 가는 야마기시의 웃는 얼굴
을 지금도 선명하게 그릴 수 있다.

─도우코도 소우코만큼만 솔직하면 좋을 텐데.

셋이서 많은 장소에 놀러 갔다. 오키나와 홋카이도, 놀이 공원,
야구장, 한산한 온천, 세련된 레스토랑. 야마기시는 언니가 데이트
하는 자리에 따라 나오는 여동생에게 싫은 기색 하나 보이지 않았
다. 도우코 역시.

─그래서, 내내 졸졸 따라다녔단 말이야?

그런 얘기를 했을 때, 마리에는 그런 반응을 보였다.

─좋겠다, 사랑에 길든 사람은.

소우코는 한숨을 쉬었다. 손바닥 안에서 두툼한 포도주 잔이 따
스해지고 말았다.

"통 안 먹네."

딥 퍼플에 푹 잠겨 있던 마리에가 얼굴을 들고 말한다.

"치즈 잘라줄까?"

"아니, 됐어요. 괜찮아요."

"마침 포도도 있고."

마리에가 일어나 부엌으로 갔다.

"모차렐라 치즈하고 포도를 같이 먹으니까 맛있더라. 난 토마토랑 같이 먹는 것보다 그게 낫던데."

맨발로 걷는 마리에의 발톱이 보였다. 벗겨진 보라색 페디큐어가 눈에 들어와, 소우코는 얼른 눈길을 돌렸다.

저녁을 먹고 목욕까지 끝낸 미즈누마는 랄프 로렌의 잠옷을 입고 목욕 타월을 목에 걸친 채 소파에 앉아 아이스티를 마시고 있다. 미즈누마는 아이스티를 좋아한다. 도우코가 만들어주는 아이스티는 성에 차지 않아 늘 제 손으로 만들어 마신다. 물론 도우코 것도 만들어준다. 잘게 깬 얼음에 짙게 우려낸 얼 그레이와 우유를 2대1의 비율로 섞은 미즈누마의 아이스티는 정말 맛있다.

"우리 미즈누마 씨, 차를 잘 끓여."

언젠가 레이코와 통화를 하면서 그렇게 보고했을 정도다.

검둥이는 바닥에 납죽 앉아 있는 도우코의 허벅지에 기대어 또 새근거리며 자고 있다.

텔레비전 화면에서는 여전히 소리 없는 〈캘리포니아〉가 흐른다.

오늘 밤만 해도 벌써 두 번째 상영이다. 줄거리를 아는 영화가 소리 없이 흐르는 화면을 보면 왠지 안심이 된다.

미즈누마는 집에서는 별로 말이 없다. 도우코는 검둥이를 쓰다듬으면서 미즈누마의 옆얼굴을 비스듬한 각도에서 바라본다. 어린애가 그렇게 하듯.

"낮에 텔레비전에서 봤는데."

도우코가 말했다.

"지구의 생명이 혜성에서 왔다는 설이 있대."

"수성일본어에서 혜성과 수성은 발음이 같다_옮긴이?"

주간지를 팔락팔락 넘기면서 미즈누마는 되물었다.

"응, 혜성."

생명의 근원은 아미노산이고, 40억 년 전의 지구에 아미노산을 가져온 것이 혜성이라는 설이 있다고 한다. 얼음 덩어리인 혜성에는 물과 일산화탄소와 암모니아가 섞여 있는데, 우주 공간에 날아다니는 높은 에너지를 지닌 우주선宇宙線과 물과 일산화탄소와 암모니아가 화학반응을 일으켜 아미노산이 생겼다는 것이다. 그 무렵, 혜성이 지구와 심심찮게 부딪쳤나 보다.

도우코는 낮에 텔레비전에서 그 프로그램을 보고 무척 감명을 받았는데, 미즈누마가 "수성?"이라고 묻고는 더는 설명을 요구하지 않아 그만 입을 다물었다.

"골동 이마리일본 도자기의 고장 아리타에서 구워낸 도자기 그릇_옮긴이

전시회가 있군."

잔을 손에 쥔 채 신문을 들춰 보던 미즈누마가 아오야마에 있는 골동품 가게의 이름을 말했다. 광고 전단이 들어 있었던 모양이다.

"주말에 가볼까?"

"괜찮지."

도우코는 그렇게 대답하고 일어섰다. 미즈누마는 앤티크 그릇을 좋아한다. 오래된 이마리니 다이쇼 시대의 수제 유리컵이니 수지 쿠퍼susie cooper의 접시니 하는.

"나도 목욕이나 해야겠다."

먼 옛날, 자신의 생명의 씨앗이 혜성에서 왔을지도 모른다는 사실에 미즈누마는 아무 관심도 없는 듯했다.

"그리고 돌아오는 길에 츠츠이에 들리면 되겠군."

도우코가 언짢아하고 있다는 것을 눈치 챈 미즈누마가 아내의 비위를 맞췄다. 츠츠이는 도우코가 좋아하는 레스토랑이다.

"그러지 뭐."

여전히 기분이 언짢은 척하면서 대답하자, 미즈누마는 일어나 도우코의 등 뒤에서 어깨 너머로 긴 팔을 축 늘어뜨렸다. 껴안는 것이 아니라 업히는 꼴이다. 미즈누마가 그런 포즈를 취하면 도우코는 절망적인 기분이 든다.

"거기, 일요일에는 노상 주차가 가능하니까, 검둥이도 데려갈 수 있고."

미즈누마는 아직도 도우코의 비위를 맞추려 애쓴다.

"잘됐네."

무거우니까 비켜, 라고 말하는 대신 도우코는 싱긋 웃었다. 그리고 몸을 비틀어 미즈누마의 볼에 키스를 한다.

"데이트네."

도우코는 미즈누마를 좋은 남편이라고 생각한다. 아내의 비위를 맞추려 마음을 쓰는 것만 해도 훌륭하다. 그리고 데이트는 늘 환영이다. 세상에는 둘이 외출하는 일조차 없는 부부도 수두룩하다.

"형광등 같은 달이로군."

하늘을 올려다보고, 담배에 불을 붙이면서 츠치야가 말했다.

"아, 정말."

깜짝 놀랄 만큼 하얗고 밝은 달이었다.

"접시 같다."

에리가 말했다.

"난 츠치야 씨하고 밤에 산책하는 거, 너무 좋더라."

츠치야와 함께라면, 줄줄이 이어지는 택시의 미등도, 육교 아래로 지나가는 전철도, 따분한 표정으로 한데 모여 있는 십대 소년 소녀들도, 모두가 아름다워 보였다. 길가에 쌓여 있는 쓰레기 더미까지.

"성모마리아가 된 기분이 들고."

조그만 소리로 그렇게 말하는 에리의 옆얼굴을 보면서 츠치야는 불가사의한 여자라고 생각했다. 불가사의하고, 그러면서도 무척 편한 여자.

"저기 좀 봐요."

짙은 갈색 판자 울타리를 가리키는 에리의 가느다란 손가락이 어둠 속에서 유난히 하얗다.

"나무 울타리, 요즘은 보기 힘든데. 어렸을 때 돌로 낙서를 했다가 혼난 적이 있어요. 뾰족한 걸로 긁으면 칠이 벗겨지는데, 알아요?"

"판자 울타리지."

츠치야는 그렇게 정정하고서 말했다.

"제법 불량소녀였나 보군."

짧아진 담배를 엄지손가락과 집게손가락으로 쥐고 한 모금 더 빨고는 버린다.

"그런 건 아닌데."

에리는 어깨를 으쓱하고는, 두 손이 비기를 기다렸다는 듯이 티셔츠를 입은 츠치야의 목에 매달려 입술에 키스했다.

고지마 사쿠라코는 모든 일이 시시껄렁하다고 생각하고 있다. 대학도, 가족도, 편집부에서 하는 아르바이트도. 일일이 나열하자면 끝이 없다. 하지만 일상의 그 시시껄렁함에서 벗어날 수 없다는 것을 알기에, 오래전에 이미 포기했다. 그렇다면 모든 일을 빈틈없이 처리하는 것이 상책이다. 빈틈없는 자신에게 염증을 느끼는 그

런 추태만큼은 부리고 싶지 않은 데다(그런 건 위악이고, 또한 시시
껄렁한 일이다), 만사 빈틈없이 철저하게 처리한 덕분에 21년 동안
타인의 신뢰를 얻어왔다. 사쿠라코는 맥 화면을 바라보면서, 그런
것이 거의 습성이 되고 말았다고 생각한다.

그렇기는 하지만.

그렇기는 하지만 홈 파티라니, 어처구니가 없다. 유치하고 경박
하고 그 역시 시시껄렁하다. 레이코란 여자는 부끄러움을 느끼는
센서가 고장 난 사람이 아닐까.

레이코씨만이 아니다. 얘기를 나누면서 흥미로웠던 사람은 꽃
가게 아줌마 정도. 나머지는 하나같이 별 볼 일 없는 인종이었다.
특히 그 부부. 레이코 씨의 고등학교 시절 친구라고 했던 그 여자.
그런 여자는 딱 질색이다.

화면에는 들판. 하얀 코끼리와 파란 원숭이 무리. 요 반년 동안
컴퓨터 그래픽에 빠져 있다. 전원을 끄면 흔적도 없이 사라지는 점
이 마음에 든다.

하지만.

사쿠라코는 흐뭇한 기분으로 그때를 떠올렸다.

하지만, 레이코 씨의 남편을 본 것은 대히트였다. 알 만하군, 하
고 생각했다. 레이코 씨처럼 소시민적인 욕심쟁이는 그런 남자를
낚는다.

—아름다운 부인에, 행복하시겠어요.

사쿠라코가 그렇게 말하자 무척이나 기쁜 표정으로 소리 없이 미소 지으며 "아, 네."라고 대답했다.

아, 네. 기가 차다고 사쿠라코는 생각한다. 들판에 눈을 뿌리면서.

사내에서 레이코는 친절한 상사다. 무능한 사원들이 많은 가운데, 그런대로 유능하고 성실한 사람이다. 하지만, 그녀 역시 지지리 평범할 뿐이다.

눈이 펄펄 날리며 쌓인다. 사쿠라코는 평범한 것이 싫었다.

맥의 전원을 끄고 시계를 보니 새벽 1시였다.

"아, 배고프다."

생각해보니 아직 저녁을 먹지 않았다. 사쿠라코는 일어나 선반에서 새우깡을 꺼냈다.

눈을 감아도 소우코는 좀처럼 잠이 오지 않았다. 마리에의 침대는 조그맣고 딱딱하다. 불청객인 자신이 침대에서 자고 나이 많은 마리에를 소파에서 자게 하자니 미안하고 거북한데, 마리에는 늘 괜찮다면서 소파에 벌러덩 누워버린다.

다른 집에서 잘 때면 어린애가 된 기분이 든다. 몸의 중심이 축 늘어진다. 이불 끝에 덧씌운 타월의 감촉, 방 냄새, 어둠에 눈이 익으면서 희미하게 윤곽이 드러나는 경대 위의 브러시와 화장품. 샤워를 하고 티셔츠와 짧은 바지를 빌려 입고 이곳에서 자는 일이 자주 있는데도, 소우코는 이런 밤에 조금도 익숙해지지 않는 느낌이다.

오늘도 휴대전화는 울리지 않았다.

정확하게 말하면 울리지 않은 것은 아니다. 소우코가 휴대전화를 산 이유는 딱 한 가지인데, 그 이유에 해당하는 전화는 오지 않았다. 오늘도. 소우코는 몸을 뒤척였다.

야마기시를 마지막으로 만난 지 벌써 두 달이 지났다. 찾아가면 환영해주지만, 야마기시가 먼저 연락을 하는 일은 없다. 4년이나 그런 상태가 계속되고 있다.

그동안 남자 친구가 전혀 없지는 않았다. 학생 시절의 친구 한 명과 5개월 정도 사귀었고, 두 살 아래인 직장 동료가 간간이 데이트 신청을 하기도 했다.

한 번도 자신의 애인이었던 적이 없는 남자를 왜 잊지 못하는 것일까.

마지막으로 만난 것은 밀이 예방접종을 할 때였다. 밀은 다마키 가家의 애완견으로 이름이 밀드레드다. 동물을 좋아하다 못해 애견 미용사로 동물 병원에 근무하던 도우코는―그 일을 하면서 야마기시를 만났는데―결혼하면서 친정을 떠날 때 이렇게 말했다.

―엄마 아빠하고 소우코는 둘째 치고, 밀을 못 만나는 게 너무 아쉽다.

밀은 파피용 암놈으로 다마키가에 온 지 16년이 되었다. 도우코의 말을 빌리자면 '이가 남아 있는 게 신기할 정도'로 나이가 많다.

지난봄, 그 밀의 예방접종을 할 때 야마기시를 만났다.

―언니는 잘 있나?

여느 때와 다름없이 야마기시는 그렇게 물었다. 도우코는 검둥이의 예방접종을 어디서 할까.

―광견병은 거의 없어졌다던데.

소우코는 해마다 보건소에서 날아오는 예방접종 안내 엽서에 화를 내면서 그렇게 말했다. 야마기시는 피식 웃었다.

―이렇게 꼬부랑 할머니가 돼서 산책도 제대로 못하는 밀까지 왜 예방주사를 맞혀야 하는 건지 모르겠네요.

싸늘한 철제 진찰대에서 가느다란 팔다리를 버둥대는 밀을 보면, 이런 심리적인 압박과 주사의 충격이 개의 수명을 단축시키지 않는다는 보장이 어디 있을까 하는 생각이 든다.

―걱정 마. 아프지 않게 놓을 테니까.

일하는 도중에 몇 번이나 씻기 때문에 야마기시의 손은 청결한 붉은색을 띠고 있다. 기다란 손가락으로 조그만 개를 조심스레 다루는 모습이 믿음직스럽고 친근하다.

―소우코, 오늘 시간 있어? 30분만 있으면 진료 시간 끝나니까, 괜찮으면 안에서 좀 기다리지.

물론, 그 때문에 일부러 5시에 맞춰 왔다.

안에서 야마기시의 아내가 레몬을 곁들인 홍차를 끓여주었다.

소우코는 한숨을 쉬고, 시트 안에서 발을 꼼지락거렸다.

야마기시의 아내.

애당초 도우코 잘못이다. 마음이 바뀌어 미즈누마와 결혼한 도우코가 잘못이다.

끈을 잡아당겨 형광등을 끄고 대신 조그만 꼬마전구를 켰다. 그리고 침대에서 내려와 창문을 열었다. 뜨뜻미지근한 밤바람. 마리에의 방은 2층에 있어, 아래로 인적 없는 도로가 보인다. 다른 집의 안보다 그 주변이 더 친밀하게 느껴지는 것은 왜일까. 창살까지 그렇다. 하늘에 하얗고 둥그런 달이 둥실 떠 있다.

제6장

머릿속 냉정한 장소

"꽃 좀 주세요."

목소리를 듣는 순간, 에미코는 그 손님이라는 것을 알았다. 비교적 자주 오는 손님이다. 가끔은 아이와 함께 오기도 한다.

"네, 어서 오세요."

경쾌한―스스로도 충분히 느낄 수 있는―목소리로 그렇게 말하고 돌아보면서, 그제야 그 손님이라는 것을 알았다는 듯이 환하게 웃는다.

"어머, 안녕하세요."

단골손님의 취향은 대충 파악하고 있는데, 이 손님의 취향은 알 수 없었다.

"괜찮은 꽃 있어요?"

그렇게 묻고는, 어떤 꽃을 권하든 그대로 사 간다.

"어떤 꽃이 좋으세요?"

에미코는 그렇게 물었지만, 대답은 이미 알고 있었다.

"글쎄요."

모호하게 답하면서 가게 안을 돌아본다.

서른네다섯 살쯤 되었을까. 얼굴 윤곽이 또렷하고 체구가 자그마한 미인이다.

"스트로베리 캔들이라는, 좀 색다른 꽃이 들어왔는데요."

조그맣고 사랑스러운 빨간 꽃을 보면서 말했다.

"그리고 장미가 몇 종류 있어요. 미니 장미하고 데인티 베스."

"글쎄요."

손님은 또 그렇게 중얼거리더니 에미코가 권하는 꽃을 번갈아 보며 말했다.

"이게 스트로베리 캔들인가요? 이걸로 하죠."

오늘따라 단호한 말투였다.

에미코는 꽃 가게 일을 직업으로서 사랑하고 있다. 돈을 버는 수단으로, 나날의 생업으로.

"어디, 외출하시나요?"

임시 휴업이라고 나붙은 종이를 보고서 손님이 물었다.

"네, 잠시. 캠프가 있어서요."

꽃다발을 얇은 종이로 두르면서 에미코가 대답하자, 손님은 아무 관심도 없다는 듯이 말했다.

"그래요."

그러더니 겉치레라도 한마디 해야겠다고 생각했는지 "멋지네요." 하고 덧붙였다.

에미코가 꽃 가게 문을 연 지 어언 6년이다. 빚을 내지는 않았지만 자본금도 많지 않은 상태에서 조그만 가게 하나를 세내고, 냉장고와 저장고는 전문 업자에게 빌렸다. 맨손으로 시작한 일이었다. 그 무렵, 남편인 시노하라는 아직 회사에 다니고 있었다.

전문대를 나와 플라워 디자인 학교를 2년간 다니고, 아오야마에 있는 꽃 가게에서 7년을 일했다. 그 7년 동안, 꽃이 물을 잘 빨아올리도록 하는 방법, 꽃의 신선도를 오래 유지하는 요령, 손님과의 대화법을 익혔다.

"감사합니다."

사근사근하게 말하며 꽃 값을 받고 꽃다발을 건넨 에미코는 가게를 나서는 손님의 뒷모습을 배웅했다.

아오야마의 꽃 가게 주인에게는 늘 감사하고 있다. 물론 의견 차이는 있었지만—글라디올러스와 수국은 수준이 다르니까 부케에는 함께 쓰면 안 된다는 엉터리 같은 소리를 하는 터라 에미코는 어이가 없었다—, 아무튼 이 일의 기초를 쌓게 해주었고, 덕분에 7년 동안 단골손님도 생겼다. 그리고 무엇보다 자신의 가게를 차릴 때 도매상을 소개해주었다.

에미코는 어렸을 때부터 꽃 가게를 차리는 것이 꿈이었다.

"점심, 먼저 먹어."

아르바이트생에게 그렇게 말하고 에미코는 카운터에 있는 의자에 앉아 미니 장미의 엷은 핑크 색을 멍하니 바라보았다.

컴퓨터. 카세트테이프. 메모지 몇 장. 사전. 책상 여기저기에 붙어 있는 포스트잇. 아직 정리하지 못한 파일 몇 개. 누가 여행을 다녀오면서 사다 준 쿠키. 그리고 또 누군가에게 받아놓고서 며칠이나 그대로 내버려둔 캔디 바. 파란색 클립. 만년필. 지구 모양 서진. 수정액. 비타민C 정제. I♥YOU라고 쓰여 있는 머그잔에 절반쯤 남은 채 식어버린 커피. 액자에 넣지 않고 스카치테이프로 붙여놓은 사진 두 장(한 장은 작년 홈 파티 때 찍은 시끌벅적한 사진, 다른 한 장은 웨딩드레스를 입은 도우코와 교회에서 찍은 사진).

레이코는 너저분한 책상 앞에서 한숨을 쉬었다. 오늘 아침에 츠치야와 나눴던 대화를 생각하니 가슴이 답답했다.

옆에서 사쿠라코가 웃었다.

"웬일이세요, 레이코 씨가 일하다 말고 멍하니 있게."

"아, 미안해."

레이코는 그렇게 말하면서 미소를 지었지만, 별 소용이 없었다.

"저 울적한 한숨."

버릇없는 말도 사쿠라코의 입에서 나오면 오히려 성실하게 울린다. 성실하고 쾌활하게.

"일거리가 이렇게 쌓여 있잖아."

책상 위를 눈으로 가리키면서 레이코가 말했다.

"알아요."

웃으면서 말하는 사쿠라코를 솔직하고 친절하다고 생각하지만,

일 때문에 우울한 것이 아니라는 생각을 하면 또 가슴이 답답해진다. 레이코는 지갑을 들고 의자에서 일어났다. 엘리베이터를 타고 1층으로 내려가 녹색 공중전화가 있는 곳으로 곧장 걸어갔다. 레이코에게 도우코와의 대화는 일종의 약이다.

큰 키에 야위어서 뼈가 앙상한 레이코의 뒷모습을 보면서 사쿠라코는 생각했다. 그래도 행복한 사람이겠지. 한숨의 원인이 무엇이든 고민하는 방식도 전형적이고 얼버무리는 말투까지 우등생 타입이다. 레이코는 사쿠라코가 행복이라 여기는 어떤 유의 우둔함을 완벽하게 갖추고 있다. 그 사람은—요즘 사쿠라코는 습관처럼 츠치야의 얼굴을 떠올린다—이런 때 아내의 고민거리를 들어줄까. 기운을 북돋아주고 달래주고 그럴까.

사쿠라코는 부부란 가장 허접스러운 인간관계의 하나라고 생각한다.

—아름다운 부인에, 행복하시겠어요.

사쿠라코가 그렇게 말했을 때, 기뻐하던 츠치야의 얼굴.

—아, 네.

그 멋대가리 없는 대답.

눈빛이 선량한 남자였다. 선량한 눈에, 매끄러운 근육의 팔. 그 사람은 레이코 씨의 어떤 면에 끌렸을까.

사쿠라코는 애인이 없다. 인기가 없는 것이다. 그래도 고등학교 때는 상급생에게 고백을 받기도 하고, 길거리에서 말을 걸어오는 사람도 있었다. 그런데 대학에 들어가서는 그런 일조차 없어졌다. 왜인지 모르겠다. 생김새는 그냥 보통(조금 겸손하게 말해서)이고, 여고생 때처럼 톡톡 쏘아대서 남자 기를 죽이는 일도 없다. 하기야 같은 대학의 학생들을 보면 그 무능함이랄까 유치함에 화가 날 뿐이고, 애인이 없다고 딱히 불편할 것도 없다. 하지만 만약 자신이 남자들에게 매력적인 여자로 비치지 않는다면 그 이유는 무엇일까—대체 무엇이 모자랄까, 아니면 과할까—알고 싶은 마음은 있었다.

사쿠라코는 노력을 기피하지 않는다. 성적도 내내 좋았고, 성적을 따기 위해 공부하는 것도 즐거웠다. 원래 잘 못하는 음악이나 체육도 남들에게 잘 못한다고 여겨지지 않을 만큼은 해왔다. 마음만 먹으면 다이어트도 잘한다. 만사에 목표가 있으면 방법도 생기니까 편하다고 생각한다. 회사가 어떤 곳인지 알고 싶다, 그곳에서 일해서 월급을 받고 싶다는 생각에 바라던 아르바이트 자리를 구했던 것처럼, 갖고 싶고 원하는 것은 반드시 손에 넣는다. 그러기 위한 노력을 아끼지 않을 자신도 있고, 노력해서 안 될 만큼 무능하지도 않다고 생각한다.

창밖은 엷은 파란색 하늘이다. 퇴근하려면 아직 두 시간 남짓 시간이 남았다.

케니 지를 들을 때면 자신이 외톨이라는 느낌이 든다. 특히 이렇게 밝고 고요한 저녁때는.

도우코는 거실에 엎드려 볼을 바닥에 딱 대고 눈을 감았다. 하지만 눈을 감아도 방금 전까지 보았던 풍경―창문 너머 엷은 파란색 하늘과 하얀 구름, 절대 녹슬지 않는다는 알루미늄 건조대, 거기에 널려 있는 하얀 타월 이불(더블 사이즈라 건조기에 들어가지 않는다)―이 눈 속에 어른거린다.

"아, 소리 좋다."

도우코는 혼자 중얼거렸다. 도우코가 거실에 누우면 늘 검둥이가 다가와 허벅지에 기대고 몸을 웅크린다.

"덥잖아, 그렇게 들러붙으면."

말은 그렇게 하지만, 목소리에는 넉넉한 미소가 담겨 있어, '아이 착하지, 우리 검둥이. 더 가까이 와'란 뜻으로 울린다.

"아, 정말 좋다."

음악에 푹 빠진 도우코가 또 중얼거린다. 패시지스passages는 케니 지의 음악 중에 가장 좋아하는 곡이다. 외톨이라고 생각하면 외롭기는 하지만 왠지 모르게 안심이 되기도 한다.

늘 저녁때 검둥이와 산책을 하는데, 어제는 왜 그렇게 빨리 나갔는지 모르겠다.

―어머, 검둥이가 기운이 좀 없어 보이네.

―우리 나나는 공주라니까요.

어떤 묘한 연대감으로 서로에게 말을 거는 사람들―개 모임, 이

라며 미즈누마가 경멸하는 개 주인들—과 마주하기가 귀찮았는지
도 모르고, 날씨가 너무 좋아서였는지도 모르겠다. 물론 그 남자를
만나고 싶은 마음은 전혀 없었다. 다만, 만날지도 모르겠다는 생각
은 했다. 쓸쓸해 보이는 그 얼굴.

　—안녕하세요.

　인사만 나누었을 뿐이다(하지만 그 인사는 우리를 기억하고 있
다는 뜻, 이라고 도우코는 생각한다). 남자는 어제도 축 늘어진 트
레이닝복 차림이었다. 전혀 도우코의 취향이 아니다. 다만 자신과
검둥이만의 장소라고 여겼던 도서관 뒤 으슥한 곳에 동그마니 앉
아 있던 남자에게 친밀감을 느꼈다. 창백한 얼굴에 덥수룩한 수염,
운동화 뒤축을 꺾어 신고 있었던 남자.

　토니 브랙스톤의 보컬이 들어 있는 곡이 흐를 때, 전화벨이 울렸
다. 검둥이가 웬 시끄러운 소리냐는 듯 고개를 쳐들었다. 도우코는
느릿느릿 일어나 수화기를 들었다.

　"여보세요, 미즈누마입니다."

　전화를 받을 때, 도우코는 즐겨 성을 말한다. 아내란 입장이 좋은
것이다. 결혼한 지 4년인데도 아내란 입장에 익숙해지지 않는 탓인
지도 모른다. 아내. 도우코는 확인하듯 왼손에 낀 반지를 보았다.
팔각형 금색 반지는 미즈누마가 고른 것이었다.

　"여보세요?"

　귀에 익은 목소리. 공중전화 소리가 난다.

"레이코?"

"응. 지금 얘기 좀 할 수 있어?"

"물론이지."

도우코는 소파에 앉아 리모컨으로 케니 지의 볼륨을 줄였다.

"무슨 일 있어?"

월요일 저녁, 공중전화에서 전화를 걸었다는 것만으로도 쉬 짐작할 수 있었다. 도우코는 옛날부터, 감정의 기복이 심한 것은 레이코가 너무 진지하기 때문이라고 생각하고 있다.

"아."

잠시 머뭇거리는 레이코를 도우코는 정말 귀여운 여자라고 생각한다. 레이코는 자신에 대해서는 말을 잘 못한다.

"별일은 아닌데."

"거짓말."

말이 이어지기를 기다렸다. 검둥이가 발치로 다가왔다.

꽤 오래 시간이 흐른 것 같다. 할 수 없이 도우코가 먼저 말을 꺼냈다.

"초콜릿 스펀지를 세 단 쌓고, 그 사이에 크림 두 종류를 넣어서 만든 케이크 있었잖아. 왜 언젠가 레이코가 만들었는데, 미즈누마 씨가 맛있다고 했던 케이크 말이야."

그렇게 말하자 레이코는 밝은 목소리로 대답했다.

"아, 그거. 네모나고 아주 커다란 케이크 말이지?"

"응, 그래. 그거 어떻게 만드는지 알고 싶어. 그래서 실은 전화 걸려고 했는데."

검둥이를 쓰다듬으면서 말하자, 레이코는 나중에 팩스로 레시피를 보내주겠노라고 했다.

"그거, 아주 간단해. 충분히 만들 수 있을 거야. 미즈누마 씨, 단 걸 좋아하니까."

레이코는 그렇게 말하고, 진심 어린 말투로 이렇게 덧붙였다.

"도우코, 너 참 좋은 아내다."

"미즈누마 씨가 좋은 남편이지 뭐."

망설임 없이 그렇게 말하는 도우코가 왠지 눈부시게 느껴져, 레이코는 피식 웃었다.

"레이코도 좋은 아내잖아. 게다가 돈까지 벌고."

"그야 뭐."

레이코는 세르지오 도너티Sergio Donati의 지갑을 꼭 쥐고서, 좋은 아내가 어떤 아내인지 잘 모르겠지만, 이라고 생각하면서 말했다.

"레이코."

"응?"

"괜찮은 거야?"

도우코가 물었다.

"무슨 할 말 있다면서? 밤에 밖에서 만날까? 우리 만나서, 맛있는 거라도 먹을까?"

"아니, 됐어. 별일 아니야."

사실, 조금은 기운이 난 느낌이다. 오늘 아침, 츠치야 때문에 다소 불쾌했지만 어제오늘 시작된 문제가 아니다.

"괜찮아."

레이코는 다시 한 번 말했다.

"그렇다면 됐고."

도우코는 그렇게 말하면서 하얀 타월 이불 너머로 파란 하늘을 보았다.

스트로베리 캔들을 침실의 서랍장 위에 올려놓았다.

유이치의 숙제를 봐주고, 저녁 준비를 해서 둘이 먹고는 설거지를 한 후에 유이치를 목욕시켰다. 유이치는 장난감을 잔뜩 들고 들어와 욕조에는 들어가지도 않고, 아야의 허벅지에 머리를 올려놓으면서 아빠는 이렇게 머리를 감겨준다고 칭얼댔다.

"정신없으니까, 움직이지 좀 마."

아야는 짜증이 나서 버럭 소리를 질렀다. 그러고는 억지로 씻기고 나와 몸을 닦아주었다. 유이치가 목이 마르다고 해서 물 잔을 건넨 후에는 이를 닦으라고 또 소리를 쳤다.

밀크 티를 만들어 잔을 들고 침대에 비스듬히 누워 책 읽을 준비를 하는데, 신이치가 들어왔다. 신이치는 몇 시든 상관없이 벨을 누른다. 제 손으로 잠긴 문을 열기가 싫단다. 아야는 기가 막힌 심정으로 침대에서 내려와 짜증스러운 표정으로 현관문을 열었다. 목욕을 한 후라 눈썹도 절반밖에 없는데, 표정까지 언짢다는 것을 스스로도 느낄 수 있어 아야는 더욱 불쾌해졌다.

"저녁은?"

"응, 글쎄."

모호하게 대답하고는 양복을 벗는 신이치에게서 벗은 옷을 차례차례 받아 들면서 아야는 생각했다. 그래도 오늘 밤에는 섹스를 하면 좋을 텐데.

"됐어. 간단히 먹고 왔으니까."

아내가 이런 표정으로 맞으니 그렇게 전개될 리가 없다는 것을 아는 터라 어제 읽기 시작한 책―『아이를 가려 갖는 법』이란 직설적인 제목―이나 읽으려고 침실로 돌아가려는데, 신이치가 대뜸 말했다.

"그래도, 조금 먹을까. 볶음밥이 좋겠는데, 계란국하고."

아야는 두말없이 부엌으로 들어갔다.

"자차이 남은 거 있나?"

"없어."

딱 잘라 대답하는 아야의 목소리가 밤의 부엌에 울렸다.

다음 날은 반짝반짝 빛나는 화창한 날씨였다.

장사 도구인 밴에 캠프용품을 실으면서 에미코는 머릿속 냉정한 장소로 생각했다.

'이게 시노하라와 함께 가는 마지막 캠프일지도 모르지.'

아침에 먹은 치즈 토스트가 소화되지 않고 뱃속에 그대로 남아 있다.

부부가 함께 캠프를 떠난다는 행위가 그런 경험이 없는 사람들에게는 아주 멋지게 느껴지는 모양이다. 손님이나 친구들은 물론 그동안 꽃 가게에서 일했던 아르바이트생까지, 하나같이 부럽다고들 했다. 그리고 한번은 레이코에게 부부의 좋은 관계인지 관계가 좋은 부부인지, 아무튼 그런 특집을 꾸미는데 인터뷰를 할 수 있겠느냐는 부탁을 받은 적도 있다.

결혼 초에 느꼈던 불행이랄까 불편함이 더는 혼자서 캠프를 떠날 수 없다는 것이었는데.

열여덟 살 때 친구들과 처음 아키가와 계곡에서 캠프를 한 후, 에미코는 캠프를 좋아하게 되었다. 운전면허를 딴 것도 자유롭게 캠프를 가고 싶어서였다. 그만큼 열렬하게 좋아한다. 비슷한 면면끼리 네 번째 캠프를 간 후부터는 혼자서 갔다. 물론 텐트도 혼자 치고 불도 혼자 피운다. 세계와 자신이 일대일로 그 자리에 있는 고요함이 좋아서 에미코는 캠프를 떠난다. 단순하고 소박하면서 충만한 그 고요함.

"출발해도 돼?"

운전석에 앉으면서 시노하라가 물었다.

"잊어버린 거 없지?"

"응, 출발해."

에미코도 조수석에 올라탔다. 웃음이 나올 정도로 리듬이 척척 맞는다. 그저 습관적으로 매끄럽게 형성된 리듬. 안전벨트를 매고, 햇빛 가리개를 내리고, 라디오를 켠다.

"날씨가 정말 좋다."

"그래, 정말 좋다."

에미코는 그렇게 대답하는 시노하라의 뱃속에도 치즈 토스트가 소화되지 않은 채 머물러 있으리라는 것이 참 묘하게 여겨졌다. 그로테스크한 아침이다.

라디오에서 영어로 일기예보를 하고 있다.

"따줄까?"

홀더에 꽂혀 있는 레몬 티를 가리키면서 묻자, 시노하라가 "응." 하면서 고개를 끄덕였다. 에미코는 물방울이 맺혀 있는 차가운 캔을 땄다. 딸깍, 하는 소리.

캔을 홀더에 다시 꽂아놓은 에미코는 창문에 기대고 눈을 감았다. 11년. 그것이 어떤 세월이었는지 에미코는 전혀 알지 못한다.

"몇 시쯤 도착할 것 같아?"

눈을 감은 채 물었다.

"막히지 않으면 11시쯤에는 도착하겠지."

머리와 눈두덩으로 햇살이 쏟아져 따스하다.

멋진 캠프였으면 좋겠는데.

에미코는, 그렇게 될 수 있기를 바랐다.

제7장

사랑받은 아내들

된장에 절인 연어 세 토막, 콜리플라워, 청경채, 유부, 유기농 사과 주스.

슈퍼마켓에서 시장을 보고 밖으로 나왔더니, 가드레일에 예의 개가 묶여 있었다. 빨간 목걸이를 한 까만 개다. 아야는 개 앞에 쭈그리고 앉아 턱을 쓰다듬는다. 딱히 개를 좋아하는 것은 아니지만, 이 개는 왠지 마음에 들었다. 늘 여기서 얌전하게 주인을 기다린다. 빨간 목걸이와 갈색 가죽 끈도 멋스럽다. 비가 오는 날이면 개가 노란 비옷을 입는다는 것도 아야는 알고 있었다.

길에 주차해놓은 파란색 페스티바에 물건을 싣고 있는데, 지나가던 젊은 여자가 웃는 얼굴로 인사를 했다. 어디선가 본 적이 있는 여자인 듯해서 아야도 미소로 인사했지만, 누구인지 생각난 것은 차를 타고 난 후였다.

간혹 공원에서 만나는 여자였다. 날씬하고 다리가 긴 여자. 늘 바지 차림인데 오늘은 원피스—그것도 아주 엷은 분홍색의 청초한 원피스—를 입고 있었다. 참, 옷이 날개라더니. 누구인지 금방은 알아보지 못했다.

아야는 거의 매일 공원에 간다. 평일은 오전에, 주말에는 오후에. 과거에 그것은 아이에게 햇빛을 쐬어주기 위한 행위였다. 그것이 어린 개구쟁이를 놀게 하는 행위로 바뀌고 마침내는 그냥 자신을 위한 습관이 되었다. 그렇게 된 이유는 따분함이든 결락감이든 어느 쪽이든 가능하지만, 아야로서는 양쪽 다 본의가 아니었다.

시동을 걸고 안전벨트를 매고 깜빡이를 켜고 핸드브레이크를 풀고 앞뒤를 확인하면서 천천히 차를 몰았다.

공원에는 보통 유이치를 학교에 데려다 주고 돌아오는 길에 혼자 들르는데, 주말에는 점심을 먹고 시장을 보러 나가는 길에 유이치를 데리고 간다. 요즘은 유이치가 공원보다 집에서 게임을 하고 싶어 하지만, 엄마가 부탁하면 물론 순순히 들어준다. 원래 심성이 고운 아이이고, 또 그렇게 키우기도 했다.

그러나 유이치도 이제 많이 컸다. 지금은 영어 학원에만 다니지만 내년에는 보습 학원에도 보낼 계획이고, 안 그래도 앞으로는 학교 다니고 친구들과 어울려 노느라 바빠질 테니까 엄마가 언제까지고 독점할 수는 없다.

아야는 창문을 열고 7월 초의 부드럽고 상쾌한 바람을 마셨다.

"우리 검둥이, 많이 기다렸지."

도우코는 슈퍼마켓 봉투를 발치에 내려놓고 검둥이의 끈을 풀었다. 주르륵 늘어선 자전거들 사이에 답답하게 앉아 있던 검둥이는 도우코의 얼굴을 보자마자 고개를 납죽 조아리고 엉덩이를 높이 치켜들고서 꼬리를 살랑살랑 흔들며 반겼다.

"얌전히 잘 있었어?"

도우코는 검둥이의 코에 살짝 입을 맞췄다. 샤브샤브용 소고기 500그램과 양상추, 쌈치, 커피콩, 거기에 슈크림까지, 제법 짐이 많다. 실은 타피오카가 들어 있는 코코넛 밀크도 사고 싶었는데, 한 손으로 검둥이의 목줄을 잡고 돌아갈 생각을 하니 포기하지 않을 수 없었다. 미즈누마와 함께 차로 왔을 때 사지 뭐, 하고 혼자 투덜거리며 다음으로 미뤘지만, 그래도 힘없는 도우코에게는 이미 중량 오버였다. 더구나 슈크림 상자가 거추장스러웠다. 굽이 낮은 샌들을 신고 올 걸 그랬다고 생각하면서 도우코는 횡단보도를 건넜다.

보랏빛 나는 팥죽색의 무거운 철문을 열고 현관에 들어서면서 이제야 내 집이다 싶어 안도한다. 어렸을 때부터 그렇다. 도우코는 밖에서 노는 것보다 집 안에서 놀기를 좋아하는 아이였다. 움직이기 싫어서 여행도 별로 하지 않는다. 도우코는 익숙한 장소가 가장 편하고, 또 그런 장소에 있어야 행복하다고 생각한다. 나가면서 꺼내놓았던 걸레로 검둥이의 발을 닦고, "자, 됐다." 하면서 집 안에 먼저 들여보낸다. 신발장 위에는 사탕을 담아둔 과자 통이 있다.

하루 중 저녁때가 가장 좋으면서도 가장 쓸쓸한 시간이다. 왠지 허전하고 불안해진다. 아이라도 있으면 또 다를지도 모르겠지만, 절대 싫다는 미즈누마 정도는 아니어도 도우코 역시 아이를 갖고 싶은 마음은 없다. 이유를 물으면 짐이 너무 버겁다고 대답하지만, 사실은 그저 귀찮을 뿐이다. 엄마란 인종이 되고 싶지 않은지도 모르겠다.

결국 나는 모든 것을 귀찮아하는 것이다.

사 온 것을 정리해서 냉장고에 집어넣은 도우코는 또 거실에 엎드려 그렇게 생각한다. 결국은 늘 이렇게 바닥에 볼을 대고 유리창 너머로 하늘만 바라본다.

야마기시 미치코는 남편이 자신을 사랑한다는 믿음이 있었고, 또 결혼 생활에서 사랑보다 훨씬 중요하게 여기는 신뢰와 약속과 배려 면에서도 별다른 불만이 없었다.

진료가 끝나는 다섯 시 반에 홍차를 끓이는 것은 결혼한 후로 늘 계속되어 온 습관이다. 몰아치는 폭풍우 같았던 그 7개월 동안에도 저녁 홍차는 빠뜨리지 않았다.

아이보리 색 두툼한 포트는 작년 여름휴가 때 야마기시와 남프랑스에 갔다가 산 것이다. 빨간 깡통에서 찻잎을 한 술 떠내어 포트에 담는다. 팔팔 끓은 물을 따르는 순간, 미치코는 무언가를—일상생활에서 쌓이는 앙금 같은 무언가를—단숨에 날려버리는 듯한 느낌이 든다.

타원형 등나무 쟁반에 포트와 찻잔을 담아 진찰실로 들고 간다.

"끝났어요?"

진찰실 냄새는 언제 맡아도 싫다. 이런 데서 홍차를 마시는 야마기시의 속을 모르겠지만, 바로 이곳에서 그날 하루의 잡다한 일을 정리하며 한숨 돌리는 것이 개업 이래로의 습관이라고 하니 어쩔 수 없다.

"쇼타는 어떻대요?"

미치코는 잔에 홍차를 따르면서 묻고는, 설탕과 우유를 섞어 가볍게 저었다.

"배탈이 났대. 별일은 아니겠지만, 열이 좀 있다는군."

쇼타는 원숭이다. 주인은 원숭이에게 무슨 일이 생기면 차로 한 시간이나 걸리는 거리를 달려 야마기시를 찾아온다. 미치코는 동물을 그다지 좋아하지 않지만, 환자 가운데 그 원숭이는 마음에 들었다. 아직 어리고 조그만데 성격이 포악해서 주인에게도 전혀 순종하지 않는 점이 좋았다.

"의논할 게 있는데."

차분한 목소리로 야마기시가 말했다. 미치코는 야마기시가 무슨 일이든 자신에게 의논한다고 생각한다. 신문에 실을 광고 문안에서 약 봉투의 디자인, 오디오를 바꾸고 싶다는 얘기며 대학 시절 친구가 골프를 치러 가자고 해서 주말에 외출할 것이라는 얘기까지, 거의 모든 것이 의논이다. 미치코는 자기 의견을 주장하는 일이 없으니까 결국은 부드러운 말투로 보고하는 것에 지나지 않지만, 그런데도 굳이 의논이라면서 절차를 밟는 야마기시의 성실함을 외면

하지 않는다.

"뭔데요?"

야마기시는 물빛 셔츠를 입고 있다. 칠부 정도로 걸어 올린 소매 끝으로 가늘고 섬세한 손목이 드러나 있다.

"팁의 엄마가 두고 간 사진 말이야."

팁은 뚱뚱한 시추이고, 엄마란 그 주인인 아줌마인데, 부끄러운 줄도 모르고 팁에게 자신을 엄마라고 한다.

"그 사진, 소우코에게 보여줄까 싶어서."

야마기시는 밀크 티를 마시면서 옆에 서 있는 미치코의 얼굴을 올려다본다.

"소우코 씨에게?"

사진이란 중매용 사진을 말하는 것이다. 이삼 일 전, 팁의 엄마가 무턱대고 두고 갔다.

"응."

야마기시는 여전히 미치코를 쳐다보고 있다. 어떻게 생각하느냐는 표정이었다.

"글쎄."

소우코가 야마기시에게 특별한 감정을 품고 있다는 것은 알고 있다. 그런 고지식한 여자 특유의 진지한 눈빛으로 쳐다보니까, 딱히 알고 싶지 않아도 알게 된다. 소우코의 언니라는 여자와의 관계에 대해서도 들었다. 그리고 '소우코는 동생이나 다름없는 사람'이라는 야마기시의 말에 거짓이 없다는 것도 미치코는 물론 잘 알고 있었다.

"괜찮지 않을까요? 소우코 씨가 몇 살이었죠? 스물일곱, 여덟?"

"서른둘이야."

"어려 보이네."

사진 속의 남자는 삼십 대 중반이었다. 회사원이고 미국에서 대학원을 나왔다고 한다.

"좋을 것 같은데. 소우코 씨, 귀엽잖아요."

미치코가 그렇게 말하자 야마기시는 희미한 미소를 띠며 말했다.

"알았어."

"잘되면 좋겠다."

미치코는 막대를 비틀어 블라인드를 닫으면서 말했다. 순간적으로 실내가 어두워졌다.

'도우코네 집은 언제 와도 깔끔하네.'

저녁을 먹은 후 소파에 앉아 카푸치노를 마시면서 레이코는 생각했다. 음식 솜씨는 자신이 낫지만, 평소 생활하는 모습이랄까 일상적인 면에서는 도우코가 훨씬 꼼꼼하고 낫다. 도우코는 일을 하지 않으니까 당연하다는 생각도 해보지만, 그래도 조금 전까지 너무 많이 먹었다면서 검둥이와 함께 거실에서 뒹굴다가 미즈누마가 집에 들어서는 순간 벌떡 일어나 바지런하게 시중을 드는 모습을 보니, 그 바지런함보다 거리낌 없음에 그만 샘이 나고, 자신이 여자로서 도우코보다 못하다는 기분이 들고 만다.

"슈크림 사다 놓은 거 있으니까 먹자."

미즈누마가 자기 방으로 들어가자, 미즈누마의 양복을 브러시로 털면서 도우코가 말했다.

"그래, 먹자."

레이코는 카푸치노를 한 잔 더 따르러 부엌으로 갔다.

포도주를 마시자고 한 것은 도우코였다. 슈크림을 먹고, 뉴스를 보면서 다림질을 끝낸 후였다.

"같이 마실 건지 미즈누마 씨에게 물어보고 올게."

도우코는 방긋 웃으며 그렇게 말하고 미즈누마의 방에 다녀왔다.

"안 마신대."

조금은 실망한 표정이었다.

"뭐 어때. 둘이서 마시자."

레이코는 일부러 한결 밝은 목소리로 대꾸했다. 옛날부터 그렇다. 레이코는 도우코의 실망한 얼굴은 보고 싶어 하지 않는다.

포도주는 이태리산 적포도주였다. 미즈누마의 취미인지, 도우코의 집에는 늘 몇 가지 포도주가 있다.

"비노 다 타볼라Vino da Tavola."

도우코가 그렇게 중얼거리면서 마개를 땄다.

술을 좋아하지 않는 에리는 라임 즙을 섞은 페리에를 마시면서 좋아하는 남자의 얼굴을 바라본다. 테라스석은 바다에서 바람이 불어와 기분이 상쾌하다.

"손 좀 줘봐요."

에리는 테이블 너머로 내민 츠치야의 오른손을 두 손으로 감싸 듯 꼭 쥔다.

"이 손, 너무 좋아."

고속도로와 나란히 달리는, 모노레일 같은 전철을 타고 이곳에 왔다. 묘한 동네다. 아파트와 치과 의원, 약국, 그리고 편의점 바로 옆에 지중해풍인지 서해안풍인지, 국적을 알 수 없는 리조트지에나 있을 법한 카페 바가 줄줄이 들어서 있다.

"다리 좀 줘봐요."

츠치야가 테이블 아래로 오른쪽 다리를 쭉 뻗자, 에리는 하얀 뮬을 신은 두 발 사이에 그의 다리를 끼웠다.

"이 다리도 너무 좋더라."

그렇게 말하는 순간 자신이 평소 같은 바지 차림이 아니라는 것을 퍼뜩 깨닫고는, 얼른 다리를 오므렸다. 이래서 원피스는 싫다.

에리는 그런 옷을 입은 자신이 부끄러웠다. 어렸을 때부터 물세탁을 할 수 있고 튼튼하고 오래 입을 수 있는 옷만 입었다. 할머니와 엄마에게 키가 커서 여자다운 옷은 어울리지 않는다는 말을 들으며 자랐다. 일해서 제 손으로 돈을 버는 지금, 에리는 원피스 두

벌을 갖고 있다.

"다음에는 저것도 타보자."

바다로 시선을 돌리고 츠치야가 말했다. 빨간 초롱을 단 놀잇배가 몇 척 떠 있었다.

놀잇배 따위는 싫었다. 저런 배에서 술을 마시고 튀김을 먹다니 주정뱅이나 하는 짓이다. 하기야 이 동네 전체가 그렇다. 해변을 산책하고 식사를 하고, 이런 곳에서 바람을 쐬는 것마저.

"언제?"

에리는 다시―원피스 자락은 신경 쓰지 않기로 했다―츠치야의 다리를 꼭 죄고서 그 얼굴을 들여다보면서 물었다.

츠치야가 곁에 있다면 저렇게 이상한 배도 탈 수 있다. 타보고 싶다. 츠치야와 함께라면 무슨 일이든 할 수 있고, 세상이 좋은 곳이라 느껴진다.

"입술도 좀 줘봐요."

츠치야의 눈을 응시하면서 에리는 조그만 소리로 속삭였다.

두 잔째 포도주를 마실 때부터 도우코의 눈이 젖어 들었다. 말투도 조금 느려졌다.

"미즈누마 씨하고 둘이서도 마셔?"

"마시지."

도우코는 방긋 웃으며 대답했다. 결혼 전에는 한 방울도 마시지 못했던 친구를 바라보면서 레이코는 미즈누마에게 가벼운 질투를 느꼈다.

"좋겠다. 부부끼리 술도 마시고."

"너네는? 츠치야 씨, 술 안 마셔?"

볼이 발그스름하게 달아오른 도우코가 고개를 약간 기울이고 물었다.

"마시지 않는 건 아니지만."

레이코가 피식 웃으면서 대답하자 도우코는 잠시 말이 이어지기를 기다렸다가, 더는 묻지 않고 "흐음." 하고 고개를 끄덕였다.

'우리는 얼굴 마주하는 일도 거의 없는걸, 뭐.'

그렇게 말하면 도우코가 어떤 표정을 지을까. 그 사람, 작업실이 따로 있잖아. 안 그래도 일 때문에 이리저리 돌아다니는 날이 많은데, 거기서 자고 오는 날도 많으니까. 원래 한곳에 진득하게 머물지 못하는 타입이야.

마음속으로 거기까지 말을 만들어낸 레이코는 그런 자신을 어이없어한다. 대체 누구에게 변명을 하고 있는 것일까.

"있지. 나, 좋은 일이 있었어."

도우코가 후후후, 하고 웃으면서 말했다.

"무슨 일인데?"

"아무 일도 아닌데, 그런데 아주 조금 좋은 일."

천진하고 즐거운 표정으로 말한다. 레이코는 갑자기 먼 옛날이 그리워졌다. 이런 표정으로, 얼마나 많은 사건을 고백했던가.

"어떤 일인데?"

다시 한 번 채근하자, 도우코는 또 후후후, 하고 웃었다.

"웃기만 하고, 뭐니?"

"알았어. 얘기할게."

도우코는 등을 쫙 펴고, 스스로를 힘내라고 부추기듯 그렇게 말했다.

"남자를 만났어. 공원에서, 검둥이랑 산책하다가."

예기치 않은 말에 레이코까지 등을 쫙 폈다.

"남자?"

"응."

도우코가 또 방긋 웃는다.

"그뿐이야."

"그뿐이라니, 무슨 소리야? 어떤 사람인데? 만나서는 뭘 하고?"

도우코는 이상하다는 표정을 지었다.

"그뿐이라니까. 일요일 오후에 공원에서 만나면, 안녕하세요, 날씨가 덥네요, 그렇게 인사하는 것뿐이라고. 세 번 만났나."

그러고는 조금은 불쾌하다는 표정으로 이런 말을 했다.

"레이코는 일을 하니까 잘 모르겠지만, 전업 주부가 다른 남자하고 말 한마디만 나누어도 그건 사건이야, 사건."

"그러니까 묻잖아."

레이코는 들고 있던 잔을 테이블에 내려놓고 계속 다그쳤다.

"설마, 미덕의 흔들림 같은 일은 없었겠지?"

도우코는 무슨 말인지 못 알아듣는 듯했다.

"그거, 바람이니 불륜이니 하는 얘기야?"

"그래, 사실대로 말하면."

도우코는 키득키득 웃었다.

"당연히 없지. 미즈누마 씨가 있는데."

과연 이 부부는 사이가 좋다. 부부 싸움을 한 다음 날이면, 미즈누마가 도우코에게 반드시 꽃을 선물한다고 에미코가 말한 적이 있다.

"그야 그렇지만."

레이코는 왠지 자신이 바보 같은 느낌이 들었다.

"그런데, 그 남자하고 한마디를 나누는 게 기쁘다는 말이니?"

잔을 비우고 일어서며 레이코가 물었다.

"너, 심술궂다."

도우코는 눈을 치뜨고 올려보며 말했다.

"조금 좋은 일이라고 했지, 기쁘다는 건 아니야."

"알았네요."

현관에서 구두를 신었다. 안에서 나온 미즈누마에게 늦게까지 있어 미안하다고 말하고, 바깥까지 배웅 나온 도우코에게 조그만 소리로 소곤소곤 말했다.

"아무쪼록 흔들림에는 주의하도록."

밖은 바람이 불어 시원했다.

"잘 가. 츠치야 씨하고 잘 지내고."

"웬 잔소리."

도우코의 말에 다른 뜻이 없다는 것은 알고 있지만, 순간적으로 몸 어딘가가 뜨끔했다. 물론 츠치야와 사이가 나쁜 것은 아니다. 꽃다발을 선물하지는 않아도 츠치야는 충분히 친절하다. 가끔 둘이 함께 식사라도 하면 레이코에게 좋은 여자라고 말해준다.

지하철역으로 걸어가면서 레이코는 자신의 발소리를 들었다. 딱딱하고 규칙적인 구둣발 소리.

하지만, 하고 레이코는 생각한다. 자신의 아내에게 대놓고 좋은 여자라고 하는 남자가 과연 있을까. 부부 사이의 거리가 조금도 줄어들지 않는다. 츠치야는 아무리 시간이 흘러도 가정이란 것에 길들지 않는다. 그리고 그것은 다름 아닌 자신이 가정적이 아니라는 증거이다. 레이코의 생각은 늘 그런 결론에 닿는다. 거의 확신에 가깝게.

아내란 훨씬 더 느긋한 역할인 줄 알았다. 그런데 자신이 여전히 그들 중 한 사람—갓 결혼했을 무렵 걸려 온 말없이 끊기는 전화를 레이코는 지금도 잊지 않고 있다—은 아닐까 싶어 움찔거리다니, 생각지도 못한 일이었다.

포도주와 샤브샤브 때문에 더부룩했던 배가 밤공기에 조금씩 누그러진다.

 큰길로 나서기 바로 전 모퉁이에 있는 오래된 집의 현관 앞에, 하얀 백일홍이 피어 있었다.

제8장

어느 비 내리는 날

컴퓨터 그래픽은 마치 색칠 놀이 같다.

사쿠라코는 깊은 밤, 500밀리리터짜리 비타민 음료를 마시면서 생각했다. 날개를 파닥거리며 날아오르는 참새—돌연변이로 태어나 털색이 이상한 외톨이 참새라고 사쿠라코가 캐릭터를 설정한—의 색으로 지금 막 지정한 파랑의 싱그러움을 황홀하게 쳐다보고서, 강풍으로 틀어놓았던 선풍기를 약풍으로 바꿨다. 에어컨을 좋아하지 않는다. 다행히 이 방은 바람이 잘 통하고, 밤이면 이렇게 창문을 열어놓고 선풍기만 틀어도 충분히 시원하다.

시안 100, 마젠타 50으로 지정한 파란색에서 마젠타를 40으로 줄여본다. 그리고 또 30과 20으로. 파랑이 점점 엷어지면서 아콰마린에 가까워진다. 그럴 때마다 마우스에서 딸깍, 딸깍하고 소리가 난다.

진짜 그림이라면 이럴 수 없다. 종이에 한번 물감을 칠하면 끝이다. 돌이킬 수가 없다.

라디오에서 프린세사Princessa의 콜링 유가 흘러 스위치를 껐다. 그 곡을 싫어하는 것이다. 사쿠라코는 싫어하는 것이 많은 성격이다.

일어나 창밖을 내다본다. 눅눅하고 답답한 바람. 내일은 비가 오겠군, 하고 생각하면서 눈을 감고 속눈썹으로 밤기운을 느낀다.

아파트 방 두 개를 하나는 침실로 하나는 서재로 쓰고 있어, 집 안에 자신만의 장소가 없다. 시노하라는 음식을 만들지 않으니까 부엌이 그런 장소에 해당할 수도 있지만, 에미코는 부엌을 자신만의 장소로 여기는 여자는 되고 싶지 않았다.

"날씨가 후덥지근하니까 소면 먹는 게 좋겠지?"

에미코는 식탁에 턱을 괴고, 맥주를 마시면서 야간 중계를 보고 있는 시노하라에게 묻고는, 대답도 듣기 전에 냄비에 물을 받는다.

"응."

뭐든 상관없다는 목소리였다. 에미코는 그 말을 뒤통수로 흘려들으면서, 얼른 달걀지단을 부치고 가지를 볶았다. 그릇을 꺼내놓고, 남편의 시선 끝에 있는 텔레비전 화면을 보았다.

"이기고 있어?"

관심은 없지만 그래도 물어보았다.

"아니, 1점 지고 있어."

시노하라는 그렇게 대답하고 맥주를 한 모금 들이켰다.

"나카고미는 괜찮은 투수인데 말이야."

그러고는 변명을 하듯 덧붙였다.

이 사람이 이렇게 깡마른 것은 내 탓이겠지, 하고 생각하면서 에미코는 저녁거리를 식탁에 늘어놓는다.

원목 그릇장에는 화려한 분홍색 텐트를 배경으로 플리스Fleece 소재의 파카—부슬비가 내리는 추운 날이었다—를 입은 에미코와 시노하라가 서로에게 몸을 기대고 환하게 웃고 있는 사진이 담긴 액자가 놓여 있다. 결혼한 해 겨울이었다. 둘 다 지금보다 볼이 조금은 통통하다.

커다란, 웃는 얼굴.

에미코는 마음속으로 자신을 비웃듯 웃었다. 그때 이미 나는 이 사람에게 넌더리가 나 있었는데.

지금까지 해온 무수한 거짓말, 두 번의 중절 수술. 말다툼 한번 하지 않고 지내온 11년이란 세월.

"와, 맛있겠다."

참기름 냄새가 식욕을 자극했는지 시노하라가 그렇게 말했다.

"조금만 기다려."

에미코는 웃으면서 말하고는 생강을 갈았다.

어떤 유의 호텔에는 방명록이랄까 낙서장이랄까, 아무튼 손님이 쓰고 싶은 대로 글을 남기는 공책이 있는데, 에리는 늘 그것을 열심히 읽는다.

오늘은 슌과 왔어요.

불륜에 빠졌습니다.

사랑해, 미카.

그 사람에게는 애인이 있지만 상관없어요.

옆에서는 츠치야가 머리맡에 있는 라디오를 만지작거리면서 포카리스웨트와 프런티어 라이트를 번갈아 입으로 가져가고 있다. 프랑스어 강좌에서 헤비메탈까지 무수한 프로그램이 있다. 이렇게 엎드려 있는 츠치야의 매끄러운 어깨를 좋아한다.

"음."

깊은 만족감에 쓰러지듯 몸을 구부리면서 츠치야의 어깨를 깨문다. 이러면 츠치야의 팔이 자신의 목을 꼭 껴안는다는 것을 알고 있다.

하지만 에리는 섹스가 끝나고서도 알몸으로 있는 것에는 익숙하지 않다. 내내 이대로 있고 싶다고 간절하게 바라면서도 결국은 먼저 일어나 옷을 입고 만다.

"외국 얘기 좀 해봐요."

도나 카란의 브래지어는 3천9백 엔이었는데 팬티는 4천5백 엔이나 했다. 외할머니 스에코가 알면 틀림없이 얼굴을 찡그릴 가격이지만, 고급스러운 면의 감촉이 좋아 즐겨 입는 하얀 팬티를 끌어올리면서 에리는 말했다. 에리는 아직 외국에 가본 적이 없다. 딱히 가고 싶지도 않지만, 이 나라 저 나라로 여행을 다니는 츠치야의 얘기를 듣는 것은 좋아했다.

"어느 나라 얘기?"

츠치야는 밋밋하고 낮은 목소리로 물었다. 담배 연기에서 눈길을 떼지 않는다.

"독일의 본."

에리는 아무렇게나 대답하고는, 8밀리 스크린과 똑같이 생긴 하얀 롤 커튼을 올리고, 회전 손잡이가 달린 견고한 창문을 열었다.

"본에 있는 술집 얘기."

츠치야는 외국 하면 술집 얘기밖에 하지 않는다. 창문으로 싸늘하고 눅눅한 공기가 흘러 들어왔다.

"아, 비다!"

밤에 내리는 비를 무척 좋아한다. 특히 츠치야와 둘이서 우산 없이 이슬비를 맞으며 걷는 것이 좋다.

"우리 산책해요."

들뜬 목소리로 말하면서 에리는 츠치야의 티셔츠를 집어 넌지시 건넨다.

늘 그렇듯, 사쿠라코는 알람보다 정확하게 15분 일찍 잠이 깼다. 이불 속에서, 비가 내리고 있다는 것을 금방 알았다. 소리보다 기척으로. 비가 공기에 휘감기는 기척, 방 안까지 가득 채우는 고요함.

사쿠라코의 시트는 엷은 파란색, 타월 이불은 하양, 베갯속은 메밀이고 역시 엷은 파란색 커버가 씌워져 있다. 회색 알람 시계에는 덤보 그림이 그려져 있고, 상자 모양 등나무 베개가 발치에 놓여 있다(그 위에 발을 올려놓고 잔다. 어느 책에선가 발을 높이 두고 자면 몸에 좋다는 글을 읽었다).

홍차 한 잔을 천천히 마신 후, 샤워를 하고서 준비를 한다. 편집부에서 하는 아르바이트는 오후부터니까 오전에는 대개 여유가 있다. 텔레비전을 켜고 일기예보를 본다. 비가 종일 내릴 모양이다. 오늘은 오전에 강의가 하나 있는 날이다. 그런대로 재미있는 민사소송법Ⅱ 강의와 아르바이트 사이의 2시간 동안 아오야마에 가보기로 했다. 그 가게는 시부야 경찰서를 지나 마권 장외 발매소 뒤쪽에 있는 듯했다.

사쿠라코는 서랍장을 열어 닭 모양 풍향계가 수놓인 손수건을 꺼내 재킷 주머니에 넣었다. 고등학교 2학년 가을에 친구가 전학을 가면서 준 그 손수건을 사쿠라코는 수호신처럼 여기고 있다. 대학 입시를 치르는 날에도 들고 가 합격했다. 건강검진을 받았더니 위에 검은 그림자가 있다고 해서 재검을 받기 위해 위카메라를 삼켰던 날에도 들고 갔고, 아무 이상 없다는 결과가 나왔다.

준비가 끝나자 사쿠라코는 냉장고에서 슬라이스 치즈 한 장을 꺼냈다. 배가 고픈 것은 아니었지만, 어제저녁부터 정크푸드밖에 먹지 않았다는 생각이 나서였다.

"단백질을 섭취해야지."

사쿠라코는 치즈를 먹고 우유를 마셨다.

도우코는 치과에서 아침 첫 환자로 진료를 받았다. 돌아오는 길에 슈퍼마켓에 들러 장까지 봐 온 덕분에 청소를 끝내자 한가로워졌다. 저녁때 검둥이와 산책을 하는 것 외에는 이렇다 할 일이 없다. 소파에 누워 팔걸이에 다리를 올려놓고 천장을 본다. 눈을 감고 빗소리를 듣는다. 후드득후드득 처마를 때리는 빗소리.

　고등학교 1학년 때, 한 학년 위인 남학생을 좋아했다. 소프트볼부에서 활동하는, 자그마한 몸집에 인상이 청결한 남학생이었다. 아침마다 몰래 같은 전철을 타고 등교했다. 그는 일주일에 두 번 이른 아침에 연습이 있어서, 그 이틀 동안은 같은 전철을 탈 수 없었지만 비가 오면 연습은 중지되었다. 그래서 비가 반가웠다.

　한번은 편지를 건넸다. 레이코가 용기가 없어 머뭇거리는 도우코의 등을 떠밀듯이 해 역에 있는 파출소 옆으로 데리고 갔다. 그는 거기에서 친구를 기다리고 있었다. 그는 어찌할 바를 모르는 듯했다. 영화를 두 번 같이 보고는, 그것으로 끝났다. 〈이유 없는 반항〉과 나머지 한 편은 어떤 영화였는지 잊어버렸다.

　도우코는 한 손을 소파 아래로 축 늘어뜨리고 손가락으로 따스한 털을 헤젓듯이 검둥이를 쓰다듬는다. 눈을 뜨고 천장을 보고는 다시 감는다. 이 공간은 시간이 멈춰 있는 것 같다고 생각한다. 후덥지근해서 에어컨을 켰다.

　―언니, 어떻게 된 거 아니야?

　소우코의 얼굴은 분노보다는 충격으로 일그러져 있었다.

―정말 미쳤나 봐. 나중에 틀림없이 후회할 거야.

그로부터 5년이 지났다.

소프트볼부 남학생 이후로 도우코는 몇몇 남자를 좋아했다. 레이코는 '정에 얽매이는 체질'이라고 하는데, 결국은 무질서한 것이라고 도우코는 생각한다. 끝내는 어떻게 되든 무슨 상관이랴 싶은 기분이 들고 만다. 이것도 좋고 저것도 좋고. 차라리 아무 일도 없으면 가장 좋을 듯한 생각도 든다. 도우코는 사랑이란 그런 것이라고 생각한다.

그래도 그렇지, 소우코.

도우코는 일어나 밀크 티를 끓이러 부엌으로 갔다. 미즈누마가 없을 때는 간편하게 티백을 우린다. 사실 도우코는 노란 종이 티백으로 우려낸 홍차를 가장 좋아한다.

거실로 돌아와 소파에 앉자, 아까 옆에 누워 있던 검둥이가 다가와 다리에 몸을 기대듯 납죽 널브러졌다.

소우코는 대체 언제까지 그러고 살 작정인 걸까. 잡지꽂이로 사용하는 바구니에서 잡지를 한 권 꺼내 무릎 위에 펼친다. 아름다운 정원 사진이 실려 있는 시시껄렁한 서양 잡지다.

소우코는 어렸을 때부터 고지식했다. 고지식하고 착실하고 책임감이 강했다. 무슨 일을 하다가 도중에 팽개치는 일이 절대 없었다. 도우코는 작심삼일로 끝났던 피아노도 서예도 스쿼시도 20년 가까이―피아노는 22년이나―계속했다. 무슨 일에든 열심인 소우코.

'올 에이' 였던 소우코.

─뭐가 불만이야? 야마기시 씨가 뭐가 어때서?

소우코는 그렇게 물었지만, 도우코는 대답할 말이 없었다. 불만 따위는 없었다. 더함도 덜함도 없는 애인. 다만 그때 이미 야마기시와의 관계는 막다른 골목에 가 있었다.

비는 아직도 계속 내리고 있다. 창틀에 세워둔 액자 속에서, 웨딩 드레스를 입은 도우코가 턱시도 차림의 미즈누마 옆에 서서 화사하고 고요하게 미소 짓고 있다.

손님이 뜸한 날이다. 에미코는 카운터 안 조그만 스툴에 걸터앉아 유리창 너머로 비를 바라본다. 커다란 유리창 가득 맺힌 물방울과, 예기치 못한 순간에 흘러 떨어지는 물방울의 궤적.

그래도 오후에는 오전보다 많이 움직였다. 조그만 화분 몇 개를 담아 꾸민 꽃바구니가 두 개 팔렸고, 유난히 말이 많은 손님이 와서 20분이나 이리저리 물색하더니 스위트피를 사 갔다. 거베라로만 만든 조그만 꽃다발도 팔렸다.

꽃바구니는 아들인 듯한 중년 남자가 모는 차를 타고 간혹 찾아오는 노부인이 사 갔다. 에미코는 그 노부인이 마음에 들었다. 꽃을 오래가게 할 것 같지는 않았지만, 많이 귀여워해줄 것 같았다.

"참 잘도 내리네요."

아르바이트생의 목소리에 에미코는 시선을 가게 안으로 돌렸다.

가위, 걸레, 카운터 위에 남아 있는 꽃줄기, 바구니에 담긴 사탕.

"이제 불을 켜야겠다."

에미코는 그렇게 말하고 누비 걸레로 카운터를 닦았다.

이혼을 한다 해도 당분간은 시노하라와 함께 일을 해야 할 것이다. 에미코는 다양한 길이의—아주 긴 것은 바닥에 늘어져 있다—리본을 둘둘 감으면서 문득 생각했다. 시노하라는 공동 경영자인 데다, 그 사람 없이 가게를 지금의 상태로 유지해나갈 자신이 없다. 달그락달그락, 리본을 감는 희미한 소리.

11년. 그것은 정말 아마득한 시간이었다. 본의 아니게 쌓아 올린 것.

에미코가 제작한 부케는 평판이 좋아 결혼식용으로 수요가 많다. 시노하라가 배달하지 않으면 업자에게 맡겨야 하고, 그렇게 하자면 별도의 비용이 든다. 배달하는 장소와 시간에도 제약을 받을 것이다. 선도를 유지하기가 쉽지 않은 소재는 상품 가치가 떨어질 수도 있다. 에미코는 턱을 괴고 멍하니 창밖을 바라보았다.

"잘 지냈어."

귀에 익은 목소리가 들려 돌아보니, 도우코가 서 있었다. 검둥이는 노란 비옷을 입고 도우코는 물방울무늬의 감색 트렌치코트를 입고 있었다.

"어서 와."

에미코는 일어서면서 쾌활하게 말했다.

"검둥이는 어쩜 늘 이렇게 멋쟁이니."

공치사지만, 사람을 칭찬하는 것보다 개를 칭찬하는 편이 효과적이라는 것을 알고 있었다.

"좀 환한 꽃을 사고 싶은데."

도우코가 방긋 웃으며 말했다.

"꽃송이가 탐스러웠으면 좋겠어. 방이 눅눅하고 어두워서. 그렇지, 검둥아?"

도우코가 검둥이를 내려다본다.

"그리고 오늘은 미즈누마 씨가 일찍 돌아올 거야. 축구 중계가 있거든."

"그럼, 어떤 꽃이 좋을까."

에미코는 가게 안을 휘 돌아보았다.

"미모사는 어때? 풍성하고 탐스러운 노란색."

"좋은데."

도우코가 가방에서 지갑을 꺼내는 것을 보면서, 오늘은 우리 집에도 미모사를 조금 가져가야겠다고 에미코는 생각했다.

츠치야는 야간 중계를 소리를 낮춰 틀어놓고 편집 프로덕션에 보낼 사진을 선별하고 있었다. 잉어 드림鯉幟, 종이나 천 등으로 잉어 모양을 만들어, 단오 때 기처럼 장대에 높이 다는 것_옮긴이을 만드는 공정을 찍은 사진으로, 재단에서 염색, 봉제에 이르기까지 전부 수작업이었다. 장인을 찍는 것은 좋아하는 일이다. 작업실이란 명목으로 사용하고 있는 원룸에 아까 시켜 먹은 만두와 볶음밥 냄새가 고여 있다. 여기저기 쌓여 있는 잡지 더미. 거의 청소를 하지 않기 때문에 청회색 카펫이 먼지를 먹어 딱딱하다. 물론 신발도 벗지 않는다. 갈아입을 셔츠 몇 장이 옷걸이에 걸려 있다. 생활하는 장소가 아니라서 조그만 냉장고와 합성피혁 소파가 하나 있을 뿐, 싱크대는 현상소 구실을 하고 있고 조립식 욕실도 거의 사용한 적이 없다. 하지만 결혼하기 전부터 작업실로 사용하는 곳이라 집 이상으로 편하다. 자신의 냄새 같은 것. 츠치야는 이곳에는 여자를 데리고 온 적이 없다.

타르 1밀리그램, 니코틴 0.1밀리그램짜리 담배를 한 대 입에 물고 텔레비전의 채널을 바꾼다. 포기한 것이다. 응원하는 팀이 7대1로 지고 있었다.

벨이 울려 담배를 문 채로 나가보니 젊은 여자가 서 있었다. 복도에 우산에서 떨어진 물이 고여 있다.

"안녕하세요."

여자가 싱긋 웃으며 말했다.

"고지마 사쿠라코예요. 기억하시나요?"

비 냄새 나는 바깥 공기가 흘러 들어왔다.

"글쎄."

츠치야는 당혹스러움을 감추지 않았다. 전혀 기억에 없는 여자였다.

아내 밑에서 일한다는 젊은 여자를 위해 냉장고에서 캔 녹차를 꺼내 따주면서, 에리를 처음 만난 날을 떠올렸다. 휴식 시간에 누군가가 돌린 캔 커피를 따서 건넸더니 "츠치야 씨는 여자에게 자상하죠."라고 했다. 노래하듯 명랑하고 놀리듯 웃음 섞인 말투였다.

"저, 이거요."

젊은 여자가 종이봉투를 내밀었다. 츠치야가 좋아하는, 아오야마에 있는 커피집의 봉투였다. 조용해서, 옛날에는 곧잘 그곳에서 레이코를 만났다. 레이코는 그 가게의 밀푀유mille-feuille를 좋아한다.

"커피예요. 이 가게의 블렌드 커피를 좋아하신다고 해서."

여자는 사쿠라코라고 자신의 이름을 말하고, 지난번 레이코의 파티 때 츠치야를 만났다고 한다. 듣고 보니 이런 여자가 있었던 것 같기도 하다.

"그런데 블렌드가 두 종류 있어서."

여자는 "잘 마실게요."라면서 캔에 입을 대고서 말을 이었다.

"후케 블렌드와 리얼 블렌드라고 쓰여 있더라고요. 어느 쪽이 좋을지 잘 몰라서 양쪽 다 조금씩 사 왔어요."

눈이 커다란 여자다.

"아. 이거, 고맙습니다."

일단은 그렇게 말하고 "양쪽 다 좋아합니다."라고 덧붙였다.

방금 전까지 신경조차 쓰지 않았는데, 빗소리가 유난히 크게 들렸다.

"그런데……?"

따지는 것처럼 들리지 않게 최대한 주의하면서 츠치야는 시선으로 물었다. 타이트스커트 아래로 가지런히 모은 두 무릎.

"다시 한 번 뵙고 싶어서요."

사쿠라코가 말했다.

"그뿐이에요."

왼손에 손수건을 쥐고는 있지만 차분하고 단호한 말투다. 겁이 없는 성격인 듯하다.

"아, 그게 그런데."

츠치야는 난감하다는 듯이 웃었다.

"정말 그뿐이에요."

사쿠라코는 다시 한 번 말하고 감색 숄더백에서 종이쪽지를 꺼내 테이블에 놓았다. 이름과 주소, 전화번호가 적혀 있다.

"그럼, 갈게요."

선언하면서 일어선다.

현관까지 나가 배웅하고서 문을 닫자 어깨에서 힘이 쭉 빠져나갔다. 이거 참. 방으로 돌아와 텔레비전―사쿠라코가 들어왔을 때 껐다―을 켜고, 설마 역전의 가능성은 없겠지, 하면서도 일말의 희망을 걸고 채널을 바꿨다. 경기가 끝나고, 이긴 상대 팀의 감독을 인터뷰하고 있었다. 감독의 얼굴이 커다랗게 클로즈업된 화면. 츠치야는 곧바로 텔레비전을 껐다. 비는 아직도 계속 내리고 있다.

제9장
남자들

야마기시 도모야는 여자를 믿지 않는다.

그렇다고 뭐 옛날에 사귀었던 여자—정식으로 약혼한 것은 아니었지만 그래도 언젠가 결혼을 하면 강아지는 스코치테리어를 키우고 고양이는 아메리칸 쇼트헤어나 아비시니안을 키우자고 했고, 같은 직장에서 각자 독립적으로 일할 수 있으니 정말 이상적인 관계라고 했던 여자—에게 어처구니없이 차였기 때문만은 아니었다.

그 직후에 고등학교 동창회가 있었고, 그 자리에서 재회한 과거의 여자 친구와 다시 사귀기 시작한 지 1년 남짓에 결혼을 했다. 그런데 그 아내가 결혼한 지 얼마 안 되어 바람을 피웠다.

믿을 수 없는 것은 바람 그 자체가 아니다.

야마기시는 제약 회사 팸플릿을 책상 위에 펼쳐놓은 채 창밖을 바라보며 생각에 잠겼다. 오늘은 아침부터 날씨가 화창하다.

—그 사람 없이는 살 이유도 없어.

그때, 미치코는 그렇게 말했다.

그렇게까지 심각했으면서 바람을 피웠다는 사실이 드러나 그 남자와 헤어지자, 아무 일도 없었던 것처럼 자신의 아내 자리로 돌아온 미치코를 보고 있으면, 여자란 개나 강아지, 원숭이, 새, 햄스터보다 더 이해할 수 없는 생물이라는 생각이 든다. 과거 자신을 차버린 도우코든 현재의 아내 미치코든, 여자에게는 근본적으로 신용할 수 없는 부분이 있다고 야마기시는 생각한다. 둘이 타입은 서로 다르지만, 어딘가 공통점이 있다. 뭐라고 표현하면 좋을까. 야마기시는 이성이 아닌 무언가에 지배되는, 그런 정체를 알 수 없는 존재는 질색이었다.

"점심 들어요."

인터폰으로 미치코가 부르는 소리가 들렸다. 야마기시는 흑백 요금표가 끼워져 있는 컬러 인쇄 팸플릿을 덮고 거실로 갔다. 테이블 위에 노릇노릇하게 구운 샌드위치와 감자 샐러드, 그리고 밀크 티가 차려져 있었다. 유리창 너머로 마당에서 일하는 미치코의 모습이 보였다. 미치코는 세끼를 같이 먹기는 거북하니까, 라고 한다. 게다가 점심 먹느라 일의 맥이 끊기면 비효율적이라고 한다.

하지만 야마기시는, 어차피 식사 준비는 하니까 마찬가지잖아, 라는 말은 하지 않았다. 야마기시 역시, 세끼를 같이 먹기는 거북하다고 생각하는 것이다. 남프랑스를 여행할 때, 미치코가 일부러 항공편으로 앞서 보낸 파란 쿠션이 놓여 있는 의자에 앉아 피클을 하나 집어 입에 넣었다.

츠치야는 오랜만에 집의 침대에서 잠이 깼다. 시계를 보니 10시

반이 조금 넘어 있었다. 오늘은 일도 없고 데이트 약속도 없다.

"일어났네. 잘 잤어?"

나갈 준비를 마친 레이코가 귀걸이를 하면서 돌아보았다.

"뭐 먹을래?"

"아니."

츠치야는 이불 속에서 몸을 뒤척였다.

"아직 술이 안 깬 거야?"

레이코가 침대로 다가와 츠치야의 얼굴을 들여다본다.

"아니, 그런 건 아니고. 커피만 좀 끓여줘."

레이코 밑에서 일한다는 젊은 여자가 작업실로 찾아왔었다는 말을 해야 하나 말아야 하나 고민하다 일주일이 그냥 지나고 말았다.

"나갈 거야?"

"응. 오늘은 친구들하고 점심 먹고 출근할 거야."

몸에 딱 달라붙는 반짝이는 티셔츠에 회색 일자바지를 입고 있다. 레이코는 언제나 반듯하다. 용모 자체는 모델 일을 하는 에리가 낫지만 꾸밈새로 따지자면 얘기는 전혀 달라진다. 에리는 손톱에 아무것도 칠하지 않은 채 그냥 내버려두는데 레이코는 늘 깔끔하게 매니큐어를 칠한다. 오늘은 회색 매니큐어다. 전업 주부 같으면 몰라도 일하는 사람이 용케 그런 시간이 다 있다고 놀라지만, 언젠가 레이코 자신이 이렇게 말한 적이 있다. 단정하게 하고 있지 않으면 불안하다, 고. 츠치야에게 레이코는 싫으나 좋으나 여성적인 여자였다.

"오늘은? 외출할 거야?"

창문을 열고 베란다에 배스 매트를—샤워할 때 사용한 것이리라. 레이코는 꼼꼼한 성격이라서 샤워를 할 때마다 꼭꼭 내다 넌다—내다 널면서 레이코가 물었다.

"아니, 딱히 예정은 없는데. 잘 모르겠어."

모르겠다는 대답을 레이코가 싫어한다는 것을 알고 있었다. 그렇지만 모르는 것은 모르는 것이니까 어쩔 수 없었다.

츠치야는 베개를 껴안고 엎드려 담배를 물고 불을 붙였다.

"최대한 빨리 들어오겠지만, 오후에 출근하는 거니까."

레이코의 말을 뒤통수로 들었다.

"괜찮아. 일인데 뭐."

재떨이 역시 레이코가 깨끗하게 씻어 머리맡에 놓아두었다. 츠치야는 작업실의 재떨이를 생각했다. 꽁초가 수북하게 쌓여 있고, 꺼지지 않은 담뱃불을 끄기 위해 부은 녹차에 니코틴이 배어 나와 누런 물이 고여 있다.

"다녀올게."

츠치야는 아내를 돌아보지 않은 채 대꾸했다.

"잘 다녀와."

정원이라고 하기에는 너무 좁지만 그래도 일단은 잔디밭이 있고 옆집과는 목제 울타리로 나뉘어 있다. 수도와 호스가 있고, 구석에는 꽃사과니 야생 동백이 자라는 조그만 정원에서, 미치코는 장미를 키우고 있다. 미치코는 가냘픈 가지에 환하고 아름다운 꽃을 소담스레 피우는 장미를 무척 좋아한다. 사랑한다, 고 해도 좋을 정도다. 가장 좋아하는 장미는 노란 마렐라다. 그리고 짙은 분홍색 카리나, 하양에 가까운 분홍색의 실루엣이 정원 동쪽에 만들어놓은 장미 선반과 집의 벽 일부를 뒤덮을 듯 순조롭게 자라고 있다. 부인의 장미원, 이라고 야마기시는 장난스럽게 표현한다. 부인의 장미원.

"아, 더워."

하늘이 파랗다. 미치코는 정원에서 쐬는 강렬한 햇빛을 좋아한다. 눈앞이 어질어질하다. 갓 물을 뿌린 땅이 열기를 띠면서 흙과 잔디 냄새가 피어오른다. 잔디는 물을 뿌려도 금방 말라버린다.

유리창 너머 거실을 보니 야마기시가 잡지를 들추면서 샌드위치를 먹고 있다. 햄 치즈 샌드위치다. 미치코의 시선을 전혀 알아차리지 못한다. 야마기시는 키가 크고, 야윈 등이 약간 굽었다.

"이거, 분쇄기에 좀 넣어주겠나."

곤도 신이치는 종이 다발을 여직원의 책상에 올려놓고 엘리베이터 옆에 있는 자동판매기에서 캔 포도 주스를 샀다. 어젯밤에 술을 과하게 마신 탓인지 오늘은 유난히 목이 마르다. 곤도는 술을 좋아하지 않는다. 아예 못 마시는 것은 아니라서 누가 권하면 그런대로 마신다. 아니, 실제로는 꽤 센 편이라고 할 수 있는데, 술이 맛있게 느껴지는 것은 맥주의 첫 잔뿐이다.

아내인 아야는 술을 마시지 않기 때문에 곤도가 술을 마시고 돌아오면 드러내놓고 싫어한다. 그렇다고, 마시고 싶어서 마시는 것은 아니라는 둥 괜한 변명을 늘어놓고 싶지는 않아서 침대 한 귀퉁이에서 얌전하게 잔다. 그런데도 다음 날 아침이면, 술 마시고 온 날은 당신 코 고는 소리가 유난히 시끄럽다니까, 하는 싸늘한 잔소리를 들어야 한다.

아야는 아버지 친구의 소개로 알게 되었다. 요컨대 중매결혼이었다. 몸집이 자그마한 미인에, 곱게 자라고 총명해 보이는 여자라는 인상을 받았다. 결혼한 지 9년이 지났는데, 그 인상은 무엇 하나 틀리지 않았다.

캔을 땄다. 몇 달 전에 신사옥으로 이사를 했는데, 사방이 너무 깔끔해서 오히려 안정감이 없다. 아무리 생각해도 너무 크다. 에어컨을 세게 틀어놓았을 텐데도 붙박이 유리창으로 쏟아지는 홍수 같은 햇살 때문에 창가는 숨이 답답할 정도로 후덥지근하다.

올해도 추석 연휴 때는 해마다 그런 것처럼 후쿠시마에 내려가기로 했다. 후쿠시마에서 올라오면서 아야는 유이치를 데리고 도쿄에 있는 그녀의 친정으로 갈 것이다. 일주일이나 열흘, 어쩌면 더 오래 걸릴지도 모르겠다. 그러고는 아야나 유이치나 용돈을 듬뿍 받아가지고 돌아올 것이다. 곤도의 월급 절반이나 되는 '쥐꼬리만

한 용돈'을.

한낮의 햇살에 눈을 찌푸리고 포도 주스를 한 모금 마시자, 썩은 이에 당분이 스며 이가 찌르르 아팠다.

"아, 좋겠다. 부럽네. 서로를 존중해주는 부부잖아."

니시아자부에 있는 프랑스 레스토랑에서 3천 엔짜리 런치를 먹으면서 도우코는 말했다.

"나야 물론 일을 안 하니까 집에 있는 게 당연하지만, 그래도 가끔은 나갈 수 있잖아. 동생하고 쇼핑을 한다든지 말이야."

선명한 연두색 오이 소스를 끼얹은 전갱이 마리네가 식욕을 자극한다.

"그런데 동생은 일을 하니까, 토요일이나 일요일밖에 시간을 낼 수 없잖아. 미즈누마 씨가 집에 있을 때 외출하면 얼마나 삐치는지, 머리가 아프다니까."

내용에 상관없이 도우코는 신기하리만큼 열심히 얘기한다. 얘기가 끝날 때까지 나이프와 포크는 움직임을 멈추고 있다. 도시락 먹을 때도 그랬지, 하고 레이코는 옛날을 떠올린다.

"츠치야 씨는 너를 신뢰하나 보다."

그렇게 말하고는 큼지막한 고블릿 잔에 담긴 물을 마시는 도우코의 옆얼굴, 낮지만 사랑스러운 코와 부드러운 입술. 구불구불하게 웨이브가 들어간 단발머리가 유리창으로 쏟아지는 햇살에 엷은 갈색으로 보인다.

"신뢰라."

레이코가 피식 웃었다.

"그럴지도 모르겠지만."

건배용으로 한 잔씩 나온 샴페인을 찔끔 마셨다.

"겠지만?"

도우코가 되물어, 레이코는 다시 피식 웃고는 고개를 저었다.

"아니야, 아무것도 아니야."

츠치야에게 여자가 있는 것 같다고 말한들, 무슨 소용이 있을까. 딱히 근거가 있는 것은 아니었지만, 가능하면 근거를 포착하지 않고 끝날 수 있기를 바라는 마음에서 찾지 않을 뿐이라는 것을 레이코 자신이 더 잘 알고 있었다.

"음, 맛있겠다."

새로 나온 오드불에 감탄하는 척 레이코는 꾸밈없는 목소리로 말했다.

메인 디시로 도우코와 에미코는 버섯을 곁들인 농어 소테를 주문하고 레이코는 소고기 양지 그릴에 소스는 머스터드를 선택했다. 월요일 오후의 레스토랑은 손님으로 꽉 차 있었다. 물론 전부 여자 손님이다.

"그런데 도우코, 어제가 일요일이었는데."

포도주 잔을 흔들면서 레이코가 넌지시 말을 던지자 도우코의 얼굴이 환해졌다.

"뭔데? 무슨 얘기야?"

에미코가 물었다.

"아무것도 아니야. 레이코가 괜한 것 가지고."

"만났어?"

레이코가 틈을 주지 않고 거푸 물어 도우코는 설명하지 않을 수 없었다.

"검둥이랑 산책하는 공원에서, 일요일마다 만나는 남자가 있어."

"도우코 얘, 산책하는 시간 바꿨다."

레이코가 옆에서 끼어들었다.

"어머머."

에미코는 빵을 뜯으면서 도우코의 얼굴을 보고는 조심스럽게 물었다.

"어떤 사람인데?"

"좀 맹한 사람. 티셔츠나 폴로셔츠에 트레이닝 바지를 입고, 맨발에 운동화는 뒤축을 꺾어 신고."

바지 자락 밑으로 무방비하게 드러난 발목이 살짝 귀엽다는 말은 하지 않았다.

"몇 살쯤 됐는데?"

"글쎄, 서른대여섯쯤 됐을까. 하지만 정말 아무 일 아니야. 인사나 나누는 정도니까."

―이게 뭔지 아세요?

공원의 도서관 뒤쪽, 나무에 에워싸인 움푹하고 그늘진 예의 장소에서, 어제 남자가 그렇게 물었다. 몸을 구부려 발치에 떨어져 있던 하얗고 조그만 알을 주워 손바닥에 올려놓고는 도우코 쪽으로 내밀었다.

―공기총 총알입니다. 아이들은 이걸 비비탄이라고 하는데, 발견하면 무슨 보물이라도 찾은 것처럼 주워서 집에 가져가죠. 그런데 왜 비비탄이라고 하는지…….

―아이들이요?

비비탄이라는 말보다 그 말에 신경이 쓰였다.

―네, 같은 동네에 사는 아이들이요.

남자는 그렇게 말하고는 또 몸을 구부리고 한 알을 주웠다.

―보세요. 이거 색이 다양하군요.

그 총알은 짙은 오렌지색이었다. 남자는 손바닥에 올려놓은 비비탄 두 알을 멀뚱멀뚱 쳐다보았다. 좀 묘한 사람이네. 도우코는 그렇게 생각하면서 그 남자에게 점점 더 관심을 갖게 되었다.

"그러지 뭐. 그렇다고 해주지 뭐."

레이코가 그렇게 말하자 도우코는 부루퉁한 표정을 지었다.

"사실이 그런데 뭐."

이 레스토랑의 런치는 양이 많다. 셋 다 메인 디시를 조금씩 남겼지만, 디저트로 나온 오렌지 케이크와 벌꿀 아이스크림은 깨끗하게 먹어치웠다.

　시노하라 입장에서는 오늘 아침 에미코의 폭탄 발언이 청천벽력
이랄까, 전혀 예기치 못한 기습 공격이었다. 무슨 소리를 하는 것인
지 제대로 이해도 하지 못한 채 일방적으로 들어야만 했다.
　"미안해."
　에미코는 차분하게 그렇게 말하고는 꽃이 담긴 양동이 몇 개를
가게 앞에 내다 놓았다. 막 물을 뿌려 콘크리트가 거뭇거뭇하게 젖
어 있고, 카네이션과 아마릴리스의 청결한 향이 풍겼다.
　"대체 무슨 소리야? 어쩌자는 거야?"
　자신이 생각해도 한심하지만, 목소리에 동요의 빛이 역력했다.
에미코는 어쩌다 한번 생각한 것을 쉬 말하는 여자가 아니라는 것
을 알고 있기 때문이다. 일단 말을 뱉으면 절대 취소하지 않는다는
것도.
　"그러는 게 좋겠어. 당신에게나 내게나."
　티셔츠에 청바지 차림, 파란 앞치마를 두르고 바지런히 움직이
면서 에미코는 말했다.
　"아니, 좀 차분하게 얘기할 수 없어?"
　에미코는 움직임을 멈추고 시노하라를 힐금 쳐다보았다.
　"시간이 없어."
　앞치마 주머니에 들어 있는 은행 봉투―매일 아침, 거스름돈으

로 쓰기 위한 돈을 ATM기에서 인출해 온다―를 꺼내 금전등록기
에 넣었다.

"미안하지만, 얘기를 나눈다고 해서 어떻게 될 문제가 아니야.
충분히 생각하고 결정한 일이고, 마음을 분명하게 정했으니까."

내 마음은? 이라고 시노하라는 묻지 못했다. 그럴 만한 이유는
몇 가지나 있다. 몇 번이나 바람을 피웠지만, 그것은 애당초 장난이
었다. 하지만 경마에 돈을 쏟아 붓고 대낮부터 파친코에 정신을 팔
았다. 털면, 아니 털지 않아도 온통 먼지투성이다.

"언제부터 그런 생각 한 거야?"

대신 그렇게 묻자 에미코는 눈을 감으며 한숨을 쉬고는, 그런 건
아무래도 상관없는 일이라는 표정으로 대답했다.

"아주 오래전부터."

에미코는 옛날부터 피부가 핏기가 없고 거무죽죽했는데, 오늘
아침에는 유난히 흙빛으로 보인다.

"미안해."

잠시 후, 에미코는 낮은 목소리로 다시 한 번 말했다.

"당신 잘못은 아니라고 생각해."

다소 애매한 말투였다.

"가야겠어. 조금 있으면 마유미가 올 거야."

에미코는 아르바이트생의 이름을 말하고는 앞치마를 풀었다.

"잠깐만."

"미안해."

그렇게 말하는 에미코의 표정에 절망적일 만큼 의지가 담겨 있어, 시노하라는 입을 다물 수밖에 없었다.

아르바이트생이 오기를 기다렸다가, 오자마자 집으로 돌아가 보니 에미코는 세면대 앞에서 화장을 하고 있었다. 끝 자락이 넓은 점퍼스커트를 입고 있다. 친구들과 점심 약속이 있는 것이다. 이런 날에. 시노하라는 벽에 기대어 에미코의 뒷모습을 바라보면서 담배에 불을 붙였다. 거울 속에서 눈길이 마주쳤다. 에미코는 조금도 양보하지 않는 눈빛으로 시노하라를 빤히 쳐다보고는 시선을 돌리고 립스틱을 바르는 손에 의식을 집중했다.

말도 안 돼. 무슨 농담을 하는 거야.

감색 소형 밴을 몰면서 시노하라는 오늘 아침의 에미코를 떠올렸다. 눈앞에 대롱대롱 매달린 당나귀 인형은 오래전에 에미코가 준 것이다. 슬픈 표정을 한 회색 당나귀.

말이면 다야.

속으로 다시 한 번 중얼거리고, 에어컨을 켜놓은 채로 창문을 열었다.

더구나 오늘은 야구 중계도 없지 않은가.

그런 생각을 하고는, 시노하라는 이런 때 그런 생각을 할 수 있는 자신이 어이가 없었다.

거 날씨 한번 좋군.

츠치야 다모츠는 널찍한 거실에 누워 캔 맥주를 마시면서 생각
했다. 오랜만에 느긋한 하루를 보내고 있다. 레이코의 집이라고밖
에 여겨지지 않을 만큼 레이코 취향에 맞게 꾸며진 이 집에 츠치야
가 유일하게 들여놓은 것이 있다면 골동품에 가까운 스테레오이
다. 요즘은 좀처럼 틀지 않는데, 오늘은 종일 푸근한 소리를 내고
있다. C.C.R Creedence Clearwater Revival, 크리스토퍼 크로스, 보즈 스
캑스.

오전에 이발소에 갔다가, 가볍게 식사를 하고 게임 센터에 들러
한 시간 남짓 시간을 보내고 아파트로 돌아왔다.

—보즈 스캑스?

에리는 마치 낯선 나라의 이름이라도 말하듯 발음했다.

—미국 사람이에요? 언제 적 사람인데?

그러고는 불쑥 물었다.

—샴푸는 안 좋아해요? 난 요즘 샴푸가 마음에 들던데. 일하면서
도 워크맨으로 들어요.

오다이바에서 중국 요리를 먹을 때였다. 에리는 여름 원피스를
입어 가녀린 어깨가 드러나 있었다.

나이 탓은 아닌 듯한데, 츠치야는 에리와 자신 사이에 미묘한 갭
이 있는 것 같다는 생각이 들었다. 그러면서도 한편—아니, 그래서
더욱, 인지도 모른다—에리의 시원시원함에 이끌리는 것이다. 에

리와는 내일 만나기로 약속했다.

시계를 보니 4시였다. 하늘은 아직 충분히 밝다. 츠치야는 일어나 스테레오의 볼륨을 줄이고 바지 주머니에서 지갑을 꺼내고, 그 지갑에서 종이쪽지를 꺼내 전화를 걸었다. 자동응답기에 대고 말했다.

츠치야입니다. 휴대전화 번호를 알려드리죠. 음, 지난번에는 전혀 예상 못한 방문이었기 때문에 당황해서 실례를 범했을지도 모르겠습니다. 무슨 일이 있으면 휴대전화로 연락 주십시오.

번호를 말하고 그럼, 하고는 전화를 끊었다. 보즈 스캑스가 "Now you are gone, I won't worry anymore."라 읊조리고 있다.

제10장

파문

골프를 구실 삼았다.

도우코가 야마기시와 헤어진 후, 밀이 아프거나 예방접종을 할 때가 아니면 야마기시를 만날 기회가 없어진 소우코는 한동안 클래식 콘서트—야마기시의 취미다. 전에는 도우코와 셋이서 곧잘 갔다. 소우코 자신은 별 취미가 없었지만, 오래도록 피아노를 배운 덕분에 야마기시 앞에서는 관심이 있는 척할 수 있었다—를 구실로 아내가 있는 야마기시를 만났지만, 작년에 거금을 털어 야마기시와 발레를 보러 갔다가 꾸벅꾸벅 조느라 절반도 못 본 후로는 그만두었다.

골프라면 적어도 졸 걱정은 없다.

소우코는 그렇게 속으로 중얼거리고는 마음을 굳히고 전화를 걸었다.

야마기시는 기꺼이 응해주었다.

"하코네? 야, 가본 지 참 오래됐는데."

사실 소우코는 도치기나 이바라키에 있는 골프장을 좋아한다. 한산하기도 하고 왠지 모르게 해방감이 느껴진다. 그런데도 굳이 하코네를 택한 것은 조금이라도 오래 같이 있고 싶었기 때문이다. 하코네에서 10시에 시작하려면 5시나 6시에는 도쿄에서 출발해야 한다.

"같이 골프 치는 건 처음이지?"

감격스럽다는 말투에, 소우코는 내심 기뻐 어쩔 줄 몰랐다.

"커리어는 부족하지만, 거추장스럽게 하지는 않을게요."

농담 삼아 말했는데, 수화기 너머에서 야마기시가 후후, 하고 웃었다.

"여전히 듬직하군."

이 웃는 얼굴, 하고 소우코는 야마기시의 표정을 상상한다. 눈초리가 살짝 아래로 처진 선량한 눈, 두 볼에 또렷하게 새겨지는 주름. 도우코는 정말이지 어리석은 선택을 했다.

앤젤리나의 체리 시브스트Chiboust는 도우코가 좋아하는 케이크다. 이렇게 맑게 갠 오후, 햇볕이 따끈따끈한 거실에서 잡지를 읽으면서 검둥이와 함께 그것을 먹으면, 마음이 평온하고 충만해져서 무척 행복하다고 도우코는 생각한다.

—올해는 바빠서 여름휴가 못 낼지도 몰라.

오늘 아침, 미즈누마는 현관에서 구두를 신으며 그렇게 말했다.

—단 하루도?

—응, 어쩌면 하루도.

—정말?

도우코는 똑같은 것을 두 번 물었다.

—정말 바쁜가 보네.

그리고 무척이나 아쉽다는 듯 그렇게 말하고는 검둥이를 안아 올렸다. 천장에 하얀 새 모빌이 매달려 있는 현관에서.

하지만, 하고 체리 시브스트를 먹으면서 도우코는 생각한다. 여름휴가가 없어도 나야 별 상관 없지. 회사에 가는 건 내가 아니라 미즈누마 씨니까.

"그렇지, 검둥아."

도우코는 잡지 한 페이지의 모퉁이를 접었다. 수입 잡화를 통신판매하는 카탈로그에 쓰기 편리할 듯한 현관 청소용 브러시가 실려 있었다. 지금 사용하는 빗자루는 너무 부드러워서 타일 홈까지 깨끗하게 쓸리지 않는다.

자동응답기에 녹음된 메시지를 듣고서 고지마 사쿠라코가 가장 먼저 한 일은 카세트테이프를 사러 간 것이었다. 물론 그 전에 되감아서 몇 번이나 들었다.

츠치야입니다. 휴대전화 번호를 알려드리죠. 음, 지난번에는 전혀 예상 못한 방문이었기 때문에 당황해서 실례를 범했을지도 모르겠습니다. 무슨 일이 있으면 휴대전화로 연락 주십시오. 080—. 그럼.

'지난번에는'의 다음, '실례를 범했을지도 모르겠습니다'의 다음, 그리고 전화번호와 '그럼' 사이. 사쿠라코는 세 군데 있는 그 짧은 간격을 '맛깔스럽다'고, '왠지 가슴이 두근거린다'고 생각했다. 츠치야의 호흡을 더듬듯 자신도 중얼중얼 흉내를 내본다.

전화는 언제쯤 걸면 좋을까. 사쿠라코는 새 테이프를 집어넣으면서 생각했다. 이른 편이 좋을지도 모르지. 이런 때 괜히 새침을 떼면 경박스러울 것 같다. 물론 오늘 당장 거는 것은 좋지 않다. 연락이 오기만을 기다렸던 것처럼 보일 수도 있으니까. 하지만 내일이나, 늦어도 모레에는 전화를 걸어봐야지.

츠치야의 목소리가 녹음된 테이프는 서랍에 간직했다. 엽서와 편지지와 봉투, 저금통장과 도장, 그리고 정전에 대비한 손전등이 들어 있는 서랍이다. 사쿠라코는 하얗고 가는—가늘다기보다 조그만—손가락으로 종잇조각을 꺼내 바라본다. 카페 후케. 조용하고 분위기가 좋은 커피 가게였다. 가게 명함에 인쇄된 지도를 보면서, 언젠가 츠치야와 함께 이곳에 가는 날이 올까, 하고 생각한다.

창문을 열고 밤하늘을 바라보았다. 사쿠라코의 방은 아파트 4층에 있다. 저 멀리 달려가는 전철이 보였다. 줄줄이 이어진 네모난 창문의 불빛. 밤의 전철은 무척 아름답다. 살아 있는 생물 같다고 사쿠라코는 생각한다. 인간들을 태워 운반하는 친절한 생물. 어렸을 때 키웠던 누에 같다. 초등학교에 다닐 때, 사쿠라코는 누에 세 마리를 빈 과자 통에 담아 키웠다. 엄마는 징그럽다고 싫어했지만 사쿠라코는 누에가 예뻤다. 그 야들야들한 우윳빛. 손가락 끝으로 만지면 누에의 피부는 의외로 보송보송하고 매끄러웠다.

선풍기가 천천히 돌아가고 있다. 사쿠라코는 청소를 싫어해서 창살에 모래와 먼지가 쌓여 있다. 동그란 달은 카스텔라처럼 뽀얀 노란색. 옐로 30에 블랙 5 정도겠군. 컴퓨터로 그림을 그릴 때처럼 그렇게 생각했다. 츠치야의 휴대전화 번호는 이미 외우고 있다.

"츠치야 씨는 가끔 담배를 밑에서 툭툭 치더라."

이런 여관 특유의 커다란 테이블 한가운데에 놓여 있는 둥그런 차 도구함의 뚜껑을 열고 찻주전자와 찻잔을 꺼내면서 에리가 말했다.

"밑에서?"

뱀 가죽 무늬의 딱 달라붙는 바지로 긴 다리를 감싼 에리가 무릎을 꿇은 자세로 차를 따르는 뒷모습을 보면서 츠치야는 되물었다. 야마나시에는 여행 잡지 촬영 일 때문에 왔다. 당일로 끝나는 일이었는데, 에리가 놀러 온다고 해서 하룻밤 묵어가기로 했다.

"응. 담뱃재를 털 때, 집게손가락하고 가운뎃손가락에 낀 담배를 엄지손가락으로 밑에서 친다고 해야 하나, 튕긴다고 해야 하나."

"아, 듣고 보니 그렇군."

츠치야는 반으로 접은 방석을 껴안는 꼴로 엎드렸다.

"그 모습, 보기 좋더라."

에리는 향긋한 냄새가 나는 찻잔을 츠치야 옆에 놓았다.

"별난 것을 다 좋아하는군."

껴안으려고 뻗은 츠치야의 팔을 밀어내면서 빠져나온 에리가 말했다.

"우리, 산책 가요."

"산책?"

"그래요, 산책."

"이 부근엔 아무것도 없는데."

"아무튼."

에리가 손을 잡아당겨, 츠치야는 어쩔 수 없이 일어났다.

에리는 애당초 야마나시란 고장에 아무 관심도 없었다. 츠치야가 일 때문에 지방에 가는데, 저녁때면 일이 끝난다고 하기에 신주쿠에서 전철을 타고 왔을 뿐이다. 자신이 지금 지도상 어디에 있는지조차 에리는 잘 모른다. 프런트 옆에 매점—초콜릿과 쿠키와 효자손과 날염한 손수건과 산채 절임과 경혈을 자극하는 건강 기구 등을 늘어놓은—이 있는 이 진부한 여관 주변에 뭐가 있든 없든 아무 의미가 없었다. 중요한 것은, 엘리베이터를 타고 내려가면서 에리는 생각했다. 오늘 츠치야가 집으로 돌아가지 않아도 된다는 것. 산책을 하러 나갔다가 다시 이곳으로 돌아올 수 있다는 것.

"지난번에 XX에서 기모노 입었었지?"

츠치야가 여성 잡지의 이름을 말했다. 엘리베이터 문이 열렸다.

"잘 어울리던데."

순간 에리는 뜻밖이라는 표정을 지었다가, 천천히 미소 지었다.

"안목이 전혀 없네요."

외할머니 스에코는, 기모노는 에리에게 어울리지 않는다고 했다. 키가 너무 크다는 것이다. 키도 너무 크고, 다리도 너무 길다. 게다가 몸이 막대기처럼 일직선이다. 에리도 같은 생각이었다. 마르기는 했지만 근육질이라서 나긋나긋하지 못하다.

"앗. 우리 저거 해요, 저거."

에리가 핀볼 머신 쪽으로 뛰어가면서 프런트에 키를 맡기는 츠치야의 등을 향해 외쳤다.

에미코는 악의가 없는 시노하라가 짜증스러웠다.

"이유 정도는 얘기해줘야 하는 거 아니냐고."

시노하라가 화를 내는 것은 흔치 않은 일인데, 분노를 드러낸 표정으로 아까부터 해대는 똑같은 질문이 에미코에게는 정말 시답잖게 느껴졌다.

"이유 같은 거, 아무려면 어때."

펜을 내려놓고, 맥없는 한숨을 쉬었다. 단골 거래처에 보낼 여름철 안부 편지에 한마디씩 인사말을 쓰고 있었다.

"제발, 그냥 좀 내버려둬."

미안하다고 사과해서 될 일이라면 백번이라도 사과하고 싶었다.

에미코는 자신을 지독한 여자라고 생각하고 있다.

"말도 안 되는 소리를 하니까 그렇지."

옆에 우두커니 서서 그런 말을 뱉는 남편에게 에미코는 짜증만 날 뿐이었다.

"당신, 결혼할 때 나한테 물었어? 왜 당신하고 결혼하고 싶은지 물었냐고?"

결혼에는 이유가 필요치 않은데 왜 이혼에는 이유가 필요한 것일까. 에미코는 답답한 심정으로 생각한다.

"그럼 지금 묻지. 왜 나하고 결혼했는데?"

시노하라에게 이혼하자는 말을 꺼낸 후, 일주일 내내 일만 끝났다 하면 이 꼴이다. 에미코의 도장만 찍혀 있는 이혼 서류는 협탁 서랍에 들어 있다.

"같이 있는 게 좋을 것 같아서."

에미코는 조심스럽게 대답했다.

"아니, 나 자신을 잘 몰라서였다고 해도 될 거야."

그 말을 하고서 이내 후회했다. 에미코는 지난 11년 동안, 자신은 남자와 같이 살 성격이 아니라는 것을 지겹도록 절감했다. 아니, 결혼한 지 1년 만에 이미 알아버렸다.

"미안해."

이혼하자고 해서 미안하다는 뜻이 아니었다. 에미코는 결혼한 잘못에 대해 솔직하게 사과했다.

"미안하다고 하면 끝나는 일이 아니잖아."

시노하라는 그렇게 말하면서 에미코의 머리를 만지려 했다.

"손 치워."

울고 싶은 심정으로 에미코는 말했다.

"왜? 왜 당신은 이혼하고 싶지 않은데? 공동 경영자로 같이 일하면, 지금까지와 다를 게 없잖아."

방구석에 하얀색과 보라색 터키 도라지 꽃을 꽂은 꽃병이 놓여 있다. 공동 서재로 사용하는 이 다다미방에는 책꽂이와 책상, 컴퓨터 책상과 컴퓨터가 있다.

"이혼할 이유가 없기 때문이야."

시노하라의 그 말에 에미코는 웃으려고 했는데 흥, 하고 코로 숨만 내쉬는 꼴이 되고 말았다.

연두색 진찰권의 오른쪽 위에 No.6506이란 스탬프가 찍혀 있다. 미즈누마 도우코 님이라고 쓰여 있는 바로 아래에는 진료 시간(10시에서 13시, 14시에서 17시, 목·일·공휴일 휴진), 오른쪽 아래에는 치과 의사의 이름과 주소, 전화번호, 왼쪽 아래에는 고양이 두 마리의 일러스트가 인쇄되어 있다. 조그맣고 목에 리본을 단 쪽이 암컷인 모양이다.

대기실에 먼저 온 환자가 두 명 있었다. 양복을 입은 남자와 머리가 흰 여자. L자형 소파의 양쪽 끝에 앉아 두 사람 다 잡지를 보고 있다. 도우코는 노부인 옆에 앉았다. 손잡이와 지퍼만 까만색이고 나머지는 투명한 비닐 소재인 손지갑—속이 훤히 보이기 때문에 내용물에 신경을 쓰게 된다—에서 손수건을 꺼냈다.

"아."

왼쪽 끝에 앉아 있는 남자 쪽에서 그런 소리가 들렸다. 고개를 들어보니 얼굴을 아는 남자여서 도우코도 놀랐다.

"어머."

조금은 얼빠진 목소리였다.

양복을 입고 있어 인상은 달랐지만, 갈색 테 안경—아마도 폴로겠지, 하고 도우코는 짐작한다—과 어딘지 모르게 쓸쓸해 보이고 친근한 표정은 일요일과 똑같았다.

서로 가볍게 인사를 한다.

"충치 때문에 오셨나요?"

도우코가 그렇게 묻자, 남자는 고개를 끄덕이며 대답했다.

"네, 뭐 그런 셈이지만, 잇몸이 안 좋은가 봅니다."

"회사가 여기서 가까우세요?"

넥타이를 맨 목 언저리를 쳐다보면서 묻자, 남자는 또 "네, 뭐." 라고 대답했다.

"지하철로 두 정거장입니다."

"그럼, 나카메구로?"

"아니요, 그 반대."

남자가 싱긋 웃는다.

"반대? 반대라면."

도우코는 전철 노선도를 머릿속으로 떠올렸다.

"가미야초입니다."

"아아, 가미야초."

옆에 앉은 노부인이 잡지를 덮었다. 진료실 안에서 낮게 웅웅거리는 기계 소리, 쉭쉭거리는 가습기 소리, 의사가 진료 도구를 트레이에 내려놓을 때 나는 달그락달그락 소리가 들렸다.

"이름을 물어도 될까요?"

남자가 물었다. 도우코는 웃으면서 물론이죠, 라고 대답했다. 남자는 곤도 신이치라고 자신의 이름을 밝혔다.

눈앞은 호수였다.

"아, 상쾌하다."

에리는 등을 한껏 뒤로 젖히고 마음까지 위를 향하고서 밤바람을 깊이 들이마셨다.

"정말, 아무것도 없는 곳이네."

눈을 감고 눈꺼풀로 달빛을 맞는다.

"그렇다고 했잖아."

츠치야는 희미하게 웃으면서 말했다. 핀볼 게임은 정말 오랜만이었다. 여관 로비라는 장소의 특성 때문인지 아주 느긋한 게임으로 여겨졌다. 핀볼 게임을 한 후, 에리가 너덜너덜한 분홍색 비닐이 늘어져 있는 기계를 발견해, 츠치야는 난생처음으로 스티커 사진이란 것을 경험했다. 부끄럽기는 했지만 신기하기도 하고 재미도 있었다.

"우리 팅커벨하고도 찍어요."

에리가 하자는 대로 몇 번이나 기계 앞에서 허리를 구부렸다. 그러고서야 겨우 여관을 나선 목적이었던 산책 길에 올랐다.

"어둠 속에서 보니까, 물이 섬뜩하네요."

그래도 신 난다는 말투였다.

"저것 좀 봐요. 새까맣고, 출렁거리고."

줄줄이 늘어선 기념품 가게까지 모두 문을 닫아 사방이 고요했다. 어둠 속에 보트 대여점 간판의 하늘색 글자가 부옇게 떠 있다.

"바다도 아닌데 왜 물결이 일지."

가드레일 바로 앞에 서서 수면을 응시하면서 에리가 중얼거렸다.

"왠지 몹시 불온한 느낌이네."

달은 전통 종이처럼 부드러운—애매한—색을 띠고 있다.

"바람이 부니까 그렇겠지."

츠치야는 그렇게 말하고 뒤에서 에리의 허리를 껴안고 목덜미에 입을 맞추었다. 휴대전화가 진동한 것은 바로 그때였다. 츠치야는 한 손으로 전화기의 전원을 끄고 한 손으로는 에리의 몸을 돌렸다.

치과에서 돌아왔더니, 현관 앞에 소우코가 서 있었다.

"왜 이렇게 늦게 오는 거야?"

일부러 화가 난 표정을 짓는다. 그러고는 앤젤리나의 종이봉투를 들어 보였다.

"선물이야."

"웬일이야, 아무 연락도 없이."

도우코는 눈썹을 추켜올렸다.

"오면 온다고 말을 하지."

문을 열면서 말하자, 소리를 들은 검둥이가 달려 나왔다.

"검둥아!"

소우코는 밝고 높은 목소리로 검둥이를 부르더니 후다닥 안으로 들어가, 떨어져 나가라 꼬리를 흔드는 검둥이를 마구마구 쓰다듬는다.

"어디 갔다 온 거야?"

소우코가 돌아보지도 않은 채 묻는다.

"치과에 갔다 오는 거지."

문젯거리가 있는 것이다. 틀림없다. 이렇게 불쑥 나타나 사람의 얼굴도 보지 않은 채 얘기한다는 것은 심상치 않은 일이 있다는 증거다.

"홍차 마실래? 웬일로 사람 먹을 걸 다 사 오고."

도우코는 케이크를 접시에 담으면서 말했다. 체리 시브스트는 지난주에 먹었으니까 가능하면 다른 것을 먹고 싶었지만, 상자에 들어 있는 세 종류의 케이크 중에 체리 시브스트는 소우코가 도우코를 위해 일부러 고른 것일 테니까, 자기 몫으로는 역시 그것을 택했다.

"너 오늘 회사는 어떻게 하고?"

소파에 앉아 물었다.

"안 갔어."

소우코가 아무 일 아니라는 듯이 대답했다. 홍차를 마시는 무표정한 옆얼굴.

"날씨 참 좋다."

"케니 지, 들을래?"

아니, 하고 소우코는 대답했다.

"언니는 아직도 그런 걸 들어?"

잠시 둘 다 아무 말 없이 홍차를 마셨다. 몇 채 건너 공터에 아파트를 새로 짓고 있다. 공사하는 소리가 멀리 들린다.

"형부는 잘 있어?"

"그럼. 잘 있지."

"여전히 알콩달콩 살고 있는 거야?"

도우코는 등받이에 몸을 한껏 기대며 천장을 올려다보았다.

"무슨 소리니? 너, 시비 걸러 온 거야?"

"붙어볼까?"

소우코는 표정 없는 얼굴로 도우코의 얼굴을 빤히 들여다보았다. 그러고는 등받이에 턱 기대고 천장을 올려다본다.

"그러는 게 좋을지도 모르지. 나도 결혼이나 할까."

"그건 또 무슨 소리니?"

뜻하지 않게 그런 곳에서 만난 남자의 야윈 볼과 쓸쓸하게 웃는 모습을 머리에서 지우지 못한 채, 도우코는 천장을 보면서 말했다.

제11장

아바시리

바람에 구두를 말려 솔로 먼지를 털어내고 한 짝씩 액체 구두약을 바른다. 낡은 티셔츠를 잘라 만든 부드러운 걸레로 닦아내고, 마지막으로 역시 낡은 티셔츠를 활용한 깨끗한 헝겊으로 광을 낸다. 형태가 일그러지지는 않았는지, 굽이 많이 닳지는 않았는지 점검하고서, 수선이 필요한 것은 내일 유이치를 학교에 데려다 주고 오는 길에 구둣방에 맡기려고 한데 모아 트렁크에 실어놓았다.

아야의 아버지는 늘, 남자든 여자든 구두가 지저분하면 볼품이 없다고 말했고, 그런 아버지의 구두는 언제나 엄마가 닦았다. 나이를 먹으면서 아야는 어떤 사람이 자라난 환경은 그 사람에게 큰 영향을 미친다고 생각하게 되었다. 남편인 신이치는 무심하게, 그렇게 번쩍거리게 닦지 않아도 된다고 하지만 아야는 그러지 않을 수 없다.

"엄마!"

유이치가 달려와, 현관에 앉아 구두를 닦는 아야의 등을 껴안았다. 텔레비전이 보고 싶단다. 유이치는 아야의 허락 없이는 텔레비전을 볼 수 없다.

"뭐가 보고 싶은데?"

"아즈키 짱."

엄마도 좋아하는 프로그램 아니냐는 식의 유혹하는 말투로 유이치는 말했다.

"아즈키 짱?"

눈을 커다랗게 뜨고 같은 말을 되풀이하면서, 아야는 유이치의 몸을 앞으로 끌어 와 꼭 껴안고서 그 보드라운 볼에 볼을 비빈다.

"응."

유이치는 대답을 하고는 답답하다는 듯, 두 발에 힘을 주고 아야의 품 안에서 등을 뒤로 젖혔다.

"삼십 분만이야."

아야는 아들을 풀어준다. 어제 읽은 책에 '아이들은 어른들 사이에 있는 것보다 동물들 사이에 있을 때 훨씬 편안함을 느낀다.'고 쓰여 있었는데, 요즘은 텔레비전이나 게임에 등장하는 인물이 동물을 대신하는 것 아닐까 생각하면서.

이 집은 햇볕이 잘 들지 않는다. 아야는 유치원에 다니는 어린 유이치를 데리고 주말마다 건설 현장과 모델하우스를 보러 다녔던 나날들을 떠올린다. 입지 조건, 방 배치, 일조량, 건평, 수납, 방위, 환경, 정면의 너비, 문 상태. 아야는 현기증 같은 가벼운 허망함을 느끼면서 일어섰다. 아까 건조기에서 벨이 울렸던 생각이 나, 빨래를 꺼내러 다용도실로 향한다. 거실에서 애니메이션 특유의 한결

같이 밝고 낭랑한 목소리가 들린다.

"그래서? 결국 왜 왔는지 모르겠다는 거야?"

회사에서 돌아온 미즈누마의 이마에 엷게 땀방울이 맺혀 있었다. 미즈누마는 도우코가 내민 시원한 녹차 한 잔을 단숨에 마시고, 이어폰—출퇴근 때 음악을 듣는 습관이 있다—을 한쪽 귀에 꽂은 채로 양복 윗도리를 벗으면서 말했다.

"응, 모르겠어."

도우코는 남편이 벗은 윗도리와 바지를 받아 옷걸이에 걸면서 대답했다. 현관에서 남편의 얼굴을 보면 그날 하루 있었던 일을 미주알고주알 보고하는 도우코인데, 여동생이 연락도 없이 불쑥 찾아왔다는 얘기를 하면서도 왠지 정신은 다른 곳에 가 있는 듯했다. 오후에 치과에 다녀온 후로 내내 이 모양이라고, 도우코 자신도 놀라고 만다. 의식의 삼분의 일 정도를 도무지 현실로 불러들일 수가 없다.

삼분의 일!

도우코는 당혹스러웠다. 그 남자—곤도 신이치. 오늘 처음 이름을 알았다. 신초愼重의 신에 이치니산—二三의 이치, 라고 남자는 말했다—를 만났다고 해서, 왜 이렇게 마음이 흔들리는지 알 수 없었다.

"처제가 입이 좀 무겁잖아."

미즈누마는 그렇게 말하고, 도우코가 샐러드를 만들려고 삶아 빗
살 모양으로 잘라놓은 계란 한 조각을 도마에서 집어 입에 넣었다.

"그런데 좀 불행해 보였어."

의식의 삼분의 이를 애써 그러모아 저녁때 보았던 소우코의 조
그만 옆얼굴을 떠올린다.

"걱정이 너무 심한 거 아냐."

미즈누마는 속옷까지 벗어 던지고는 곧바로 욕실로 들어가 접이
식 문을 닫았다.

"그야 물론 처제에게도 여러 가지 일이 많겠지만, 이제 어린애가
아니잖아."

미즈누마의 말이 옳으리라고 도우코는 생각한다. 맞는 말이다.
미즈누마가 하는 말은 늘 옳다. 도우코는 잠시 그 자리에 서서 샤워
기에서 쏟아지는 뜨거운 물소리를 들었다. 유리문 너머로 보이는
남편의 알몸. 그러고서 쌈치와 셀러리와 오이와 삶은 계란으로 샐
러드를 만들기 위해 부엌으로 돌아갔다.

회사는 가미야초에 있다고 했다. 엷은 회색 양복을 입고, 넥타이
는 옥색이었다.

—언제나 화요일인가요?

곤도는 미소를 머금고 그렇게 물었다.

—네, 대개 화요일이나 금요일.

—시간은 11시 반이고요?

―네, 대충.

―그렇군요. 그럼 잘하면 일주일에 세 번은 만날 수 있겠군요.

농담을 하듯 그렇게 말했다. 늘 뒤축을 꺾어 신는 운동화가 아닌, 검은 구두를 신고 있었다. 큼지막한 구두는 반짝반짝 빛나고, 바지 자락 아래로 보이는 발목은 양말에 빈틈없이 감싸여 있었다.

아바시리에는 한 번도 가본 적이 없다.

그러니까 아바시리를 그리는 것은 무모하다면 무모한 일이었지만, 사쿠라코는 한겨울의 아바시리를 꼭 그리고 싶었다.

컴퓨터의 전원을 켜고 우선 툴을 선택한다. 극한의 땅 아바시리의 풍경은 황량하리라. 온갖 것이 흰색과 회색으로 덮여 있고, 혼마저 얼어붙을 듯 추우리라. 바람이 불면 안구 표면에 낀 물기까지 얼어붙을지도 모르겠다.

사쿠라코는 한참을 생각에 잠겼다가 화면 한가운데에서 옆으로 아주 엷은 파란색 선을 그었다. 그러고는 또 생각에 잠겼다가 끝내는 전원을 끄고 말았다. 새벽 2시인데 천장 전등도 책상에 있는 스탠드도 켜놓아 방 안이 무척 환하다. 방충망 사이로 바람이 드나들고, 선풍기가 돌아가고, 라디오에서는 웨스트 코스트 올 스타스 West Coast All Stars가 낮게 흐르고 있다.

잠에서 깨어보니 너무도 화창한 여름날이라 소우코는 점점 더 기분이 나빠졌다. 더위를 먹었는지, 밀이 사료를 먹지 않아 기운이 없는 것도 짜증스러웠다. 아버지가 아침부터 장어 오차즈케를 먹는 것도 그렇고, 시시껄렁한 쇼 프로그램을 보는 엄마의 앞치마에 조그만 얼룩이 묻어 있는 것도 그랬다.

"선보는 거야?"

회사에 도착하자마자 자동판매기에서 커피를 뽑아, 끽연실에서 잠시 쉬고 있는 마리에에게 울분을 터뜨렸다. 마리에는 아름다운 곡선을 그리고 있는 눈썹을 살짝 추켜올리고는, 그리 놀라운 일도 아니라는 듯 물었다.

"볼 거야? 그 선?"

소우코는 종이컵에 입을 대고 설탕과 크림을 넣지 않은 아메리칸 타입이라는 커피를 한 모금 마시고는 중얼거렸다.

"어떻게 할까."

지난 주말은 완벽했다.

화창하게 갠 날씨에 바람도 없었다. 하얀 구름마저 자신이 얼마나 행복한지 상징하는 듯하다고, 오랜만에 타는 야마기시의 벤츠 조수석에서 소우코는 생각했다. 야마기시의 차에는 쿠션이니 인형이니 부적이니 하는 불필요한 장식물이 전혀 없다. 소우코는 그 점도 오래전부터 바람직하게 여겼다.

이른 아침 5시에 도쿄를 출발한 덕분에 차는 순조롭게 달렸다. 컨트리클럽에 도착해서 게임을 시작하기 전에 커피를 마실 여유까지 있었다. 야마기시는 베이지 색 바지에 짙은 갈색 폴로셔츠를 입고 있었다. 폴로셔츠는 갓 빤 것인지 조금 빳빳해 보이고 세제 냄새가 났다.

—언니는 잘 지내나?

커피를 마시면서, 야마기시는 미리 정해져 있기라도 한 것처럼 잊지 않고 그렇게 물었다.

—네.

할 수 없이, 무의미하게 빙긋 웃으며 대답하자 야마기시는 눈이 부시다는 표정으로 창밖을 바라보며—소우코는, 아아 이 사람의 이 표정, 하고 생각하고 있는데—, "4년이라." 하고 혼자 중얼거렸다.

—참 빠르군.

언니인 도우코가 결혼한 지 4년이다.

—부인은 잘 계세요?

당신도 결혼했잖아요, 란 심정을 담아 말하자 야마기시는 돌아보지 않은 채 힘없이 웃었다.

—잘 있지.

이 사람은, 지금 같은 옆얼굴을 보면 내 온몸에서 힘이 쫙 빠져나간다는 것을 알면서 저렇게 웃는 것일까, 하고 소우코는 생각한다. 나는 어쩌자고 이 사람의 일거수일투족에 이렇게 마음이 흔들리는 것일까, 하고.

필드는 정말 상쾌했다. 소우코는 어렸을 때부터 걷는 것을 좋아했기 때문에 골프라는 운동이 자신에게는 적격이라고 생각한다.

9홀 플레이를 두 시간씩, 도중에 점심을 먹고 3시에 끝났다.

—머리가 지치면 힘든데, 몸이 지치는 것은 오히려 기분이 상쾌하네요.

소우코가 그렇게 말하자 야마기시는 진심으로 동의한다는 듯 싱긋 미소 지었다.

—맞는 말이야.

예상했던 대로 돌아오는 길은 정체가 심했다. 앞 유리창 너머로 보이는 하늘이 조금씩 어두워지는 것도 기분 좋았고, 줄지은 자동차의 미등도 일찌감치 뜬 별도, 완전히 밤이 된 순간도 거리의 야경도 모두 예상했던 대로였다.

—아직 시간 좀 있나?

야마기시가 그렇게 물었을 때는 정말 기뻤다. 소우코의 예정에는 그것이 자신이 물어야 할 말이었기 때문이다.

—그럼 저녁이라도 먹고 돌아갈까.

야마기시는 앞을 향한 채 말했다.

네즈에 있는 경양식집에서 저녁을 먹은 후 차를 마실 때였다.

—물론, 소우코가 내키지 않는다면, 거절할게.

내미는 사진과 프로필을 보고서도, 처음에는 무슨 소리인지 전혀 몰랐다.

—꽤 엘리트인 것 같아.

야마기시는 아주 무책임하게 그렇게 말했다.

—좋은 아가씨가 없겠냐고 하는데, 소우코가 생각나더라고.

친근하게 싱긋 웃는다. 살짝 처진 눈초리, 두 볼에 또렷하게 새겨진 주름.

—야마기시 씨는요?

소우코는 최대한 냉정한 표정으로 말했다.

—야마기시 씨는 어떻게 생각하는데요?

하얗고 두툼한 찻잔에 레몬을 띄운 홍차가 찰랑거렸다. 야마기시는 천천히 찻잔을 입으로 가져갔다.

—그야 만나보지 않고서야 알 수가 없겠지만.

다음 말을 기다렸지만, 아무 말이 없었다.

—흠, 그래요.

소우코는 어린애 같은 목소리로 말했다. 그리고 자신의 찻잔에 띄워진 레몬을 스푼으로 떠서 껍질째 씹어 꿀꺽 삼켰다.

"지금 사진 갖고 있어?"

그렇게 묻는 마리에의 눈가에 호기심이 어려 있었다.

"아니요."

"에이, 재미없다."

마리에는 어깨를 으쓱하며 말했다.

소우코는 손목시계를 누르고 손목을 비틀면서 마음속으로 한숨을 쉬었다. 그런 몸짓은 소우코의 버릇이다. 야마기시는 어쩌자고 그런 얘기를 꺼낸 것일까. 하필이면 야마기시에게 선을 보라는 소리를 듣다니.

"아아, 다 지겹다."

소우코는 그렇게 중얼거렸고, 마리에는 재떨이에 담배를 비벼 껐다. 둘은 동시에 자리에서 일어섰다.

츠치야 다모츠는 사쿠라코에게서 전화가 올 것이라고 예상하고 있었다. 지금처럼 약속 장소인 찻집으로 걸어가는데 휴대전화가 울리는 것은 흔히 있는 일이었다.

"고지마예요. 고지마, 사쿠라코."

하지만 다분히 의식적이고 분명한 그 목소리를 들었을 때, 전파가 끊기면서 툭 끊어졌던 목소리가 조금의 주저함도 없이 다시 이어졌을 때는 왠지 가슴이 설렜다.

"아, 다행이다. 또 끊어지면 어쩌나 했는데."

"또?"

"네. 얼마 전에도 걸었는데, 세 번 신호가 가더니 갑자기 툭 끊어져서."

"얼마 전 언제지?"

"금요일 밤이요."

츠치야는 왼손에 전화기를 쥔 채 오른손으로 주머니에서 담배를 꺼내 입에 물었다.

"아, 그 전화였군."

담배를 문 채 우물우물 말하고는 라이터로 불을 붙였다.

"미안하군. 중요한 회의를 하는 중이었어."

연기를 내뿜으며 말하자, 전화기 저편에서 안도하는 기척이 느껴졌다. 츠치야는 대범한 여자로군, 하고 생각했다.

"지금 어디 있지?"

사쿠라코가 아내와 같은 직장에서 일하는 사람이라는 생각이 났다. 지금은 오후 3시. 그럴 리야 없겠지만 혹시 레이코 옆에서 전화를 걸고 있다면? 괜히 불안하다.

"공중전화예요, 회사 1층에 있는."

사쿠라코는 쾌활하게 대답했다. 레이코 씨도 사적인 통화를 할 때는 이 전화를 곧잘 사용하죠, 란 말은 애써 삼켰다.

"다음 주쯤, 뵐 수 있을까요?"

마치 사업상의 약속이라도 잡는 듯한 말투다.

"바쁘세요?"

"음."

츠치야는 애매하게 대답하고서, 머릿속으로 수첩을 펼쳤다. 다음 주에는 에리를 세 번 만나기로 되어 있다.

"아, 바쁘시면 괜찮아요. 시간 나시면 만나 뵐까 하고 생각한 것뿐이니까."

그 고지식한 반응에 츠치야는 자기도 모르게 미소를 지었다.

"괜찮아요."

목소리에 절로 미소가 담긴다. 에리가 늘, "그 목소리, 정말 좋아."라고 하는 목소리다.

"목요일 밤이면."

츠치야가 느긋하게 말했다.

"정말이요?"

사쿠라코가 기쁘다는 듯 이제 됐다는 듯, "아, 다행이다."라고 중얼거렸다.

찻집이 눈앞으로 다가와 츠치야는 담배를 끄고 말했다.

"그럼, 다음 주에 내가 연락을 하죠. 어디 가고 싶은 데 있으면, 그때 말해요."

전화를 끊기 전, 마지막으로 그렇게 덧붙이는 것을 잊지 않았다.

텔레비전 게임의 배경음악은 어쩌면 하나같이 저리도 단조롭고 똑같을까. 끝없이 계속되는 그 태평스러운 멜로디가 아야는 몹시 신경에 거슬렸다.

"이제 7분 남았다."

설거지를 하면서 아야는 아들에게 말했다.

싫다고 몸을 뒤트는 유이치의 머리에 입을 맞추면서 일부러 엄격한 목소리로 말한다.

"안 돼, 더 이상은."

먼저 목욕을 한 유이치의 몸에서 청결한 냄새가 났다. 달과 별과 자동차가 프린트된 감색 잠옷.

신이치가 돌아오면, 오늘은 어떻게든 섹스를 하도록 유도해야 한다. 섹스를 유도하다니, 물론 모욕적이지만 그런 감정에 빠져 있을 때가 아니라고 이미 마음먹었고, 그렇게 마음먹지 않으면 신이치의 아내로 버텨낼 수 없다고 생각했다.

게임을 끝내고 하라는 대로 두말없이 뒷정리를 하는 유이치 옆에 쪼그리고 앉아 "아이, 우리 유이치, 최고네." 하고 칭찬해주었다.

그런 아야의 입에서 자신에게도 들리지 않을 만큼 희미한 한숨 소리가 새어 나왔다.

가고 싶은 곳.

방으로 돌아온 사쿠라코는 창문을 열고 반지를 빼고 목걸이를 풀었다.

가고 싶은 곳.

낮에 통화하면서 츠치야는 그렇게 말했다. 부엌에서 손을 씻고, 냉장고에서 요구르트를 꺼내 빨대를 꽂아 마신다. 빨강과 초록 물방울무늬. 사쿠라코는 데이트 경험이 거의 없어, 이런 때 어떤 장소를 말하면 좋을지 전혀 몰랐다.

영화는, 애써 츠치야를 만났는데 가만히 앉아 있어야만 하니까 시간이 아까운 생각이 들고, 볼링은 진부하다. 놀이 공원은 사람이 많아 번잡하고, 레스토랑은 먹성이 좋은 사람이라고 여겨질 것 같아 싫었다.

가고 싶은 곳.

책상 앞에 앉아 컴퓨터 전원을 켰다.

아바시리.

떠오른 그 장소에 키득 웃었다. 한겨울 극한의 땅, 아바시리. 그렇게 말하면 츠치야는 뭐라고 대답할까.

그 장소가 마음에 들어 사쿠라코는 혼자서 키득키득 웃었다.

제12장

9월

에리는 예전부터 9월을 좋아한다. 왠지 산뜻하다고 생각한다. 어떤 일을 정리하고 포기하기에 9월만큼 좋은 달도 없다.

"얼굴이 상큼하구나."

아침을 먹은 후, 스에코가 엽차를 마시면서 말했다.

"푹 자고 기분 좋게 일어난 얼굴이야."

에리의 집에서는 아침이면 흰죽에 된장국, 염장 다시마에 계란 프라이를 먹는다. 늘 똑같은 식단이다. 가족 셋이 그렇게 먹고, 식후에는 느긋하게 차를 마신다. 스에코는 세끼 중에 아침이 특히 중요하다고 생각한다.

"물론."

방긋 웃으며 에리는 대답했다. 4시간밖에 자지 않았어도 8시간쯤 잔 표정 정도는 지을 수 있다.

"날씨도 이렇게 좋고."

담배를 물고 창밖을 바라보면서 불을 붙인다.

"좋구나."

그릇을 싱크대로 옮기면서 엄마가 말했다.

"에리는 늘 건강해서."

어젯밤 내내 그 집을 생각했다. 어렸을 때 살았던, 아버지가 있었던 집. 뒷마당에 커다란 비파나무가 있었던 그 집과 어렸을 적에 마음먹었던 일.

"건강하니 아주 좋잖니."

스에코가 그렇게 말했지만, 에리는 아무런 대꾸도 하지 않았다. 잠자코 가느다란 담배 연기만 뿜어냈다.

언젠가 그런 집에 살겠노라고 다짐했다. 작아도 마당이 있는 집, 햇볕이 잘 드는 집, 아버지가 있는 집.

"오늘은, 늦게들 오냐?"

스에코가 엄마와 에리를 번갈아 보며 물었다.

"잘 모르겠어."

엄마는 그렇게 대답하고, 에리는 "응."이라고 대답했다. 벽에 파스 포스터가 붙어 있는, 좁지만 그런대로 안락한 부엌에서.

"셉템버."

조그맣게 소리 내어 중얼거리고는 창문으로 쏟아지는 햇살에 눈을 찌푸린다. 무언가를 선택하기 위해서는 다른 무언가를 포기해야 한다. 괜찮아, 라고 에리는 생각한다. 지금까지도 괜찮았고 앞으로도 물론 괜찮을 것이다. 다부지게, 보란 듯이 해낼 거야.

아침에는 늘 상태가 안 좋다. 중학생 때부터 아침은 먹지 않는 습

관이 있고, 일어난 후 1시간 정도는 말하는 것조차 귀찮다. 남편 시
노하라는 그 사실을 충분히 잘 알고 있어서 아침에는 에미코에게
말을 걸지 않는다. 우편함에서 신문을 꺼내 오고, 커피도 직접 끓여
마신다. 에미코가 꿈지럭꿈지럭 일어나도 딱히 이렇다 할 말을 나
누지 않는다. 그래도 한쪽이 텔레비전을 켜면 한쪽이 커튼을 열고,
한쪽이 침대 정리를 하는 동안 한쪽이 커피 잔을 씻으면서 조금씩
방 안 공기가 움직이기 시작한다. 너무 익숙해서 기계적이지만, 좋
게는 '호흡이 척척 맞는 관계'라고 할 수도 있겠다고 에미코는 생
각한다. 시노하라의 옆머리, 귀 윗부분에 알게 모르게 붙어난 흰머
리를 멍하니 바라보면서.

"오늘 밤부터 날씨가 흐려진대."

텔레비전을 보던 시노하라가 말했다.

"그래?"

에미코의 목소리는 자신에게도, 날씨 따위는 아무럼 어떠랴 싶
게 들렸다.

"한바탕 쏟아져서, 가을답게 시원해지면 좋겠네."

미안한 마음에 그렇게 덧붙였다.

"응."

대답하는 시노하라의 목소리 역시 별 상관 없다는 듯이 들렸다.

─제일 좋아하는 꽃이 뭔데?

아주 오래전, 그렇게 물었을 때 난감하다는 듯 고개를 갸우뚱하

고서 멋대가리 없는 대답을 했던 시노하라.

　─꽃? 글쎄, 벚꽃인가.

　그런 시노하라의 어디가 마음에 들었는지, 에미코는 이미 기억하지 못한다. 정직할 듯한 인상을 받았던 것 같기는 하다. 캠프 동료 중 한 사람이었던 시노하라.

　꽃 가게가 정기 휴일이라서 에미코는 집 안 청소를 할 생각이었다. 시트도 바꾸고 블라인드에 쌓인 먼지도 털고.

　"파친코 갔다 올 건데, 뭐 사 올 거 있어?"

　시노하라가 물었다.

　"없는데. 그럼, 점심은 대충 먹고 와."

　남편의 얼굴을 돌아보지도 않고 말했다.

　"알았어."

　남편 역시 돌아보지 않은 채 그렇게 대답했다는 것을 안다. 등 뒤로 현관에서 구두를 신는 기척이 느껴졌다. 묵직한 금속 문이 열리고, 닫히는 소리. 에미코는 늘 파마를 하는 탓에 푸석푸석한 긴 머리를 추어올리고, 색이 바랜 감색 폴로셔츠 자락을 잡아당기며 등을 쫙 폈다. 벌써 몇 년이나 이런 식이다. 변함없는 휴일. 남자와 여자의, 아마도 어떤 유의 자연스러움이리라. 일어나, 벽장에서 청소기를 꺼냈다.

　남자와 여자의 자연스러움.

　옛날부터 에미코는 그런 것에 서툴렀다. 어렸을 때부터다. 그렇

다고 남성적이었던 것은 아니다. 오히려 에미코 자신은 지나칠 정
도로 여성적이었다고 생각하는데, 아무튼 여자 애다운 아이는 아
니었다. 시간이 흐르면서 주변 아이들이 자연스럽게 여자다워지는
것이 이상했다.

결혼을 하고서도 아내다워지지 않았다. 두 번 임신을 했지만, 두
번 다 곧바로 수술을 했다. 시노하라에게는 아무 말도 하지 않았다.

세상이 좀 더 확실하게 컴퓨터화되면 좋을 텐데.

부엌을 청소기로 밀면서 에미코는 생각한다. 컴퓨터에는 남녀 구
별이 없다. 그러면, 가령 경매도, 지금보다는 훨씬 공정해질 것이다.
시장은 아직도 남자들의 세계다. 아니, 남자라기보다 아저씨들의 세
계, 라고 에미코는 피식 웃는다. 입술 한쪽 끝이 일그러진다. 혼자
시장에 갔다가 아차 하는 순간 경매에서 밀려난 적이 몇 번이나 있
었다. 서서히 도입되고 있는 컴퓨터가 경매인의 사정 따위는 싹 무
시하고 부르는 값으로만 경매를 가능하게 해준다면, 여자 혼자 몸으
로도 일하기가 한결 수월해질 텐데. 에미코는 청소기 관으로 싱크대
옆에 쌓인 먼지와 빵 부스러기를 빨아들이면서 그런 생각을 했다.
몸을 구부리면 허리가 아프니까, 무릎을 꿇고 등만 굽혔다. 청소기
돌아가는 소리는 정말 귀에 거슬린다.

츠치야 다모츠는 조그만 커피 잔을 입술에서 떼면서 카푸치노에
섞는 우유는 왜 이렇게 늘 묽을까, 하고 생각했다. 그리고 에리는

지금처럼 미간을 찌푸린 츠치야가 아주 멋지다고 생각했다. 멋지고, 매력적이라고.

늦은 오후, 해가 지기 전에 만나 거리를 걷다가 들른 CD점에서 에리는 리사 롭Lisa Loeb을, 츠치야는 퀸—레코드는 갖고 있지만, 이라 말하면서—을 사서 공원에 갔다. 잔디밭에 누워 워크맨의 이어폰을 한쪽씩 끼고 두 장을 다 들었다. 그리고 키스를 했다.

"등불을 밝힐 때라고 하죠? 지금 이런 때를."

허브티를 마시면서 에리가 말했다. 정면에 큰길이 있는 카페는 밤의 시작을 알리는 공기에 싸여 커피 향과 따스하고 아스라한 빛을 거리로 내비치고 있다.

"나, 이런 시간의 이런 장소, 정말 좋아해요."

방긋 웃으면서 에리가 말했다. 바지를 입은 날씬한 다리가 믿기 어려울 만큼 길다고 츠치야는 생각한다.

"시간 아직 괜찮아요?"

"물론."

대답을 하고서 츠치야는 계산서를 집어 들고 일어섰다.

지난주에 사쿠라코를 만났다.

만나기 전에 전화를 걸어 가고 싶은 곳이 있느냐고 물었더니, 사쿠라코는 대뜸 수영장이라고 대답했다.

—수영장?

―네. 밤의 수영장. 안 되나요?

―안 될 거야 없지만…….

모호하게 대답했는데, 목소리에 담긴 당혹스러움을 전혀 눈치 채지 못한 건지 아니면 알고도 모르는 척하는 건지 사쿠라코는 "아, 다행이다." 하고 말했다.

―수영부였어요, 저. 중학교 때랑 고등학교 때랑.

안심한 목소리였다.

정말이지, 좀 별난 여자였다.

하라주쿠에서 시부야로 향하는 선로 가를 에리와 나란히 걸으면서 츠치야는 생각했다. 에리의 가냘픈 손가락이 츠치야의 손가락을 살며시 휘감는다. 차가운 손이다.

사쿠라코는 몸매에 탄력은 있었지만 섹시하지는 않았다. 과연 시원시원한 폼으로 물을 갈랐다. 어이없게도 츠치야는 새 수영복을 사 입었다. 레이코가 수영복을 어디에다 두었는지 몰랐기 때문이다. 6년 만에 하는 수영이었다. 50미터를 두 번 왔다 갔다 했더니 숨이 차서 물 위에 둥실 뜬 채 발만 살짝살짝 첨벙였다. 온갖 소리가 울리는, 비닐하우스 같은 유리 천장 너머로 밤의 어둠이 보였다. 사방에서 빛을 받은 수면이 꿈틀꿈틀 빛났다.

호텔 입구에서 방을 선택하는 것은 에리의 몫이었다. 에리가 단추를 누르면 동시에 츠치야가 접수창구에 돈을 지불하고 열쇠를 받는다. 츠치야는 엘리베이터 안에서는 절대 여자에게 먼저 손을 대지 않는다. 기다리지 못하고 안달하는 것 같은 기분이 들기 때문이다. 하지만 에리는 그런 츠치야의 기분은 전혀 개의치 않고 키스를 한다. 그럼 츠치야도 답할 수 있을 만큼은 답한다. 벽에도 회색 카펫이 붙어 있는 것처럼 숨 막히는 좁고 네모난 상자 안에서.

차타니 마리에는 편의점에서 파는 쇼트케이크를 좋아한다. 플라스틱 케이스에 두 조각씩 담아 파는 것이다. 퇴근길에 가끔 들러 사서는, 집에 돌아와 홍차와 함께 먹는다. 마리에는 위하수胃下垂이기 때문인지 아무리 먹어도 살이 찌지 않는 체질이라 한꺼번에 두 개를 먹어치운다. 밝은 노란색의 말랑말랑한 스펀지, 식물성기름이 섞인 산뜻한 생크림의 맛. 곧잘 잡지에 실리는 '맛있는 케이크집'의 케이크는 모두 다 먹어보아, 이제는 신물이 난다.

소우코는 선을 보기로 한 모양이다. 케이크 두 개를 순식간에 먹어치운 마리에는 두 잔째 홍차를 따른다. 콘란 숍에서 찾아낸 비취색의 두툼한 홍차 잔. 소우코 얘기로는 상대방이 마음이 달아 당장에 날짜가 잡힌 것 같다.

─보고할 테니까, 들어줘야 돼요.

소우코는 유난히 시원시원한 말투로 그렇게 말했다.

─선을 보는 것도 괜찮을 거야.

진심이었다. 요즘 들어 마리에는, 누군가와 같이 산다면 너무 늦지 않는 편이 좋다고 절감하고 있다. 여성 잡지에서도 줄곧 떠드는 것처럼 세상 사람들 대부분이 적령기란 말을 난센스라 여기는 모양이지만, 마리에는 뭔가를 하기에 적절한 시기가 있다고 생각한다. 젊고 자신의 정열을 믿을 수 있고 무언가가 뒤틀려도 다시 시작할 수 있는 나이. 생활의 자잘한 부분까지 스스로 해결하는 데 길들기 전의 나이. 타인과 자신 사이에 놓인 어둠이 무엇인지 모색하기가 귀찮아지면 이미 때는 늦다.

텔레비전을 켜니 구메 히로시가 뭐라 뭐라 얘기를 하고, 그 옆에서 고미야 에츠코가 미소 짓고 있다. 바람이 불었다. 스산한 바람이다. 창밖에서 전선이 흔들리고 있다.

"괜찮아. 그냥 바람 소리야."

도우코는 검둥이를 무릎에 앉혀놓고 턱밑을 긁어주면서 그 조그맣고 동그란 머리에 입을 맞춘다. 오늘은 미즈누마의 넥타이를 전부 꺼내 다림질을 했다. 미즈누마는 폭이 좁은 넥타이를 좋아하는데다 아주 꽉 매기 때문에, 땀이 많이 나는 계절에는 매듭 부분이 눅눅하게 젖어서 풀고 난 후에도 비틀린 자국이 남아 있다.

"오늘은 미즈누마 씨가 늦네."

잡지를 들추면서 검둥이에게 말을 건다. 스테레오에서는 미즈누마가 감상적이라며 경멸하는 폴 매카트니가 흐르고 있다.

"더 늦으면 비 맞을 텐데, 그치?"

세 번째 곡 군데군데에 연주되는 기타 소리를 좋아한다. 띠 띠릿 띠띠, 도우코는 그 부분만 기타 소리를 흉내 낸다. 띠 띠릿 띠띠, 하고 몇 번이나. 영어를 못하는 탓이기도 하지만, 도우코는 음악을 들으면서 가사를 기억하지 않는다. 음악은 느낌이 가장 중요하다고 생각하기 때문이다.

폴 매카트니의 여섯 번째 곡이 흐를 때 전화벨이 울렸다. '변환 자유자재 스카프' 란 기사를 읽고 있었다.

"언니?"

소우코였다.

"밀이 아파."

목소리에서 예삿일이 아니란 것을 알았다.

"얼마 전부터 기운이 없었는데, 오늘은 저녁도 한 톨 안 먹고, 혀를 내밀고 축 늘어져 있어."

"야마기시 선생에게는?"

소우코가 미처 상황 설명을 다 하기 전에 물었다.

"방금 전에 전화했어. 금방 온대."

소우코는 잠시 침묵하고서, 불안한 목소리로 다시 말했다.

"꼼짝도 안 해. 이름을 불러도 들리지 않나 봐."

"알았어. 바로 갈게."

불온한 분위기를 민감하게 포착한 검둥이가 도우코의 발에 동동 매달렸다.

택시에서 내리는데, 집 앞에 야마기시의 벤츠가 서 있었다. 문은 열려 있고, 우편함에는 석간이 그대로 꽂혀 있었다. 도우코는 현관문을 열려다, 멈칫했다. 두려웠다.

밀드레드는 이미 상자 속에 타월 이불과 쿠션과 함께 누워 있었다. 스위트피 세 송이가 밀의 몸에 기대져 있었다.

"편안하게 갔어."

소파에 걸터앉은 야마기시가 말했다. 야마기시. 대체 몇 년 만일까.

"천국에 갔을 거야."

희미한 미소를 띠고 위로하듯 말한다. 선이 가는 옆얼굴.

"밀."

도우코는 상자 옆에 앉아, 벌써 굳어가고 있는 애견의 몸을 쓰다듬었다.

"차 마시고 싶으면, 네가 끓여 마셔라."

엄마가 말했다. 엄마와 소우코의 눈이 빨갰다.

"비다!"

욕실 창문으로 밖을 내다보면서 에리가 소리쳤다.

"밤에 내리는 비, 정말 좋더라."

츠치야는 피식 웃었다.

"좋아하는 게 아주 많군."

그러고서 에리의 몸을 뒤에서 두 팔로 껴안은 자세로 샤워기를 틀었다. 쏴, 하며 쏟아지는 물의 온도가 점차 올라가면서 김이 피어올랐다. 츠치야는 아무것도 모른다. 좋아하는 게 많은 것이 아니라, 일부러 좋아하는 것만 말하려 애쓰고 있다.

"아, 따뜻하다."

에리는 눈을 감고 말했다. 앞머리와 눈꺼풀, 입술로 따뜻한 물이 흐른다. 츠치야의 몸은 정말 온도가 높다. 에리는 이렇게 츠치야의 품 안에 있으면 너무 행복해서 눈물이 나올 것만 같다. 그리고 이 품에 영원히 안겨 있을 수 있다면, 하고 생각한다.

"어제, 어떤 결심을 했어요."

물방울이 입 안으로 흘러 들어오는데도 에리는 말했다.

"어떤 결심인데?"

츠치야의 물음에 순간적으로 침묵했다가, 대답했다.

"비밀."

"비밀?"

"네, 비밀."

에리의 고개를 옆으로 돌리게 해 긴 키스를 나누고는, 츠치야가 중얼거렸다.

"이상한 사람."

와이퍼가 쉴 새 없이 움직이는데도 유리창을 때리는 빗발이 굵어서 금세 줄무늬와 물방울무늬가 뒤섞인다.

야마기시가 집까지 데려다 준다고 했을 때, 단호하게 거절할 걸 그랬다고 도우코는 생각한다. 밤의 차 속에서, 침묵은 답답하다.

밀은 내일 동물 묘원 사람이 가져가기로 했다. 화장을 해서 조그만 항아리에 담긴 뼈만 돌아온다. 그것을 마당에 묻기로 했다. 과거 다마키가에서 키운 다른 애완견들을 그랬던 것처럼.

"16년이나 살았으니까."

자신에게 들려주듯 도우코는 말했다.

"응. 오래 살았지, 정말."

야마기시는 그렇게만 말하고는 침묵했다. 모퉁이를 몇 번이나 돌고, 신호를 몇 번이나 지나고, 보닛과 유리창과 지붕을 때리는 빗방울 소리만 울리는 가운데, 그저 말없이 운전했다.

"좋아 보이는군."

도중에 딱 한 번 그런 말을 했지만 대답을 기대하는 말투는 아니었다. 도우코도 뭐라 대답할 말이 없어 잠자코 듣기만 했다.

미즈누마와 살고 있는 빌라에 가까워지자 도우코는 기분이 묘해졌다. 단순히 묘하고 이상한 기분이 들었다.

"이렇게까지 안 해도 되는데, 고마워요."

안전벨트를 풀면서 말했다.

"천만에."

야마기시는 살며시 미소 지었다. 보지 않아도 안다. 기적 같은 것. 그 정도로 오래 사귀었다.

"아 참, 소우코에게서 들었을 테지만."

차에서 거의 내릴 참에 야마기시가 말했다.

"물론 본인의 의사에 달린 거지만, 좋은 사람인 것 같아."

손잡이를 잡은 채 도우코는 돌아보았다.

"좋은 사람? 누가요?"

"못 들었어? 소우코가 말 안 하던가?"

"무슨 얘기를?"

도우코는 다시 자리에 앉았다.

제13장

여자들

미즈누마는 처음부터 불쾌해했다.

일하느라 피곤한 데다 비까지 맞았는데, 집에 돌아와 보니 아내 마저 없었으니 그럴 만도 하다고, 도우코는 생각한다. 그럴 만도 하지만, 긴급 사태였다. 밀이 아파서 친정에 다녀온다고 메모까지 남겼는데.

"그래서, 뭐가 문젠데?"

제 손으로 끓인 홍차를 마시면서 미즈누마가 물었다.

"처제 스스로 결정한 일이잖아, 선보겠다고. 그럼 된 거잖아?"

"그게 그렇지가 않아."

도우코는 검둥이―살아 있는 검둥이. 털북숭이에 따스하고, 손을 내밀면 촉촉하게 젖은 코로 손바닥을 비벼대는 검둥이―를 두 손으로 한없이 쓰다듬으면서 설명하려 한다.

"선을 보는 자체가 문제가 아니라."

도우코는 야마기시가 한 얘기를 금방은 믿을 수가 없었다.

―기가 막혀서. 말도 안 돼.

너무도 익숙해서, 타는 순간 밀려오는 그리움을 도무지 어쩔 수 없었던 그 차의 조수석에서, 도우코는 그만 언성을 높이고 말았다.

　—어떻게 소우코에게 그럴 수 있어?

　질문이 아니고 비난이었다.

　—어떻게라니. 소우코에게 잘 어울릴 것 같아서 그런 것뿐인데. 소우코, 착하잖아.

　야마기시는 당황한 표정으로 그렇게 대답했다.

　—말 돌리지 마.

　도우코는 그렇게 몰아붙였지만, 자신의 태도가 부당하다는 것은 알고 있었다. 야마기시는 아무 잘못도 없다. 아무런 희망이 없는데도 오로지 야마기시만 바라보는 소우코가 이상한 것이라고 생각하고 있었다. 야마기시도 그런 소우코가 부담스러웠을 것이다.

　하지만 그렇다고 해서, 이때다 하고 혹이라도 떼내듯 선을 권하다니 너무하다고 도우코는 생각한다. 소우코가 너무 불쌍하다.

　"처제도 벌써 서른둘이잖아."

　미즈누마가 지겹다는 듯이 말했다.

　"그 수의사를 아무리 좋아한다 한들, 이미 결혼한 사람이잖아. 안 그래?"

　"그렇기는 하지만."

　도우코가 입술을 삐죽 내민다. 물론 미즈누마에게는 '그 수의사'가 과거 자신의 애인이었다는 말은 하지 않았다.

　"당신은, 처제 일이라면 신경을 곤두세운다니까. 거 좀 이상한 거 아냐?"

"그럴지도 모르지."

도우코는 말을 우물거린다.

"결과야 어떻든 간에, 그 수의사에게 고마워해야지."

미즈누마의 그 말에, 도우코는 다시 한 번 똑같은 말을 중얼거리는 수밖에 없었다.

"그럴지도 모르지."

감자 칩은 역시 홀라가 최고다. 사쿠라코는 아주 평범하지만, 얇으면서 기름기가 넉넉하고 소금 맛이 살아 있는 홀라의 감자 칩을 아주 좋아한다. 봉지도 복고풍이라서 마음에 든다.

왼손에 쥔 봉지에서 오른손으로 감자 칩을 꺼내 입에 넣고, 와삭와삭 소리 나게 먹었다.

수영장에 갔다. 밤의 수영장이었다. 그 후에는 와인 바에 갔다. 사쿠라코는 오므라이스를 먹었다.

츠치야는 잘 마셨다. 사쿠라코는 거의 마시지 않았다. 운동을 한 후에는 술을 입에 대지 않으려 한다. 그런데 적포도주 한 병이 금방 비었다.

처음부터 잘 생각이었다. 원하면 거절할 이유가 없었다. 첫 데이트 때는 자지 않는다느니 두 번째도 이르다느니 하는 말은 다 헛소리라고 생각했다. 헛소리고 쓸데없다.

사쿠라코는 조그맣게 트림을 하고는 손에 묻은 소금을 핥고, 봉지 꼭대기를 여며 고무줄로 묶었다.

하지만 츠치야는 원하지 않았다.

—전철 타고 갈 거지?

와인 바에서 나오자 당연하다는 표정으로 그렇게 물었다. 친절하게 손목시계까지 보면서,

—음, 아직 전철이 다닐 시간이군.

하고 덧붙이더니, 역까지 데려다 주었다.

—덕분에 즐거웠어. 수영, 아주 잘하던데.

그래도 그렇게 말하면서 웃는 얼굴에 친근감이 담겨 있었다고 생각한다. 그리고 무엇보다 휴대전화 번호를 가르쳐주었다. 언제든 연락이 닿을 수 있도록. 원하지도 않았고, 또 만나자는 약속도 없었지만.

역시, 레이코 씨처럼 여성스러운 여자를 좋아하는 것일까.

처녀라는 것을 알아챘는지도 모른다. 어느 책에선가, 남자는 처녀를 부담스러워한다는 글을 읽었다.

"아, 싫다 싫어."

냉장고를 열고 사과 주스 팩을 꺼내 입을 대고 마신 사쿠라코는 어깨가 오르내릴 만큼 깊은 한숨을 쉬었다.

화창한 아침이었다. 커튼을 닫았는데도 틈으로 햇살이 비친다.

레이코는 더블 침대의 한쪽에서 몸을 뒤척였다. 침실을 하얀색으로 통일한 게 실수였는지도 모르겠다고 생각한다. 방이 온통 빛을 반사해 너무 밝다. 혼자 잠에서 깨야 하는 아침에는 왠지 더 휑하고 썰렁하다. 몸을 일으키고, 비어 있는 옆 자리를 본다. 하얗고 싸늘한 빈자리. 벌써 며칠이나 츠치야의 얼굴을 구경도 못 했다.

부엌에서 커피를 끓이면서 조간을 훑어본다.

오늘은 오전에 회의가 있다. 시시껄렁한 회의다.

어제 떨어진 블라우스 단추를 달아야 한다. 깜빡 잊고 세탁소에 맡기면, 단추가 떨어진 줄도 모르고 그냥 벽장에 걸 것이다. 그러다 정작 입으려고 할 때 단추 하나가 없는 것을 발견하면 칠칠치 못한 꼴이 된다.

커피를 마시기 전에 물을 한 잔 마셨다. 오늘 아침에는 유난히 목이 마르다. 허리도 묵직하고, 슬슬 생리가 시작될 때다. 긴 머리를 손가락으로 빗어 내린다. 막 일어나 머리카락이 엉킨 탓에 손가락이 도중에 멈춘다.

"나, 왔어."

불쑥 츠치야가 나타나, 레이코는 놀라 심장이 멎는 줄 알았다.

"깜짝이야."

츠치야가 이런 시간에 집에 들어오는 일은 절대 없었다. 밤중이라면 있을 수 있다. 술에 취해 우당탕탕 소리를 내며 침실까지 겨우 걸어온다.

"아, 미안해."

밤에 들어오지 않는 날은 다음 날 낮까지 돌아오지 않는다. 작업실에서 자는 모양이다.

"안색이 왜 그렇게 안 좋아."

레이코를 힐금 보고는 말했다.

"일을 너무 열심히 하는 거 아냐?"

의자에 앉아 한 손으로 텔레비전 리모컨을 누르면서 다른 손으로는 양말을 벗는다.

"커피 마실 거야?"

레이코는 어디 있다 오느냐고 묻지 않는다. 물어봐야 소용없는 것도 알고 있고, 꼬치꼬치 캐묻는 것을 츠치야가 싫어한다는 것도 알고 있다. 그리고 레이코 자신도, 따지고 드는 여자는 되고 싶지 않았다.

"당신이야말로 일을 너무 열심히 하는 거 아냐?"

레이코는 데님 셔츠에 치노 바지 차림인 츠치야를 보면서 말했다. 이제야 겨우 몸에 피가 돌기 시작하는 느낌이다. 방 안도 신기하게 금방 생기를 띤다.

"뭐 먹을래?"

"그럴까."

츠치야의 대답에 레이코는 냉장고를 열었다. 떨어진 단추는 이미 잊었다.

레이코란 여자의 이런 점을 좋아한다.

키가 크고, 유행하는 옷도 멋지게 차려입고, 늘 깔끔하게 매니큐어를 칠하고 있고, 능력도 있다. 그러면서도 뒤치다꺼리하기를 좋아한다. 그리고 레이코가 자신에게만 충실하다는 것도 츠치야는 물론 알고 있다.

커피를 한 모금 마시고, 오랜만에 아내의 뒷모습을 바라본다. 냉장고 문을 연다. 안에서 뭔가를 꺼내고 다시 닫는다. 몸을 구부리고 싱크대 밑 선반에서 은색 볼을 꺼낸다. 레이코는 앞치마를 하지 않는다. 그 점도 좋아한다.

레이코는 친절하다. 눈치도 빠르다. 결혼을 했어도 아줌마 냄새를 피우지 않는다. 생각했던 대로다. 레이코는 생각했던 대로 이상적인 여자인데, 그런 것이 이렇게 별 볼 일 없게 여겨지는 것은 왜일까. 조금도 욕망이 일지 않는다.

"왜?"

남편의 시선을 느끼고 돌아본 레이코에게 츠치야는 "아니."라고 대답하고는 습관적으로 이렇게 덧붙인다.

"홀딱 반했었지."

"언제 적 얘기야."

입에서 나온 말과는 달리 레이코는 기쁜 표정을 짓는다. 프렌치 토스트의 달콤한 냄새가 츠치야의 코를 자극했다.

신이치가 어제 술을 마시고 들어왔다. 아야는 아직 울리지 않은 자명종 스위치를 끄고 조그맣게 한숨을 쉬었다. 코 고는 소리가 시끄러워 자다가 몇 번이나 눈을 떴지만 그보다는 아침에 일어나는 순간 맡게 되는, 방 안 가득 고인 이 시큼털털한 냄새가 싫다. 신이치를 깨우려면 아직 30분 정도 기다려야 하지만, 아야는 옷을 갈아입자마자 화를 삭이려 커튼을 활짝 열어젖혔다. 커다란 창문이 동쪽으로 나 있어 단박에 온 방으로 햇살이 넘실거렸다. 신이치가 꿍얼거렸다. 한심하도록 좋은 날씨다.

늦게까지 마시는 날은 그냥 캡슐 호텔에서 자고 오면 좋을 텐데. 마음속으로 중얼거리면서 아야는 터벅터벅 걸어 복도로 나서서는 문을 쾅 닫았다. 부부는 왜 매일 밤 같이 자야 하는 것일까.

세면대에서 거울을 보며 손으로 머리만 얼른 다듬는다. 그리고 유이치의 방을 살며시 들여다보고 1층으로 내려가 아침 준비를 한다. 거실 바닥에 양복과 와이셔츠와 넥타이가 널려 있는 것을 본 아야는 눈살을 찌푸렸다. 밥은 예약을 해두었기 때문에 이미 다 되어 있다. 된장국을 끓이고, 계란을 반숙으로 찌고, 참가자미를 굽고, 지퍼 락에 담긴 장아찌를 접시에 던다. 그런 일 하나하나를 꼼꼼하게 한다. 그녀 자신이 반듯한 아내임을 중요시하기 때문이다. 남편이나 아들을 위해 하는 일이라면 이렇게 고독하지는 않을 텐데, 하고 아야는 생각한다. 조그만 유리창으로 비치는 햇살에 은색 싱크대가 하얗게 빛난다.

유이치의 방은 아야가 집 안에서 가장 좋아하는 장소 중 하나다. 끔찍하도록 온갖 것들이 어지럽게 널려 있지만, 아직은 비밀의 냄새가 나지 않는다. 머지않아 거부당하리라는 확실한 예감은 있지만, 아무튼 지금은 아야에게 열려 있는 장소일 뿐만 아니라 남편에게서는 아주 먼 장소란 느낌이다. 여자와 아이를 동일시하는 표현이 반드시 틀린 것은 아니지 않을까, 하고 생각하면서 아야는 아들을 깨웠다.

유이치는 깨우면 발딱 일어난다. 간혹 아야보다 먼저 일어나 있을 때도 있다.

"꿈에서 메지로 할머니 집, 봤어."

아야의 얼굴을 보자, 유이치가 말했다.

"할머니 집 마당에 강아지가 있었어. 할머니 집에는 강아지 없잖아, 그런데 있었어. 얼굴 옆에 풍선 같은 게 축 늘어져 있어서 혀인 줄 알았는데, 아빠가 이리라는 거야. 그래서 아이가 있다고 해서 보러 가는데, 할머니 집 우편함 옆에 자갈돌이 깔려 있는 데 있잖아, 거기 구멍에 갈색 조그만 토끼가 있었어. 새끼 토끼가."

눈을 뜨자마자 잘도 조잘거린다고 감탄하면서 아야는 옷을 갈아입는 유이치를 도와주었다. 일곱 살인 아들은 온몸이 보들보들하고, 막 일어난 얼굴은 하얗고 약간 부어 있다. 이마에 달라붙은 앞머리를 쓸어 넘겨줄 때는 뭐라 말할 수 없이 사랑스러운 마음이 북받쳤지만, 아야는 여전히 유이치가 하는 말을 전혀 알아들을 수 없었다.

"점심, 아직 안 드셨으면 같이 먹을까요?"

곤도는 치료를 끝내고 대기실로 돌아온 도우코에게 말을 걸었다.

"네? 점심, 이요?"

곤도는 도우코보다 먼저 치료가 끝났다. 20분쯤 전에 진료실에서 곤도가 나오면서 도우코가 들어갔다. 그렇다면 이 사람은 나를 기다린 것, 이라고 생각하는 순간 도우코의 두 볼이 화끈 달아올랐다.

"아, 혹시 오늘 마춰한 거 아니죠?"

곤도의 물음에 도우코는 얼른 고개를 저었다.

"아니요."

시계를 보니 12시 20분 전이었다.

"아니면, 무슨 약속이라도?"

곤도의 물음에 도우코는 다시 한 번 고개를 저었다.

"그런 건 아니에요."

아, 이러면 거절할 구실이 없잖아. 하지만 거절하고 싶은지 아닌지에 대해서는 굳이 생각하지 않았다.

"그럼, 정말, 괜찮으시면."

더듬더듬 그렇게 말한 곤도는 안절부절못하는 것처럼 보였다. 서른이 훨씬 넘은 다 큰 남자가 자신의 대답을 기다리며 어찌할 바를 모르는 표정을 짓고 있다. 도우코는 자신의 얼굴에 미소가 번지는 것을 느꼈다.

"네, 그래요."

천천히, 그렇게 대답했다.

"아, 네. 그럼."

함박웃음을 지으면서 가방을 들고 앞서 병원 문을 나서는 곤도를 보면서, 정말 오랜만이네, 하고 도우코는 생각했다. 이런 일은 정말 오랜만이다. 자신의 한마디에 누군가가 이렇게 기뻐하다니.

"뭘 드실래요? 배, 고프세요?"

어두컴컴하고 살풍경한 엘리베이터 홀에서, 곤도가 벙실거리며 물었다.

'아버지의 부재로 엄마와 아들의 분리가 순조롭지 않았을 경우, 아들은 극단적인 마초가 되거나 여성 관계에 문제를 초래할 수 있다. 유일한 부모인 엄마에게 반항할 수 없는 압박감 때문에 엄마에 대한 애증이 뒤틀린 형태로 발전하면서 친구들과 작당을 하거나 다른 형태로 울분을 터뜨리려고 한다. 비행으로 치닫는 경우도 적지 않다.'

벤치에 앉아 거기까지 읽은 아야는 책을 덮고 한숨을 쉬었다. 옆에 말 탄 남자 동상이 서 있어 그늘이 지기는 하지만, 이렇게 화창한 날의 공원은 책을 읽기엔 너무 밝다. 아야는 날씨가 맑은 날이면 자외선 차단 지수가 높은 화장품을 얼굴은 물론 손과 목덜미에도 듬뿍 바르고 나온다. 지금 샤워를 하면 틀림없이 살색 물이 흘러내릴 것이라고 생각하자 왠지 소름 끼쳤다. 한낮의 공원은 몹시 조용하다.

어린 여자 아이가 엄마 손을 잡고 가장자리에 통나무를 박은 계단을 올라오는 모습이 보였다. 4살쯤 되었을까. 계단 하나하나를, 꼭꼭 확인하듯 밟으며 올라오고 있다. 아야는 그 광경에 마음을 사로잡혔다. 여자 아이는 한눈 한번 팔지 않고 계단을 올라오고 있다.

나도 저랬는데, 하고 아야는 생각했다. 여자 아이는 분홍색 점퍼 스커트를 입고 하얀 양말을 신고 있다. 머리는 아주 짧다. 아이의 손을 잡은 엄마는 아야보다 젊어 보였다. 한 손에 내셔널 마켓의 종이봉투를 껴안고 있다.

지금도 저 시절과 그다지 달라지지 않았는데, 아무도 그렇게 생각해주지 않는다, 고 아야는 생각했다. 신이치도 유이치도.

아야는 자신이 아직도 계단을 올라가는 아이에게 손을 빌려주는 엄마 같은 사람을 필요로 한다는 것을 느끼고는 놀랐다. 고개를 드니 하늘은 예쁜 파란색. 자기도 모르게 입을 벌린 아야의 입과 코와 눈꺼풀과 귀로 살랑살랑 바람이 불었다. 빨간 표지의 이와나미 신서가 무릎에서 떨어지는 바람에 아야는 벤치에서 일어섰다. 더는 계단을 다 올라온 모녀를 힐금거리지 않았다. 아야는 반대쪽 계단으로 내려가 공원을 뒤로 했다.

"그 남자가 좀 무심했군요."

밥알 한 톨 남지 않은 깨끗한 밥그릇을 앞에 하고 나무젓가락을 종이봉투에 다시 넣으면서 곤도가 말했다.

"그쪽이 화를 내는 게 당연한 것 같은데요."

물을 한 모금 마신 곤도는 아주 자연스러운 감상—이라고 도우코는 느꼈다—을 덧붙였다. 도우코는 계란덮밥을 사분의 일 정도 남겼다. 그래도 메밀국숫집의 어수선한 분위기가 싫지는 않았다. 높은 선반에 놓인 텔레비전에서는 토크쇼 비슷한 프로그램이 흐르고, 다른 손님은 모두 혼자라서 국수를 쭈룩쭈룩 빠는 소리만 들릴 뿐 말소리는 없다.

어제 야마기시에게 들은 얘기를 왜 이 남자에게 하고 있는지, 도무지 알 수 없었다. 남자가 편하게 느껴져서인지, 아니면 전혀 무관한 사람이라 저항감이 없어서인지, 아무튼 곤도의 반응은 도우코가 충분히 납득할 수 있는 것이었다. 곤도는 야마기시를 무심한 남자, 라고 했다.

어제 있었던 일을 설명하면서 도우코는 야마기시를 '옛날에 잠깐 사귀었던 남자'라고 표현했다. 곤도는 이내 반응했다.

"사귀었다고요? 그쪽하고요?"

도우코는 고개를 끄덕였다. 미즈누마에게도 하지 않은 말을 곤도에게 하는 것은 물론 남남이기 때문이라고 생각했지만, 수의사와 '잠시 사귄 후'에 결혼했다는 사실을 말하지 않은 것에 대해서는 그럴싸한 구실이 생각나지 않아, 굳이 생각하지 않기로 했다.

"그런데, 동생 분의 태도가 좀 이해하기 어렵군요."

곤도의 말에 도우코는 자신도 모르게 몸을 앞으로 쑥 내밀었다.

"맞아요."

그 기세에 슬쩍 놀랐는지 곤도가 얼굴을 들고 도우코를 쳐다보았다. 안경 너머 눈이 흥미롭다는 듯 웃고 있었다.

"미안해요."

도우코는 조그만 소리로 사과했다.

"동생 얘기만 나왔다 하면 흥분한다고, 다른 사람에게 말 많이 들어요."

다른 사람, 이란 말을 사용한 것에 도우코 스스로도 놀랐다.

"사이가 좋은가 보죠."

도우코는 고개를 갸우뚱했다. 과연 사이가 좋은지, 의문스러웠기 때문이다. 소우코는 이번 일에 대해서 도우코에게는 의논 한마디 하지 않았다. 의논은커녕 얘기조차 해주지 않았다. 결국 자신은 그 때문에 속이 상한 것이라고 생각했다.

"전에는 사이가 좋았지만."

도우코는 그렇게 말하고 맥없이 웃었다.

"다양한 시기가 있는 법이지요."

곤도의 그 말은 도우코의 어딘가에 와 닿았다.

"정말 그런가 봐요."

도우코는 그렇게 대답하면서 눈앞에 있는 남자의 친절함에 감사, 라기보다 감동했는데, 나중에는 그 말이 어딘가에 와 닿은 정도가 아니라 '단박에 파고든 느낌' 이었다고 몇 번이나 되새기게 된다.

"그쪽이 훨씬 낫다, 얘. 색도 환하고."

엄마가 말하는 그쪽이란 선명한 하늘색 원피스였다. 하지만 소우코는 그 옷을 입을 마음이 조금도 없었다. 하늘색 원피스는 길이가 너무 짧다. 그런 옷을 7, 8년 전 친구 결혼식에 참석하기 위해 사고 말았다. 물론, 소우코는 다리가 예쁘니 그걸 살려야 한다는 둥 하면서 엄마와 도우코가 번갈아 부추기는 소리에 넘어간 것이었다.

"역시 이쪽으로 할래."

다마가와 다카시마야 백화점의 해러즈에서 산 베이지 색 투피스는, 정장이라도 입으면 몸에 잘 맞고 편하다.

"좀 딱딱한 거 아니니?"

엄마의 그 말에 소우코는 인상을 팍 찌푸렸다.

"왜, 딱딱하면 안 돼?"

이런 경우 딱딱하지 않다는 것은 곧 상대방에게 애교를 부리는 것이라고, 소우코는 생각하고 만다. 내일 도심에 있는 호텔 로비에서 선을 보기로 했다. 요즘은 선을 보는 자리에 부모가 동행하면 서로에게 부담이 된다는 이유로 당사자끼리만 만나는 일이 많은 듯하다. 소우코 역시 부모 대신, 얼굴 한번 본 적 없지만 다리를 놓은 아줌마—야마기시 병원의 손님—와 야마기시의 아내인 미치코가 동석하기로 했다.

"언니한테 전화해서 물어봐."

한 걸음 뒤로 물러나 소우코의 전신을 이리저리 뜯어보던 엄마가 말했다.

"언니도 틀림없이 원피스가 낫다고 할 테니까."

어렸을 때는 외출하기 전, 이렇게 엄마의 다다미방 경대에 자신의 모습을 비춰 보는 것이 일상이었지만, 어른이 된 지금 오랜만에 이러고 있자니 어색하기만 했다.

"카세트테이프 언제 샀어?"

책꽂이에 놓여 있는 검고 길쭉한 물체—이 방에는 어울리지 않는 물체—가 눈에 들어와 소우코는 물었다.

"언제는, 한참 됐는데. 어머나, 벌써 3시야. 아빠에게 차 갖다 드려야겠다."

엄마는 허둥지둥 그렇게 말하고는 소우코가 벗어 던진 옷들을 주웠다.

"원피스가 얼굴색이 화사해 보이는데."

아쉬운 듯 그렇게 중얼거리면서.

장미는 사계절 내내 볼 수 있어 좋다.

창 너머로 잔디가 다 말라버린 정원을 바라보면서 미치코는 생각했다. 한쪽 손에 든 밀크 티에서 피어오르는 김 때문에 유리창이 뿌예진다. 미치코는 가을을 싫어하지만, 오늘처럼 구름 낀 날의 정원 풍경은 좋아한다. 초여름의, 꽃이 활짝 피어 색상도 선명한 '부인의 장미원' 보다는 이렇게 차분하고 스산하게 피어 있는 장미를 더 좋아하는 것이다.

저 조용한 핑크.

마른 나뭇가지 곁의 가냘픈 가지에 딱 한 송이 피어 있는 장미를, 미치코는 가늘게 뜬 눈으로 바라본다.

그리고 선반에 있는 마렐라.

꽃잎이 하늘하늘한 조그만 꽃이 세 송이 피어 있다.

흙을 만지는 데 관심을 갖게 된 것은 그 일이 있고부터다. 그 일에 대해서는 기억하지 않으려 한다.

두 살 아래 남자였다.

골격이 아름답고 웃는 얼굴이 서글서글한.

야마기시의 병원이 집과 붙어 있어, 미치코는 좀처럼 밖에 나갈 수 없었다. 그런데도 미치코는 그 남자가 보고 싶고 만나고 싶어서 어쩔 줄을 몰랐다. 돌이켜보아도 안쓰러울 정도로 빠져 있었다.

그래서, 여기서 만나기로 했다. 여기서, 이 방에서.

결혼하고 다니기 시작한 요리 학원에서 강사를 보조하는 남자였다. 요리사인 주제에 머리가 너저분했다. 요리 학교를 졸업한 후에 파리에서 1년 동안 주방 설거지를 했다고 했다. 돈을 모아 다시 파리에 갈 것이라고. 파리에서 여자가 기다리고 있다고도 했다. 금발의 깡마른 폴란드 여자가.

남자는 거의 하루도 거르지 않고 이곳에 왔다. 거실에서도 부엌에서도 몸을 나눴다. 남자는 미치코를 사랑하지는 않는다고 했다. 미치코는 상관없다고 대답했다. 그래도 남자의 입술은 미치코의 뼈 마디마디를 녹였다. 그 행복감으로 충분했다.

남자는 말랐고 피부는 가무잡잡했다. 오믈렛을 잘 만들었다. 미치코를 안을 때면 아주 부드럽게 등을 받쳐주었다.

마당의 공기가 푸른빛을 띠기 시작했다.

미치코는 홍차 잔을 테이블에 내려놓고, 내선 전화로 병원에서 책을 읽고 있을 야마기시에게 전화를 건다.

"오늘 저녁때, 뭐 먹고 싶은 거 있어요?"

몇 초 동안의 침묵. 미치코는 이런 침묵을 좋아했다. 어딘가 멀리 떠나 있었던 남편의 의식이 돌아오기까지의 침묵.

"뭐든 상관없어."

온화한 목소리로 야마기시가 말한다.

"귀찮으면 나가서 먹어도 되고."

미치코와 야마기시는 일주일에 한두 번은 외식을 한다.

"귀찮을 거 없어요. 연어가 있으니까 구워놓을게요. 그리고, 야채수프 끓이면 되죠?"

"맛있겠는데."

야마기시는 별 관심 없다는 듯이 대답했다.

유리로 된 데미타스 잔에 담긴 양파 수프는 맛이 진하고 뜨거웠다. 이미 배가 부른 상태인데도 신기하게 잘 넘어간다.

"이런 걸 전채라고 하나?"

지상 53층에 있는 바, 도쿄 전체의 야경이 내려다보인다. 유리벽 쪽에 있는 카운터 자리는 모두 연인들이 차지하고 있다.

"글쎄."

담배에 불을 붙이며 츠치야는 별 생각 없이 대답했다. 밥을 먹고 온 터라 수프가 들어갈 것 같지 않다.

"괜찮아요. 조금인데 뭐."

방긋 웃으면서 에리가 대꾸했다.

"앗, 저기 비행기."

에리가 가리키는 방향을 보니, 빨간 불빛이 밤하늘 위로 천천히 이동하고 있었다.

"저쪽이 하네다죠?"

열심히 밖을 쳐다보는 에리의 옆얼굴을 보면서, 츠치야는 생각한다.

'역시 난 여자 운이 좋아.'

에리와 레이코도 그렇지만, 전에 사귄 여자 몇 명도 성가시게 들러붙지 않았다. 성가시게 들러붙는다는 것은, 즉 속박을 의미한다. 움직이는 빨간 불을 보면서 차가운 다이키리Daiquiri를 마신다.

"나, 츠치야 씨 정말 좋아해요."

창밖을 보면서 에리가 말했다.

"지금까지 만난 남자 중에서 최고로."

카운터에는 라임을 짜 넣은 페리에가 놓여 있다. 에리는 술이 약하기 때문에 이런 장소에서는 늘 페리에를 마신다.

"츠치야 씨의 눈도 턱도 목도 좋아하고, 어깨도 팔도 손목도 좋아하고, 엉덩이도 무릎도 허벅지도 좋아하고, 배도 귀도 발바닥도 좋아하고."

"어이, 그만 하지."

당황스러워 말을 막았다. 에리는 이제 츠치야의 얼굴을 똑바로 쳐다보고 있다.

"가슴도 등도 머리도 손톱도 목소리도."

"알았으니까, 그만 해."

"종아리도. 여기 움푹 파인 데도."

에리가 페리에 잔에 살짝 입을 댄다.

"움푹 파인 데?"

"응. 아랫배 옆에 다리하고 이어지는 부분."

에리가 설명했다.

"아아."

츠치야가 이제야 알겠다는 듯 고개를 끄덕이자, 에리는 또 방긋
웃었다.

"그러니까, 난 당신을 잃지 않을 거야."

"잃지 않는다고?"

"응."

에리는 고개를 끄덕이면서 목걸이를 잡아당겼다. 조그만 십자가
가 달린 가느다란 은색 줄. 그리고 눈길을 밖으로 돌리고는 다시 한
번 "잃지 않을 거야."라고 중얼거렸다.

쾌청한 일요일이었다.

〈전자전대 메가레인저〉와 〈게게게의 키타로〉를 배경음악으로
들으면서 유이치에게 아침밥을 먹이고 설거지를 했다. 설거지가
끝날 즈음 일어난 신이치 때문에 똑같은 일을 되풀이했다. 아야는
온 집 안의 창문을 열고 이불을 내다 널고 빨래를 했다. 현관 주위
를 쓸고, 하는 김에 차고도 청소했다. 집 안으로 돌아오니, 신이치
는 거실에서 자고 있고 유이치는 만화를 보고 있었다.

"엄마, 배고파."

고개를 들고 유이치가 부루퉁하게 말했다.

"그래, 알았어. 벌써 점심때구나."

사방에 어질러져 있는 컵과 잡지와 신문과 귀이개를 주워 모으
면서 아야는 말했다. 그러고는, 이 사람은 대체 뭘 했다고 이렇게

늘어지게 자는 것일까, 하고 거의 감탄에 가까운 심정으로 남편의 얼굴을 뚫어져라 쳐다본다. 칠칠치 못하게 벌어진 입에서 공포 영화를 보고 싶어 하는 심리와 비슷한 감정이 환기되어 눈을 뗄 수 없었다. 조그맣지만 귀에 거슬리는 코 고는 소리. 옆으로 누워 자는 탓에 안경이 이마 위에 걸쳐져 있다.

"우리, 외식할까?"

"정말? 나 생선 초밥 먹고 싶은데."

그렇게 대답하는 유이치를 뒤에서 껴안아 일으켜 세우며 귀에 대고 속삭였다.

"그리고 케이크도 먹고."

"에방타유에서?"

"그럼."

한 손을 어깨 높이에서 서로 맞부딪쳤다.

"옷이 무슨 상관이야."

도우코가 말했다. 거실에는 오후의 햇살이 비치고, 따스한 햇살 속에서 검둥이가 자고 있다.

"그래도 소우코는 얼굴색이 안 좋아서, 너무 차분한 색을 입으면 전체적으로 어두워 보이잖니."

"지나친 생각 아니야?"

목소리에 짜증이 섞이지 않도록 조심하면서 대답했다.

"엄마, 미안한데 전화 끊어야겠다. 검둥이 산책시킬 시간이야."

검둥이가 금세 반응을 보이며 도우코의 발치로 종종 다가왔다.

"밤에 내가 전화할게. 어떻게 됐는지 궁금하니까."

수화기를 내려놓자 축구 경기를 보던 미즈누마가 돌아보면서 물었다.

"장모님이야?"

국립 경기장의 잔디밭이 기울어가는 햇살을 받아 아름답게 빛나고 있다.

"응."

"오늘이 선보는 날인가?"

"그런가 봐."

"흐음."

미즈누마는 잠시 도우코의 표정을 살피듯 쳐다보고 다시 말했다.

"날씨도 화창한 게, 잘됐군."

도우코는 고개를 끄덕이면서 "응." 이라고 대답했다.

"검둥이랑 잠깐 산책하고 올게."

"알았어."

미즈누마의 의식은 벌써 축구로 돌아가 있었다.

조그만 토트백에 화장지와 부삽과 비닐봉지를 집어넣는다. 검둥이의 빨간 목걸이에 갈색 가죽 끈을 끼운다.

일요일만 유독 산책하러 나가는 시간이 빨라졌다는 것, 40분에서 1시간이면 족했던 산책 시간이 1시간 반이나 걸린다는 것을 미즈누마는 전혀 알아차리지 못하는 것 같다, 고 도우코는 세면대 앞 거울을 들여다보면서 생각한다. 거울을 보는 것은 머리가 단정한지 확인하기 위해서다. 화장을 하지 않아도 머리만 깔끔하면 지저분한 인상은 풍기지 않는다고 도우코는 믿고 있다. 그 때문에 매달 미장원에 다니고 있고, 어깨 정도 오는 머리끝에 살짝 웨이브를 넣어 손질해주는 스타일을 고수하고 있다.

철제문을 열고 빌라 밖으로 나간다. 바깥 공기가 주택가 특유의 부드러움으로 코를 간질인다.

물론 산책 시간 따위는 대수로운 문제가 아니다. 하지만 도우코는 늘 남녀 사이에 무관심은 죄라고 생각하고 있고, 만약 미즈누마가 가지 말라고 하면 오늘은 가지 말자는 결심도 단단히 굳히고 있었다.

도우코는 바짝 마른 데다 색까지 바랜 낙엽을 사락사락 밟으며 걸었다. 자동판매기에서 녹차를 두 개 사서, 코트의 양쪽 주머니에 하나씩 넣었다.

도서관 뒤 움푹 파인 곳에는 낙엽이 수북하게 쌓여 있었다. 햇빛이 비치지 않는 탓인지 눅눅하게 물기를 머금고 사람들의 발길에 짓눌려 있다. 곤도 신이치는 벤치에 앉아 두 손을 트레이닝 바지 주머니에 쑤셔 넣은 채 나뭇가지 너머로 파란 하늘을 올려다보고 있다. 발치에 담배꽁초가 세 개 떨어져 있다.

일어나 보니 아내도 아들도 나가고 없었다. 켜놓은 텔레비전만 공허하게 번쩍거렸다. 써늘하기도 하고 배도 고팠다. 부엌 여기저기를 찾아보았지만 당장 먹을 수 있는 게 없어, 할 수 없이 맥도널드에 들러 점심을 먹었다. 치즈 버거와 감자튀김과 코카콜라. 맥도널드는, 유리창으로 쏟아지는 햇살 속에서 가족과 젊은 남녀들로 북적거렸다.

이건 거의 밀회다.

곤도는 멍하게 그런 생각을 한다. 입 안에 양파와 피클 냄새가 남아 있어 기분이 찝찝하다.

이건 거의 밀회다. 약속을 한 것은 아니지만, 나는 지금 그녀를 기다리고 있다. 강아지의 목줄을 잡고 낙엽을 밟으며 나타날 그녀를.

네 개비째 담배에 불을 붙인다. 아마도 결혼한 여자이리라. 어딘지 모르게 그런 분위기다. 하지만 그런 것은 아무래도 상관없는 일이었다. 중요한 것은 지금 여기에 그녀가 올 거라는 것. 곤도는 도우코가 반드시 올 것이라고 확신하고 있었다.

"안녕하세요."

자신을 보고 그렇게 말하며 미소 짓는 곤도 신이치의 머리가 묘하게 헝클어져 있었다. 머리숱이 많은 사람이네, 하고 도우코는 생각한다. 회색 트레이닝복에 감색 나일론 윗도리, 여전히 운동화는 뒤축을 꺾어 신고 있다. 곤도가 벤치의 한쪽으로 비켜 앉아, 도우코는 곤도 옆에 앉았다. 검둥이의 목줄을 풀어준다.

"어떻게 지냈습니까? 일주일 동안."

곤도의 물음에 도우코는, 이 사람의 말투는 어쩜 이리도 푸근할까, 하고 생각한다. 솔직하지만 무례하지 않고, 목소리 자체가 사람의 긴장을 풀어준다.

"잘 지냈나요?"

거듭 물어, 도우코는 "네, 그럭저럭." 이라고 대답했다.

"다행이로군요."

곤도가 진심 어린 목소리로 그렇게 말해, 도우코는 반사적으로 그의 얼굴을 보았다. 마치 지난 일주일 동안 내가 어떻게 지냈는지가 이 사람에게는 아주 중요한 문제라는 듯한 말투잖아, 하고 생각한다. 곤도는 도우코와 시선을 마주했다가 다시 정면을 향하면서 한 번 더 말했다.

"정말, 다행입니다."

"곤도 씨는요?"

도우코가 묻자 곤도는 희미하게 웃으면서 "글쎄요." 라고 대답했다. 벤치 뒤에서 돌아다니는 검둥이의 발소리가 들린다.

"아, 이거 드세요."

도우코는 주머니에서 캔 녹차를 꺼내 곤도에게 건넸다. 곤도는 뜻밖이라는 표정을 지었다가 싱긋 미소 짓고는 순순히 받아 들었다.

"고맙습니다."

탁, 하고 소리 내며 뚜껑을 딴다. 도우코도 주머니에서 나머지 하나를 꺼내 역시 탁, 하고 소리 내며 뚜껑을 땄다.

"시간이 멈춘 느낌, 혹시 아나요?"

곤도가 말했다.

"시간이 멈춘 느낌이요?"

"네."

도우코는 꿀꺽 차를 마시는 곤도의 목덜미를 그만 물끄러미 쳐다보고 만다.

"도우코 씨와 함께 있으면, 그런 느낌이 들어요."

아마도 도우코가 무슨 말인지 잘 모르겠다는 표정을 지었으리라. 곤도가 웃으면서 설명했다.

"비유하자면, 어디에도 속해 있지 않은 학생 시절의 자신으로 돌아간 듯한, 그런 느낌 말이죠."

"……"

"왜 좋아하는 여학생 앞에서는 얼어붙어서 아무 말도 못하잖아요. 그런 기분."

곤도는 머쓱하게 웃었다.

"……"

도우코의 얼굴에 별 변화가 없자, 곤도는 갑자기 걱정스러운 표정이 된다.

"아, 미안합니다. 그럴 뜻은 없었는데, 무례한 말을 했나 봅니다."

"아니, 아니에요. 미안해요."

이번에는 도우코가 당황해한다.

"무례하다니요. 다만, 난, 그렇다면 시간이 멈춘 느낌이 아니라 시간이 돌아간 느낌이 아닐까, 그런 생각을 했을 뿐이에요."

그리고, 도우코는 마음속으로만 중얼거렸다. 당신 목덜미에 정신을 팔고 있느라 그랬어요.

"시간이 돌아간다……."

생각에 젖은 표정으로 곤도가 천천히 읊조렸다.

"아뇨, 그래도 역시, 시간이 멈춘 느낌인 것 같군요. 멈춰 있는 시간을 불현듯 발견한 느낌이랄까, 잊고 있었던 자신을 되찾은 느낌이랄까."

"그거, 곤도 씨에게 좋은 일인가요?"

"물론이죠, 좋은 일입니다."

곤도는 자신 있게 말했다.

도우코는 가슴이 두근거려, 더는 마시고 싶지 않은 녹차를 한 모금 삼키고 진심으로 말했다.

"잘됐네요."

괴팍한 경찰관이 등장하는 만화영화는 남편과 아들의 일요일 밤의 즐거움이다. 화면 앞에서 나란히 뒹굴고 있는 뒷모습을 보면, 누구든 같은 핏줄이라고 느끼리라. 저녁을 먹은 후, 부엌에서 뒷정리를 하면서 아야는 조그맣게 한숨을 쉬었다. 가정의 평화는 물론 나쁜 일이 아니다.

낮에 유이치와 둘이 생선 초밥을 먹을 때, 아야는 왠지 미안한 마음에 신이치 몫을 도시락에 따로 싸달라고 했다. 유이치와 약속을 한 탓에 케이크까지 먹고 집에 돌아와 보니 남편은 없었다. 날이 저물어서야 돌아온 남편은 저녁을 먹을 때까지 꾸벅꾸벅 졸기만 했지, 맥도널드에서 점심을 먹었다면서 도시락에는 손도 대지 않았다. 아야의 금지령에 패스트푸드를 먹을 수 없는 유이치는 그런 아빠를 부러워하면서 여섯 번이나 "좋겠다."고 투덜거렸다.

"숙제는 다 했어?"

만화영화가 끝나기를 기다려 물었다.

"내일부터 새로운 한 주가 시작되는데 언제까지 그렇게 꿈지럭댈 거야. 얼른 목욕해."

유이치에게 하는 것인지, 신이치에게 하는 것인지 아야 자신도 알 수 없는 말이었다.

제15장
연인들

"많이 추워졌네."

유리창 너머로 밖을 내다보면서 도우코가 말했다. 11월의 메구로 거리. 거리 위에 주차된 차 옆으로 코트 차림의 중년 여성이 걸어가고 있다.

"올해도 추수감사절에 파티할 거니까, 둘이 같이 와."

길쭉한 스프링롤을 손으로 집어 아삭, 경쾌한 소리를 내며 한 입 먹고는 레이코가 말했다. 오랜만의 '아내들의 런치'. 짙은 초록색 간판이 눈에 띄는 이 홍콩 요리점은 도우코가 좋아하는 가게다. 쉬는 날, 미즈누마와 같이 점심을 먹으러 종종 온다.

결혼하기 전부터 발놀림이 빠른 남자라는 생각은 했지만, 미즈누마가 알고 있는 다양한 가게들에는 지금도 간혹 놀란다. 새로 생긴 가게 정보도 환하게 꿰뚫고 있다. 미즈누마는 거의 강박적으로 유행에 민감하다, 고 도우코는 생각한다.

"이 부추 만두, 진짜 맛있네."

싱긋 웃으며 에미코가 말했다. 에미코는 지금 세 여자 가운데 가장 식욕이 왕성하다.

"어제, 소우코가 놀러 왔었어."

얼음이 녹아 거의 물처럼 엷어진 살구주를 찔끔 마시고 도우코가 말했다.

"그 아이, 며칠 전에 선봤어."

"와우, 이제 그럴 마음이 생긴 거야?"

레이코가 놀라며 되물었다.

"글쎄."

도우코는 우울한 표정으로 대답하고 다시 창밖을 내다보았다.

—그래서, 너는 마음에 들어?

어젯밤, 분위기가 이상하게 돌아간다는 것을 민감하게 간파한 미즈누마는 일찌감치 침실로 들어갔다.

—이렇다 저렇다, 보고 정도는 해줄 수 있잖아.

도우코가 끈질기게 물고 늘어지자 소파에 드러누워 있던 소우코가 눈썹을 한쪽만 추켜올렸다.

—했잖아, 그날 전화로.

도우코는 한숨을 쉬었다.

—그날 전화한 사람은 나잖아?

—누가 했든 무슨 상관이야.

—좋아, 알았어. 하지만 너, 아무것도 가르쳐주지 않았잖아? 어디에서 뭐 먹고 어디에서 헤어졌는지, 인상이 어떤 사람이었는지, 재미있었는지 어땠는지, 중요한 건 하나도 얘기 안 했잖아.

—잘 모르겠으니까 그렇지.

소우코가 입을 비죽 내밀었다.

소우코는 불쑥 찾아왔다. 마리에와 골프 연습장에 다녀오는 길이라는데, 입에서 술 냄새가 풍겼다.

—요즘 골프장에서는 술도 주니?

그만 얄미운 말투로 물어, 이내 후회했다.

—시노와에 들러서 한잔 마셨어. 그럼 안 돼?

기분이 완전히 상한 소우코는 자고 가라는데도 듣지 않고, 택시를 불러 가버렸다. 시노와는 옛날에 둘이 곧잘 갔던 와인 바였다.

"나, 이혼했어."

에미코가 갑작스럽게 말했다.

"뭐?"

되묻는 도우코와 마주 보고 앉은 에미코는 라오주 한 잔을 홀짝 마셨다.

"2주 전에 서류 내고, 마침내 독신으로 돌아왔습니다."

에미코는 침착해 보였다.

"당분간 사업상으로는 동업자로 지낼 거지만. 그리고 지난주에 이사 나갔어. 내 주소는 안 바뀌고. 정말 신기하지. 11년 동안이나 같이 살았는데, 이혼하는 거 정말 간단하더라. 지금은 혼자서 좀 느긋하게 쉬는 중이야."

틈틈이 오징어와 목이버섯볶음을 집어 먹으면서 그렇게 보고하는 내내, 에미코의 입가에서 미소가 떠나지 않았다.

"못 믿겠다."

도우코는 자신이 눈을 동그랗게 뜨고 있다는 것을 스스로도 알 수 있었다.

"정말 못 믿겠어. 에미코 씨……."

말하려다 입을 다물었다. 무슨 말을 어떤 식으로 하든 실례가 될 것 같았다. 에미코 씨, 둘이 잘 지냈잖아. 에미코 씨, 왜? 에미코 씨, 언제부터 삐걱거린 거야? 에미코 씨.

"아이, 왜 그런 표정 짓고 그래."

당황한 듯 에미코가 말했다.

"이제 다 끝난 일이니까. 난 괜찮아. 원래 결혼에 맞는 성격도 아니었고, 나란 여자."

도우코는 4년 전, 에미코를 처음 만났던 날을 떠올렸다. 결혼식 부케를 부탁하러 간 것이었다.

—어머나, 결혼하세요? 축하드려요.

에미코는 화장기 없는 얼굴에 작업 셔츠와 두꺼운 면바지 차림이었다. 그리고 색이 바랜 앞치마. 그런데도 환하게 웃는 표정으로 그렇게 말했다.

—네.

도우코는 별 실감 없이 대답했지만 에미코의 표정이 황홀할 정도로 밝아서, 결혼한 사람이겠지, 결혼이란 게 역시 좋기는 한 모양이네, 하고 생각했던 것을 기억한다.

그런 에미코가 만들어준 부케는 완벽했다.

직업상 다양한 꽃 가게를 알고 있는 레이코가 부케를 너무 화려하게 만드는 가게가 많다고 해서 걱정했는데, 배달된 부케는 도우코가 주문한 대로 심플하면서도 우아했다. 같은 꽃을 미즈누마가 입은 턱시도의 가슴 주머니에 꽂아주던 순간의, 예상치 못했던 행복감을 지금도 잊지 못한다.

"그럼, 마음 정리는 다 끝난 거네."

확인하듯 레이코가 너무도 레이코다운─이라고 도우코는 생각한다─분명함으로, 걱정스럽게 물었다.

"음."

에미코는 소리 없이 미소 짓고는, 톡 쏘는 수프 속에 들어 있는 깨떡을 숟가락으로 떠서 호로록 먹었다.

"얼마나 이상적인 부부였는데."

밤이 되어, 회사에서 돌아온 미즈누마에게 말했다. 소파에 앉아 자신의 무릎에 포근한 무게감으로 턱을 올려놓고 잠든 검둥이의 머리를 쓰다듬으면서.

"사업 파트너인 데다 가끔 가게에서 보면 얼마나 멋졌는데. 서로 모르는 척하면서 자기 일만 하지만, 그래도 똑같은 앞치마를 두르고 있었다고."

미즈누마는 직접 끓인 홍차를 마시면서 도우코의 얘기를 별 흥미 없다는 듯 듣고 있다.

"아이는 없었지만, 주말에는 둘이 캠프도 가고 그랬는데."

얇은 치마 아래로 검둥이의 체온이 전해졌다.

"그랬어?"

잡지를 넘기면서 미즈누마가 말했다.

"부인이 계속 일을 하면 여러 가지 힘든 일이 많이 생기나 보군."

아무런 악의도 느껴지지 않는 말투였는데, 도우코는 왠지 마음에 걸렸다.

"계속이라니?"

하지만 미즈누마는 그 물음에는 대답하지 않고 다른 소리를 했다.

"물론 여자가 일하는 게 나쁘다는 것은 아니지만 말이야."

많은 사람들이 상큼하다고 표현할 웃음 띤 얼굴로. 그 결과 도우코는 방금 전 마음에 걸렸던 말이 무엇이었는지조차 기억나지 않는 묘한 상황에 빠졌다.

"그야 그렇지."

평소에도 그런 일이 잦은 도우코는 애매하게 고개를 끄덕이고 말았다.

"나, 세상에서 여기가 제일 좋더라."

츠치야 다모츠의 팔을 베개 삼아 누운 에리가 말했다. 그다지 기분 나쁜 말은 아니었다. 츠치야는 섹스를 하고 난 후의 에리의 표정과 태도가 아주 마음에 들었다. 이 여자는 정말 단순하게 충족된 표정을 짓는군, 하고 생각한다. 반면 레이코는 표정이 좀 밋밋하다.

"오늘은?"

에리가 묻자 츠치야는 "글쎄." 하고 신음하는 듯한 소리로 대답하고는, 왼팔에 에리를 누인 채 오른팔을 머리 위로 뻗어—그때 시트 속에서 쭉 뻗게 되는 츠치야의 발가락이 좋다고 에리는 생각하는데—담뱃갑과 라이터를 집는다.

"작업실로 갈 거야. 좀 정리할 게 있어서."

탁, 소리를 내며 불을 붙였다.

"일, 열심히 하네."

에리는 츠치야의 작업실이라는 곳에 가본 적이 없다. 이렇다 할 이유는 없지만, 왠지 가서는 안 될 장소, 라고 여기기 때문이다.

"저기, 어렸을 때 얘기 좀 해봐요."

팔베개를 벤 채로 몸을 비틀어 츠치야의 몸에 코를 묻으면서 에리가 말했다. 이렇게 하면 츠치야가 팔을 구부려 등을 안아준다는 것을 알고 있다.

"어렸을 때 얘기?"

"응. 츠치야 씨는 어떤 아이였어? 얌전한 아이? 아니면 골목대장? 어떤 거 하면서 놀았는데? 그러다 어디 다치기도 했어?"

츠치야가 이상하다는 표정을 지었다.

"왜?"

"알고 싶어서."

에리는 고개를 들어 츠치야의 얼굴을 보면서 그렇게 분명히 말하고는 다시 그 어깨에 볼을 올려놓고 편안한 듯 눈을 감았다.

"얘기해봐요."

"글쎄, 어떤 아이였나."

츠치야는 한쪽 입술을 일그러뜨리며 생각에 잠겨 말했다.

"얌전하지는 않았지. 이웃집 할머니 할아버지에게 종종 혼이 났으니까. 그렇다고 골목대장도 아니었고. 학교에서는 오히려 눈에 띄지 않는 아이였을 거야."

"몸집은?"

"중간보다 조금 작은 편이었을 거야, 아마."

"잘하는 과목은?"

"체육. 수학하고 과학도 좋아하기는 했지만."

"별명은 뭐였는데?"

츠치야는 잠시 생각하고서 대답했다.

"없었어. 그냥 다모츠라고 이름으로 불렸어."

에리는 그 말을 두세 번 중얼거리더니, 벌떡 일어나 츠치야의 입술에 키스했다.

괜히 짜증이 난다.

소우코는 동네 야구 연습장의 왼쪽 세 번째 박스에서 방망이를 휘두르고 있다. 몸을 움직이면 속이 조금은 후련해질 줄 알았는데, 9백 엔어치를 내리 치고 있는데도 전혀 효과가 없다.

가장 짜증스러운 것은, 누구에게, 어디를 향해 화를 내고 있는지 알 수 없다는 것이었다. 소우코는 모든 것에―주위 사람 모두에게―화가 났다. 소우코 자신은 물론 야마기시, 엄마, 도우코, 선량하고 우둔한 맞선 상대, 그리고 마리에에게도.

이번 일에 대해서 소우코는 누구보다 먼저 마리에에게 말했다. 엄마와 도우코보다 먼저 말이다.

마리에라면 콧방귀를 뀔지도 모른다고 생각해서였다. 맞선? 허접스럽게 무슨 맞선이야. 설마, 정말 볼 생각은 아니겠지?

날렵하게 그린 눈썹을 허풍스럽게 추켜올리면서 그렇게 말할 줄 알았다.

어젯밤만 해도 그렇지, 하고 소우코는 휘황하게 밝은 백열등 아래에 두 다리를 어깨 너비로 벌리고 서서 날아오는 공을 노려보며 생각한다.

맞선을 보는 자리에서 상대방이 보인 태도와 노골적인 질문, 결혼을 하면 어떤 가정을 꾸리고 싶으냐고 물었다. 첫 만남인데, 엉뚱한 무늬의 넥타이―짙은 갈색 바탕에 엷은 갈색 원숭이와 바나나!―, 게다가 손등에 난 털, 등등을 얘기하자 마리에는 키들키들

웃고는, 그래도 의외로 괜찮은 사람일지도 모르겠다고 심각하게 말하더니 일고의 가치가 있다는 결론까지 내렸다.

남 일이라고.

소우코는 손바닥에 잡힌 물집이 아픈데도 계속 방망이를 휘둘러 댔다.

그 남자, 손이 마치 곰 같았다. 체구가 커서 와이셔츠를 입은 목이 답답해 보였다.

—미국에서 대학을 졸업했다면서요?

그렇게 옆구리를 찌르자 흐뭇한 표정을 지으며 넉살 좋게 대답했다.

—아, 네. 나의 청춘 시절이었죠.

아, 짜증 나.

박스에서 나오자 무릎이 후들거렸다. 어제는 골프 연습장에 오늘은 야구 연습장, 이틀을 계속했더니 진이 빠진다. 벤치에 앉아 캔 우롱차를 마신다.

—거절할 거면 일찌감치 하는 편이 좋을 거예요.

그렇게 말한 사람은 오직 미치코뿐이었다. 상대를 만나기 전에 호텔 로비에서 소우코를 보자마자 그렇게 말했다. 마치 소우코가 거절하리란 것을 이미 알고 있다는 듯한 말투였다.

미치코는 선을 보기로 약속한 시간보다 30분 일찍 만났다. 카페로 들어가지 않고 로비의 소파에 앉아 있었다. 서로가 할 말이 없었다. 소우코는 몹시 어색했다. 야마기시의 아내. 소우코는 예전부터 미치코가 자그마한 몸집에 미인이지만 어딘가 모르게 오만한 인상을 풍긴다고 생각하고 있었다.

—사람이 많네요.

미치코가 불쑥 말했다. 좀처럼 외출을 하지 않는 것이리라. 미치코는 쉴 새 없이 들락거리는 사람들을 신기한 듯 바라보았다.

—미치코 씨, 결혼한 지 몇 년이나 되셨어요?

물론 알고 있지만, 물어보았다. 미치코의 입에서 직접 그 숫자를 듣고 싶어서였다.

—3년.

그렇게 대답하는 미치코의 입술이 선명한 빨간색이었다. 그 때문인지 옆얼굴이 유난히 의지가 강해 보였다.

—결혼해서, 행복하세요?

과감하게 물어보았는데, 미치코는 조그맣게 소리 내어 웃으면서 이렇게만 말했다.

—왜 다들 결혼과 행복을 연관시키려 하는지.

우롱차를 다 마신 소우코는 빈 캔을 들고 일어섰다. 조금 전까지 땀을 흘렸는데도, 밤바람이 싸늘해서 팔을 비볐다.

레이코는 통 잠이 오지 않았다.

더블 침대는 터무니없이 넓고, 손발을 뻗자 츠치야가 없는 빈자리가 써늘했다. 눈을 감고 잠자려 애쓰면 애쓸수록 온갖 소리가 귀를 자극했다. 바람 소리, 시계 소리, 오가는 자동차 소리.

벌써 몇 년이나 츠치야와의 이런 관계가 계속되고 있다. 레이코는 이불 속에서 옆으로 누워 등을 웅크리고 두 손을 무릎 사이에 낀 자세로 밤을 보내려 했다. 어렸을 때부터 가끔 그렇게 잠들었던 자세로.

도우코는 에미코의 이혼에 대해 '믿을 수 없다'고 했지만 레이코의 생각은 달랐다. 에미코는 어떻게 이혼을 결심했을까. 친구들과 식사를 하면서 그런 생각을 했다.

그건 그렇고, 아까부터 시간이 조금도 흐르지 않는 것처럼 느껴지는 것은 왜일까. 레이코는 머리맡에 있는 알람 시계를 보고는 눈살을 찌푸렸다. 잠이 오지 않아 진이 빠진 레이코는 일어나 카디건을 걸쳤다가 다시 벗고는, 벽장에서 츠치야의 윈드브레이커를 꺼내 입었다. 버석거리는 나일론 소재인 검은색의 그 옷은 걸치면 처음에는 차갑지만, 보온성이 높기 때문에 점차 따뜻해진다. 옷에서 희미하게 담배 냄새가 났다.

레이코는 부엌에서 우유를 데웠다. 한밤의 부엌은 너무 조용해서, 자신이 내는 소리 하나하나가 다 울리는 느낌이었다. 발소리, 빈 냄비를 가스레인지에 올려놓는 소리.

따뜻해진 우유를 머그잔에 따라 레이코는 한 모금 한 모금, 천천히 시간을 두고 마셨다. 츠치야가 지금 어디에서 무엇을 하고 있는

지는 생각하지 않으려 애쓰면서.

　그래도 그렇지, 나는 겁쟁이다.

　레이코는 자조적으로 피식 웃었다. 손에 든 머그잔. 레이코는 평소 자신의 손이 뼈가 울룩불룩하고 지나치게 크다고 생각하고 있다.

　츠치야는 휴대전화를 갖고 있지만, 레이코는 전화를 건 적이 없다. 가령 지금 츠치야가 다른 여자와 함께 있는데, 그런 데다 전화를 걸어 당혹감이나 낭패감 혹은 성가심, 아니면 그 모두가 섞인 절대 유쾌하지 않을 목소리를 듣고 싶지 않았다. 한편, 츠치야가 본인의 말대로 혼자 작업실에 있다면, 그런 데다 또 전화를 거는 의심 많은 아내가 되고 싶지도 않았다.

　컵에 남은 뜨뜻미지근한 우유가 달짝지근한 미각을 남기고 목을 넘어간다.

　"아니 이렇게 늦은 시간에. 어떻게 왔지?"

　문을 열고, 앞에 서 있는 사쿠라코를 본 츠치야는 말했다. 밤 1시가 넘은 시간이었다. 오른손으로는 문손잡이, 왼손에는 담배를 쥔 채였다.

　"택시 타고 왔죠."

　사쿠라코는 그렇게 말하고는,

　"다 알면서, 뻔한 걸 왜 물어요."

　하고 덧붙였다.

"방해가 됐나요?"

"아니, 그런 건 아니지만."

하지만 츠치야는 이번에는 사쿠라코를 안으로 들이지 않았다.

"잠깐 기다려. 근처에 24시간 하는 패밀리 레스토랑이 있으니까, 커피라도 마시러 가지."

그러고는 안으로 들어가 버렸다. 츠치야는 조심스럽게 행동해야 한다고 생각했다. 여러 의미에서 사쿠라코는 미지의 여자니까.

패밀리 레스토랑은 늦은 밤인데도 환하고 사람들로 북적였다.

"웬일이야?"

주문을 하고서, 츠치야는 새삼 물었다. 하지만 사쿠라코는 대답 대신, 물을 한 모금 마시고, 테이블에 놓여 있는 냅킨꽂이를 손에 들고—메뉴 사진이 찍혀 있는—혼자 중얼거렸다.

"이 파파야 아이스크림이란 것도 시킬 걸 그랬네."

그러고는 겨우 츠치야를 쳐다보면서 난처하다는 듯 말했다.

"웬일이냐고 자꾸 묻지 마세요."

고개를 숙인 채, 자기 무릎 위에 올려놓은 두 손—손수건을 접고 있다—을 쳐다본다.

"그럴 만한 이유가 있는 건 아니니까."

그 당돌한 태도에 사랑스러움을 느꼈지만, 츠치야는 자중했다. 이런 때는 우둔한 척하는 게 상책이다.

"음."

스스로도 답답하게 여겨졌지만 무슨 소리인지 모르겠다는 표정을 지었다.

여자를 좋아한다. 레이코의 여성스러움, 에리의 편안함. 눈앞에 있는 사쿠라코의 무뚝뚝한 분위기에도 매력이 없는 것은 아니었다. 하지만 성가신 일은 딱 질색이었다.

커피를 가져온 웨이트리스에게 츠치야는 파파야 아이스크림을 주문했다.

"고마워요."

하지만 사쿠라코는 그리 좋아하지는 않았다.

"왜 이런 시간에 왔는지 알아요?"

담뱃불을 붙이는 츠치야의 손을 빤히 쳐다보면서 사쿠라코가 물었다.

"모르겠는데."

"이 시간에는 등 떠밀려서 전철에 타지 않아도 되니까요."

츠치야는 웃을 수가 없었다. 자제심보다는 경계심을 그러모아 이렇게 대답하는 것이 고작이었다.

"걱정 마. 차가 있으니까, 데려다 줄게."

제16장
위험한 다리

　물론 귀여운 여자라고 생각한다. 하얀 피부와 조심스러운 태도에 호감이 가고, 무엇보다 말을 빨아들이는 듯한 두 눈과 자신과 비슷한 감성에는 행복감마저 느낀다. 자신이 하려는 말이 충분히 전해지고 있다는 확신. 일요일마다 공원에서 만나 얘기를 나누면 즐거웠고, 같은 치과에 다니는 것도 놀랍고 반가운 일이었다. 하지만 아무리 그래도. 곤도 신이치는 화창한 한낮의 빌딩가를 걸으면서 생각한다. 아무리 그래도, 근무 중에도 생각이 나는 것은 좀 지나치다. 여자 생각이 머리에서 떠나지 않는 상태는 소설과 드라마에서나 보았지 자신과는 무관한 일이라고 생각했다. 가정이 있어서가 아니다. 물론 그런 이유도 있지만, 이미 여자에게 정신을 팔 나이가 아니다. 젊었을 때조차 여자에게 인기가 없었다. 여자를 쫓아다닌 적도 없었다.

　넓은 도로. 곤도는 넓은 도로를 좋아한다. 질서가 느껴지고 왠지 모르게 안심이 된다. 신호가 바뀌기를 기다려 네거리를 건넜다.

　애당초 여자란 거리를 두고 사귀면 매력적인 생물이지만, 자칫 거리가 좁혀지면 험한 꼴을 당하기 십상인 존재다. 곤도는 그 사실

226　장미 비파 레몬

을 몸으로 배웠다. 학생 시절에 사귀었던 여자나 회사에서 만난 젊은 여사원이나 선을 보아 만난 아내 아야 역시.

여자는 대체로 감정적이다. 곤도는 감정적인 것을 싫어했다. 미즈누마 도우코가 지금까지 만난 여자와 조금 달라 보인다고 해서 가까이 다가가는 것은, 현명한 일이 아니다. 곤도는 담배를 입에 물고, 옛날에 아야가 선물해준 지포 라이터로 불을 붙였다. 알고는 있는데, 요즘은 하루 종일 그녀 생각만 하고 있다. 안고 싶다거나 바람을 피우고 싶은 욕망이 있는 것은 절대 아니다. 다만, 만나고 싶다.

어리석은 짓이다. 곤도는 담배를 두세 모금만 피우고 이내 구둣발로 비벼 껐다. 이런 감정에 익숙하지 않은 탓에 자신이 뭘 원하는지, 또는 어떻게 될 것인지 알 수 없어 당황스러웠다.

한 가지 분명한 것은, 하고 곤도는 생각한다. 한 가지 분명한 것은, 그녀와 얘기할 때의 자신은 진정한 자신이라는 점이다. 회사나 가정에서의 자신은, 주어진 역할을 연출하는 자신에 불과하다. 도우코를 만나고서야 그 사실을 깨달았는데, 그렇기에 더욱 예전보다 매끄럽게―말하자면 자각적으로―그 역할을 수행할 수 있는 느낌이다. 도우코를 만나 진정한 자기 자신으로 돌아가는 시간이 있으면 나머지 시간도 잘 꾸려갈 수 있다고 생각하는 것이다.

정오가 지나자 여기저기 빌딩에서 엇비슷한 차림의 회사원들이 점심을 먹으러 나왔다. 곤도는 한 손을 바지 주머니에 집어넣었다. 손가락 끝이 동전과 키홀더에 닿았다. 어느 정도 거리를 두고 사귀는 거라면 괜찮지 않을까, 하고 곤도는 속으로 중얼거린다. 누구나 하는 일이다. 일상에 조금이나마 신선한 바람이 통하게 하기 위해.

우선은 따끈하게 찐 무를 안주로 맥주를 마시고, 각자에게 좋아하는 음료를 만들게 한다. 안주는 치즈 만두—길쭉길쭉하게 자른 카망베르나 그뤼에르, 블루치즈를 만두피로 싸서 튀긴 간단한 음식이지만 정말 맛있다—와 생선회를 섞은 샐러드. 그리고 마지막으로 돼지고기 샤브샤브와 우동.

레이코가 오늘 밤을 위해 생각한 메뉴다. 칠면조 요리와 에그노그는 없어도, 아무튼 명분은 추수감사절 파티다. 오늘 파티는 크리스마스나 망년회 시즌이 아니라는 점이 레이코답고, 11월 말이니까 추수감사절을 빌미 삼는 것도 그럴싸하다고 해서 친구들 사이에서 호평인 연중행사의 하나다.

"이거, 이제 테이블에 올려놓아도 될까요?"

일을 거들러 온 사쿠라코는 집 안을 두리번두리번 살피며 복도에 서 있는 전기스탠드와 어마어마한 오디오 세트에 대해—멋지네요, 레이코 씨 취향인가요? 이건 바깥 분 취향인가요?—라고 감상도 질문도 아닌 말을 주절거리면서도 바지런히 그릇을 나르고 치즈도 자르는 등 품을 덜어주었다.

"음악 좀 다른 걸로 틀어줄래? 거기 꺼내놓은 CD 있으니까, 아무거나."

"네."

사쿠라코는 레이코의 말에 자신의 귀에도 경쾌하게 울리는 목소리로 순순히 대답했지만, 레이코가 준비해놓은 CD를 하나하나 보면서는, 다 시시한 것뿐이군, 하고 생각했다. 레코드장에 진열되어 있는 LP판―아마도 츠치야의 것일―에 관심이 갔지만, 유리문을 열지는 않았다. 결국 빌리 마이어스를 골랐다.

첫 손님은 도우코였다. 사과를 담은 종이봉투를 껴안고 있다. 사쿠라코는 짜랑짜랑한 목소리로 서로에게 옷차림과 음식 칭찬을 하는 레이코와 도우코를 한심하다는 표정으로 바라보았다.

레이코의 학생 시절 친구들―고지도 연구회라는 정체 모를 연구회 친구들―이 하나 둘 나타날 때마다 사쿠라코는 그들에게 캔 맥주를 건넸다.

사쿠라코는 남자들이 들어설 때마다 움찔움찔 놀랐다. 하지만 기다리는 츠치야는 좀처럼 나타나지 않았다.

도우코의 여동생과 그 친구―빼빼 마른 여자―까지 와, 실내가 점점 복잡해진다고 사쿠라코는 생각했다.

츠치야가 나타났을 때, 누구보다 먼저 알아차렸다는 자신감이 있었다.

"아, 어서 와요."

도우코가 그렇게 말하고, "실례합니다.", "먼저 시작했어요."라고 서로들 한마디씩 인사를 나눌 때도 사쿠라코는 잠자코 있었지만.

레이코는 마침 잠시 자리를 비우고 있었다. 음식을 다 마련하고, 앞치마를 벗고 화장을 고치러 들어간 것이다. 그 일로 사쿠라코는 아주 사소하지만 어떤 우월감을 느꼈다. 자신은 보았는데, 레이코는 놓친 것. 물론 그 사소한 기쁨은 다음 순간—레이코가 돌아와 도우코의 "아, 어서 와요."와는 전혀 다른 "어서 와요."를 그야말로 아내답게 (사쿠라코에게는 그렇게 여겨진 부드러움으로) 말한 순간—부서지고 만다. 어이없게, 너무도 간단하게.

도우코는 레이코의 회사 사람들이 가져온 남아프리카산이라는 백포도주를 마시고 기분 좋은 취기를 느끼고 있었다. 술이 센 편은 아니었지만, 취하는 것은 좋아했다.

—언니는 조금만 마셔도 취하니까 얼마나 좋아.

소우코는 비아냥거리듯 곧잘 그런 말을 했다. 그 소우코는 아까부터 내내 마리에와 얘기하고 있다. 이렇다 할 이유는 없지만 도우코는 마리에가 왠지 싫었다. 샐러드에 들어 있는 아보카도를 손으로 살짝 집어 입에 넣고서 손가락을 가볍게 핥으며 도우코는 생각한다. 이런 모임에서 둘이서만 얘기를 나누는 것은 예의에 어긋난다. 회사에서 언제든 얘기할 수 있는데.

"이걸로 닦아."

돌아보니 레이코가 서 있었다. 고등학교 시절에 흔히 보았던 '정말 못 말린다니까'란 표정으로 종이 냅킨을 내민다.

"고마워."

레이코에게서 향수 냄새가 희미하게 풍겼다.

"요즘 어때? 잘 지내?"

레이코의 목소리는 허스키하다. 섹시하다, 고 도우코는 생각한다.

"그럼, 잘 지내지."

그렇게 대답하고 포도주를 한 모금 마신다.

"진전은?"

"진전?"

레이코가 무슨 소리를 하는 것인지 금방 알았지만, 도우코는 모르는 척했다. 밝은 아이보리 색 소파에 앉아 학생 시절 친구와 흥겹게 얘기하는 미즈누마를 힐금 돌아보았다.

곤도 신이치와 도우코 사이에 특별한 진전은 없었다. 여전히 일요일마다 만나고, 치과는 서로가 의도적으로 같은 시간에 예약을 했다. 돌아오는 길에 같이 식사를 하거나 차를 마시는 일도 이제는 드문 일이 아니고, 역까지는 늘 함께 걸어간다.

"괜한 참견 할 마음은 없는데."

오늘 밤, 레이코는 풍성하고 구불구불한 긴 머리를 뒤로 묶고 있다.

"설마 너, 위험한 다리를 건넌 건 아니겠지?"

이상한 소리를 한다고 도우코는 생각한다. 나는 위험한 다리를 건넌 적도 없고, 애당초 건널 마음도 없다.

"그게 무슨 소리야?"

미즈누마는 포도주 잔을 한 손에 들고 열변을 토하고 있다. 도우코는 자신의 남편을 마치 남 보듯 바라보면서, 지금 서 있는 이 자리가 위험한 다리가 아니라고 누가 단언할 수 있을까, 하고 생각했다. 신기하리만큼 냉정하게.

"그럼 됐고."

레이코의 말에 도우코는 마음속으로 고개를 갸웃했다. 대체 뭐가 됐다는 것일까.

둘은 거기 선 채로 잠시 주위를 돌아보았다. 아파트의 한방에 모이기에는 꽤나 많은 사람들, 그 사람들이 빚어내는 분위기와 색과 냄새와 시끌시끌함, 어떤 유의 무늬 같은 것.

"에미코 씨, 괜찮으려나."

베란다를 내다보면서 도우코가 말했다. 베란다에서는 지금, 에미코가 사쿠라코와 얘기하고 있다. 겉보기에 에미코는 평소와 다름없다. 가무잡잡한 피부에 거리낌 없이 환하게 웃는 얼굴.

"글쎄, 어떨지."

중얼거리듯 그렇게 말한 레이코의 옆얼굴이 몹시 쓸쓸해 보였다. 레이코는 유리문 너머에 있는 에미코를 물끄러미 쳐다보고 있다.

"아르바이트하는 애라고 했니? 에미코 씨와 얘기하는 사람."

도우코의 물음에 레이코는 조금은 밝아진 표정으로 대답했다.

"응. 고지마 사쿠라코라고 하는데, 귀엽지?"

"학생이야?"

"응. 그런데 전혀 요즘 애들 같지 않지? 꼼꼼하고 성실해서 얼마나 힘이 되는지 몰라."

레이코는 싱긋 웃고는, 우동을 준비하러 부엌으로 갔다.

"그 풍부한 성량은 정말 압도적이지요. 항간에 떠도는 소문이 많은 점도 팬들에게는 매력적일 테고."

서양음악에 어느 정도 지식이 있다고 자부하는 미즈누마가 말했다. 하지만 츠치야는 거의 얘기를 듣고 있지 않았다. 츠치야는 아내 친구의 남편이자 아내의 학창 시절 친구이기도 한 미즈누마란 사내가 처음부터 그다지 마음에 들지 않았고, '나도 보헤미안 랩소디는 멋진 음악이라고 생각합니다.'라느니, "죽어서 영웅으로 추앙받는 인간도 불행하지요." 하는 식의, 무슨 다른 뜻이 있는 듯한 우회적인 말투를 원래 싫어하는 탓이기도 했다. 프레디 머큐리가 영웅으로 추앙받는다고는 생각하지 않고, 영웅이든 아니든 츠치야에게는 그의 곡이 좋다는 것만이 진실의 전부였지만 그런 말을 이 사내에게 할 마음은 없었다. 아내가 하고 싶다니 어쩔 수 없지만, 파티란 이런 대화에 동참해야 하는 귀찮고 성가신 것이다.

그건 그렇고, 하고 츠치야는 한가운데에 있는 식사용 테이블을 힐금 보면서 생각한다. 그건 그렇고, 이런 자리에 사쿠라코가 있다는 것이 몹시 거북했다. 아내의 손님처럼 보이지 않았다. 그녀의 존재를 눈으로 좇지 않으려고 애쓰고 있지만, 계속 의식하게 된다. 거의 일의 연장이라고 생각하는지도 모르겠지만, 사쿠라코는 자기보다 나이 많은 사람들에게 둘러싸여 쾌활하게 웃고 얘기하며 때로 레이코를 거들어 음식을 나르기도 한다.

그러다 간혹 눈길이 마주쳤다. 그럴 때마다 츠치야는 어이없을 정도로 동요했다. 그러고는 늘 먼저 눈길을 돌렸다.

이런 때면 언제나 그렇듯, 레이코는 무척 만족스러운 기분이었다. 츠치야가 집을 멀리하기는 하지만 그렇다고 부부 싸움을 했거나 관계가 소원해진 것은 아니다. 그리고 결국은 이렇게 곁에 있어준다. 지금, 디저트로 먹을 호박 파이를 꾸미기 위해 생크림을 만드는 레이코 옆에서 츠치야는 커피를 끓이고 있다. 커피 메이커에서 나는 평온하고 규칙적인 소리와 구수한 향. 또 한쪽에서는 회사 동료들이 설거지를 하고 있고, 잔에 따른 커피는 사쿠라코가 나르고 있다. 거실에서는 여전히 사람들의 화기애애한 목소리가 들리고, 부엌 창문으로 흘러드는 청결한 밤공기는 술기운에 달아오른 두 볼을 상쾌하게 스치고 지나간다.

"고마워, 이제 그만 해요. 나중에 한꺼번에 씻을 테니까."

레이코는 생크림이 담긴 볼을 껴안은 채 커피를 한 모금 마셨다.

소우코는 데미타스 잔을 들어 유독 씁쓸한 커피를 마시면서 야마기시를 생각했다. 그 옛날, 약속을 깬 사람은 도우코였지만—조각 케이크 하나를 둘이 나누어 먹는 언니 부부를 본다—결과적으로 야마기시에게는 잘된 일이었을 것이다. 도우코처럼 의존적인 여자는 야마기시에게 어울리지 않는다. 그런데, 그 미치코라는 여자.

"파이 먹을래요?"

에미코가 파이를 이 사람 저 사람에게 돌리면서 물었다.

"배가 불러서."

소우코는 고개를 저었다.

지난주, 소우코는 엄마가 하라는 대로 야마기시의 집을 찾아가 감사의 뜻을 전했다. 맞선을 중개한 야마기시는 몰라도 당일 동행해준 미치코가 고마웠다. 엄마가 이거 가져가라면서 건넨 묵직한 꾸러미는 세 단짜리 전통 과자였다.

—당장에 데이트 약속을 했다면서?

야마기시의 다른 뜻 없는 물음에 소우코는 애써 별일 아니라는 듯이 대답했다.

—네, 다음 주에.

—어떤 사람이었어?

야마기시는 차분하고 고상한 회색 스웨터를 입고 있었다. 소우코는, 미치코가 고른 것일까 하고 생각했다.

—체구가 커요.

소우코의 대답에 야마기시는 "흠." 이라고만 대꾸했다. 소우코는 1시간 정도 있다가 돌아왔다. 미치코는 거의 아무 말도 하지 않았다.

미치코가 끓여주는 홍차는 향이 좋다. 말수가 적고 새침한 인상을 풍기지만, 미인이다. 야마기시의 고등학교 동창인 듯하다.

소우코가 미치코에 대해 알고 있는 것은 그게 전부였지만, 집 밖에서는 양심적이고 실력 있는 수의사여도 집 안에서는 손끝 하나까딱 않는—지난 몇 년 동안 관찰한 결과이다—야마기시를 대신해서 모든 집안일을 도맡아 하고, 야마기시가 그런 미치코를 전면적으로 신뢰한다는 것은 알 수 있었다. 장미 무늬 소파와 커튼에서도여성스럽다고 할까 개성적이라고 할까, 아무튼 미치코가 타인이쉬 접근하기 어려운 취향의 소유자라는 것을 알 수 있었다.

—거절할 거면 일찌감치 하는 편이 좋을 거예요.

선을 보는 날 아침, 호텔 로비에서 그렇게 말한 미치코.

—다들 왜 결혼과 행복을 연관시키려 하는지.

피식 웃으면서 그런 말을 했던 미치코.

어느덧 데이트 날짜가 바로 내일로 다가와, 소우코의 마음은 한시간 간격으로 무거워지고 있었다.

다 마신 커피 잔을 부엌으로 가져간다. 손님이 하나 둘 돌아가고있다.

"설거지, 제가 할게요."

소우코는 반지를 빼서 주머니에 넣고는, 괜찮다며 그냥 놔두라는 레이코의 말을 무시하고 물을 틀었다.

훗날 츠치야 다모츠는 이날의 일을 두고두고 후회하고 씁쓸해하는 신세가 되는데, 이미 쏟아진 물은 되담을 수가 없다.

마지막 손님을 보내고 남은 위스키를 물에 섞어 마시면서 부엌을 정리하는 아내에게 아직 할 일이 남아 있어서 작업실에 가봐야겠다고 했을 때, 놀람과 실망이 뒤섞인 그녀의 그 표정. 츠치야는 이때 이미 후회했지만, 후회란 늘 그렇듯이 아무런 도움도 되지 못했다.

"알았어."

레이코는 절망적인 미소를 띠면서 말했다.

"많이 바쁜가 보네. 가지 말라고 해도 소용없겠지."

대답을 기다리는 말투가 아니어서 츠치야는 못 들은 척했다.

그리고 지금, 작업실을 향해 차를 몰면서 한심할 정도로 후회하고 있는 것이다.

—먼저 가서 기다리고 있어.

그렇게 말하면서 작업실 열쇠를 손에 쥐여주었을 때, 사쿠라코는 놀란 듯이 고개를 들더니 잠시 지나서야 간신히 사태를 파악한 듯, 무겁게 고개를 끄덕였다. 사쿠라코는 커피를 끓이는 츠치야를 돕고 있는 참이었고 옆에는 레이코도 있었다.

사쿠라코가 사태를 파악한 순간과 자신이 후회한 순간은 아마도 완벽하게 일치할 것이라고 츠치야는 생각한다. 1초의 오차도 없이.

사쿠라코와 자신만이 그 실내 분위기와 동떨어져 있었다. 처음부터 계속. 그것은 사쿠라코가 자신을 쳐다보고 있다는 사실과는 별개였다.

사쿠라코를 밖으로 데리고 나가고 싶었다.

도로는 텅 비어 있었다. 신호에도 거의 걸리지 않고 매끄럽게 달렸다. 츠치야는 정말이지 후회스러웠다. 사쿠라코의 집착을 생각하면 이것이 위험한 다리라는 것은 의심의 여지가 없었다. 그러나 한편으로는 후회를 하면서도, 그 후회를 향해 일직선으로 나아가는 묘한 흥분감이 있었다. 필요하다고 확신하는 여자—예를 들면 레이코와 에리—를 만나러 갈 때보다 한결 흥분감이 더했다.

—가지 말라고 해도 소용없겠지.

그렇게 말한 레이코가 언뜻 뇌리에 스쳤지만, 츠치야는 모르는 척했다.

제17장

어느 겨울날

사쿠라코는 얌전하게 앉아 기다리고 있었다.

"안 오는 줄 알았어요."

라고, 츠치야의 얼굴을 보자마자 말했다.

"왜지?"

"모르겠어요."

사쿠라코는 잠시 생각하고는 고개를 저으며 그렇게 대답했다.

"모르겠지만, 그냥 왠지."

"만나고 싶었어."

츠치야는 사쿠라코의 눈을 보면서, 천천히 말했다.

"그 바보짓 같은 파티 내내 만나고 싶었어."

둘이 같은 장소에 있었으니 좀 이상한 표현이었다. 하지만 사쿠라코에게는 더없이 적확한 표현이라고 여겨졌다.

"알아요."

사쿠라코는 용기를 내어 그렇게 대답했다.

"나도 정말 만나고 싶었어요."

츠치야는 시간을 헛되이 보내는 우는 범하지 않았다. 사쿠라코의 머리를 가슴에 꼭 끌어안았다.

"가자."

그리고 몇 초 후, 시동을 끄지 않은 차로 돌아갔다.

그 러브호텔은 과거에는 여관이었다는 것을 금방 알 수 있는 구조였다. 두 칸이 맞붙은 다다미방 한구석에 거대한 침대가 놓여 있었다. 새틴 이불의 빨강과 이불 주위를 덮고 있는 커버의 하양이 사쿠라코의 눈길을 사로잡았다. 초등학생 시절, 비 내리는 날 아침에 맡았던 냄새가 난다고 생각했다. 눅눅하고, 쓸쓸한 냄새.

"샤워, 먼저 할래?"

츠치야가 물어, 고개를 끄덕였다.

사쿠라코가 샤워를 시작하자, 츠치야는 텔레비전을 켰다. 하지만 이런 장소에서 텔레비전을 켜면 싫어하는 에리가 생각나, 소리를 죽이고 화면만 쳐다보았다. 담배를 꺼내 물고 불을 붙인다.

—나와 있을 때는 나만 쳐다봐요.

에리는 늘 그런 소리를 한다.

욕실에서 나온 사쿠라코는 화장을 지운 탓인지 어린애처럼 보였다. 츠치야는 수영장에서 보았던 사쿠라코의 밋밋한 몸을 떠올린다. 그리고 욕실로 들어가 샤워를 했다.

사쿠라코는 벌써 침대에 누워 있었다. 가녀린 어깨. 이런 일은 처음인데, 허리에 타월을 두른 모습으로 침대에 다가가면서 츠치야는 자신이 몹시 나이를 먹은 듯한 느낌이 들었다.

이불 속으로 들어가, 입술을 짓눌렀다. 사쿠라코가 몸을 움츠렸다. 두 손을 누르고 입술로 가슴을 애무하는 순간, 귀에 거슬리는 소리가 츠치야의 의식을 방해했다. 손목시계였다. 상당히 큰 소리였다.

"그거, 풀면 안 되나?"

동작을 멈추고, 얼굴을 들고서 물었다. 실오라기 하나 걸치지 않은 몸인데, 가죽 시계만 차고 있다니, 부자연스러웠다.

"차고 있으면 안 되나요?"

사쿠라코가 되물었다.

"난 잘 때도 습관적으로 차고 자는데."

"아니, 딱히 안 될 건 없지만."

츠치야는 말을 더듬거렸다. 갈색 가죽 벨트에, 숫자 판에는 고양이와 쥐 그림이 그려져 있다. 째깍째깍 소리 나는 바늘 끝에는 구멍 뚫린 치즈가 붙어 있다.

"아, 다행이다."

사쿠라코가 안심이라는 듯 말했다. 그 순간 츠치야는 흥분이 싹 가시는 것을 느꼈다.

아, 날씨 정말 좋다.

아침을 먹고 준비를 하고서, 한 걸음 밖으로 나선 소우코는 생각했다. 집을 나서려고 예정한 시간에서 벌써 7분이 지났다. 여차해서 역까지 가는 버스가 늦게 오면 지각이다.

결국은 평소 회사에 갈 때와 똑같은 차림을 하고 말았다. 파란색 셔츠에 회색 바지, 검은색 코트. 이런 차림으로 결정 날 때까지 두 번 옷을 갈아입었다. 좋아하지도 않는 남자를 만나러 가는데, 왜 옷 하나 고르느라 이렇게 시간을 버린 것일까. 소우코는 스스로에게 화가 났다.

운 좋게 버스가 금방 왔다. 계단을 올라 운전사에게 버스 카드를 보인다. 소우코는 버스에 타는 순간을 좋아한다. 그날 처음으로 공공장소에 발을 들여놓는, 등이 쫙 펴지는 순간을.

이제 그만 만나는 게 좋을 것 같아요.

소우코는 오늘, 그렇게 말하려고 다짐하고 있다.

후지오카 씨―맞선 본 상대의 이름이다―가 뭐가 어때서가 아니라 제 자신이 결혼을 하고 싶은지 아닌지 아직 잘 모르겠어요. 필요하다면 그렇게 덧붙여도 상관없다. 선을 봐놓고서 그런 얘기를 하다니 물론 한심한 일이지만 후지오카는 솔직한 남자로 보였고, 속이 뻔히 들여다보이는 거짓말로 형식적인 거절을 하느니 그 편이 낫다고 생각했다. 적어도 정직하게 말하는 거니까, 하고 소우코는 버스 안에 붙어 있는 동네 빵집의 광고를 보면서 속으로 중얼거렸다.

오모테산도 역 바로 앞에 있는 찻집에서 만나기로 했다. 후지오카가 약속 시간에 딱 맞춰 도착한 소우코를 반갑게 맞아주었다.

"시간을 정확하게 지키는군요."

손목시계를 보면서 만족스럽다는 듯 그렇게 말한다. 소우코의 눈길이 그만 후지오카의 그 털 많은 손등으로 빨려 들어간다.

"그렇지도 않아요. 난, 늦는 줄 알았어요."

소우코는 의자에 앉아 레몬 티를 주문했다.

"그래도 늦지 않았잖아요."

후지오카는 흐뭇한 표정으로 소우코를 보면서 말했다.

자잘하게 핀 흰 장미와 비늘이끼를 섞어 초록이 풍성한 꽃다발을 만든다. 스카치테이프로 묶어 조그만 다발을 다섯 개 정도 만들어 양동이에 담는다. 비늘이끼가 부드럽게 늘어져 예쁘다. 에미코는 혼자서 싱긋 웃는다. 주문한 줄맨드라미가 들어오지 않아 실망이 컸는데, 대신 들어온 비늘이끼가 초록이 많아 오히려 나았다.

겨울은 꽃이 많지 않은 계절이지만, 에미코는 겨울을 좋아한다. 크리스마스트리가 말해주듯, 상록수의 따스함을 실감할 수 있는 계절이라고 생각하기 때문이다.

"점심 먼저 먹어."

아르바이트생으로 일하는 점원에게 말한다.

이혼한 후 시노하라와는 사이가 별로 좋지 않다. 물론 일은 지금까지 하던 대로 하고 있지만, 말은 아주 필요한 때가 아니면 하지 않는다. 무리도 아니다. 그리고 이미 예상했던 일이다.

이혼 이후 품게 된 공허함도 그렇다. 애초부터 알고 있었다, 고 에미코는 생각한다. 시노하라가 짐을 싸서 집을 나간 후, 집 안에 있는 모든 것이 에미코의 고독을 부추겼다. 너는 돌이킬 수 없는 짓을 저질렀다, 아주 소중한 것을 잃었다. 서재로 쓰던 방에 시노하라의 책상이 놓여 있던 공간이, 시노하라가 늘 앉던 식탁 의자가, 한쪽만 비어 있는 책꽂이와 신발장이, 그리고 "나는 안 쓰니까 두고 갈게."라면서 그냥 남기고 간 시노하라의 식기와 타월과 방석 하나하나가 그렇게 말하면서 에미코를 괴롭혔다. 시노하라의 좋은 점만 떠올랐다. 친절한 남자였는데. 멀쩡하게 다니던 회사를 그만두고 꽃집의 동업자로 일을 처음부터 다시 배워주었는데. 저녁도 메밀국수를 끓여주든 시켜주든, 두말없이 먹어주었는데.

그냥 그대로 지낼 수도 있었는데.

특히 마지막 한 가지는 에미코의 머리에 들러붙어 떠나지 않았다. 그냥 그대로 지낼 수도 있었는데.

하지만 그냥 그대로라면, 하고 에미코는 마음을 가다듬고 다시 생각한다. 그냥 그대로라면 뭐 때문에 결혼했다는 말인가. 이미 사랑하지 않는 남자와. 애당초 사랑하지 않았다고밖에 여겨지지 않는 남자와.

창밖은 화창하고 아름다운 겨울날이다. 에미코는 조그만 스툴에 걸터앉아 카운터에 턱을 괸다.

후회 비슷한 감정에 휩싸일 것도 알고 있었다. 아침에 눈을 떠도 혼자, 밤에 잘 때도 혼자, 크리스마스나 새해 인사를 해줄 상대도, 생일을 축하해줄 상대도 없다. 목욕을 하고서 캔 맥주 하나를 땄는데, 다 마시지 못했다고 나머지를 마셔줄 사람도 없다. 알고 있었던 일이다.

"안녕하세요."

귀에 익은 목소리에 에미코의 생각이 중단되었다.

"어머, 어서 오세요."

단골손님 중 한 명이다. 조그만 남자 애를 데리고 있다. 그다지 좋아하는 손님은 아니지만, 에미코는 친근하게 미소 지었다.

"오늘은 장미가 좋아요."

에미코가 권하면 권하는 대로 사 가는 손님.

"그렇군요."

에미코는 그 손님이 이어서 할 말을 알고 있었다. "그럼 그걸로 사죠, 뭐."다. 손님은 다른 꽃을 한차례 둘러보고는, 아들의 손을 잡은 채로 말했다.

"그럼 그걸로 주세요."

"와!"

소우코는 자기도 모르게 환성을 질렀다.

"이런 데가 있는 줄은 미처 몰랐네요."

"지난번에 야구 연습장을 좋아한다고 해서."

후지오카는 만족스러운 표정이다.

소우코는 지금까지 야구 경기를 보러 진구 구장에 몇 번 와본 적이 있지만, 바로 옆에 있는 연습장에는 온 적이 없었다.

"늘 우리 동네에 있는 연습장이나 회사 옆에 있는 조그만 데서 쳤거든요. 여기와는 분위기가 영 다르죠."

소우코는 그렇게 말하며 후지오카가 건네는 주스 캔을 받아 들고 벤치에 앉았다. 실제로 손님층도 전혀 달랐다. 이곳은 젊은 남자들이 중심이다.

"굉장하군요."

자신 있게 할 수 있는 일을 후지오카가 칭찬해주니, 소우코는 기분이 나쁘지 않았다. 70킬로미터, 90킬로미터, 110킬로미터, 130킬로미터, 네 가지 속도 중 110킬로미터에서 쳤는데도 거의 볼을 놓치지 않았다. 게다가 이곳은 촌스러운 기계와 너덜너덜한 인형 대신 스크린에 비친 투수의 영상에서 볼이 툭 튀어나온다. 이시모토, 후쿠마 등 왕년의 프로야구 선수 이름이 적힌 단추가 있어서 볼의 종류를 고를 수 있는 것도 흥미로웠다.

"한 번 더 하고 올게요."

소우코는 한 모금 마신 주스 캔을 후지오카에게 내밀면서 일어섰다. 소우코는 스크린에 비친 영상에서 볼이 날아오는 현실감 있는 장치가 재미있고 신기해서, 오랜만에 열심히 방망이를 휘둘렀다. 나중에 이때 얘기를 들은 도우코는, 신 나는 일 앞에서는 맞선 상대와 어색한 데이트를 하는 상황도 별 문제되지 않는 점이 그야말로 소우코답다며 피식 웃었다.

"아, 더워."

천 엔짜리 선불카드 두 장을 다 쓰고 나자 과연 무릎이 후들거렸다. 셔츠 소매를 걷어 올렸는데도 땀이 났다.

후지오카는 충분히 즐긴 소우코의 모습을 보고는, 이번에는 자신이 박스 안으로 들어갔다.

사쿠라코는 오전 내내 밖에서 시간을 보냈다. 집에 들어가고 싶지 않았다.

기념할 만한 밤이었다. 츠치야는 친절했고, 친구들에게서 들은 얘기나 잡지에서 본 정보 때문에 걱정했던 육체적인 고통—고등학교 시절 친구는 처음 할 때, 한바탕 난리를 치렀다고 했다—도 걱정했던 만큼은 아니었다.

—잠시 눈을 붙이지.

그 말에 따라 츠치야 옆에서 선잠을 잤다. 2, 30분 간격으로 눈이 떠졌지만, 그럴 때마다 옆에 있는 츠치야를 확인하는 행복에 젖었다.

이른 아침에 호텔에서 나왔다. 츠치야의 차를 타고 지난번에 갔던 레스토랑에 가서 커피를 마셨다. 마음을 굳히고 한밤중에 작업실을 찾아갔는데 파파야 아이스크림이나 먹고 돌아와야 했던 그때 그 레스토랑이었다. 같은 장소인데 느낌이 전혀 달랐다, 고 사쿠라코는 생각한다. 웨이트리스가 테이블로 안내하는 동안에도 츠치야의 뒤를 따라 동행한 여자의 기분으로 당당하게 걸을 수 있었다. 그때는 정말 행복했다. 사쿠라코는 지금까지 누군가의 여자가 되고 싶어 한 적도 없었고, 그런 바람은 스스로를 노예로 만드는 불쾌한 것이라고까지 여기고 있었는데, 오늘 아침의 그 평온하고 충족된 기분에 비하면 노예가 되는 불쾌함 따위는 대수로운 것이 못되었다.

조금이라도 더 여운에 잠겨 있고 싶어서, 츠치야가 집까지 데려다 주겠다는데도 거절하고 역에서 전철을 탔다.

아침 햇살이 넘치는 플랫폼에 서서 혼자 전철을 기다리는 동안의 상쾌함이란 이루 말할 수가 없었다.

막 문을 연 책방과 음반 가게를 들여다보고, 맥도널드에서 콜라와 감자튀김으로 아침까지—평소 같으면 아침에는 식욕이 없는 데다 패밀리 레스토랑은 답답해서, 커피밖에 마시지 않을 테지만—먹었다. 사쿠라코는 그렇게 거리를 어슬렁거리면서 어젯밤이란 시간을 오래 끌려 했다.

"겨울에 시키먼 선글라스라니, 좀 거슬리는구나."

현관에서 스에코가 그렇게 말하며 눈살을 찌푸렸지만, 에리는 자신의 큰 키와 조그만 얼굴에 이 선글라스가 잘 어울린다는 것을 알고 있었다.

일이 없는 토요일. 고개를 들자 오후의 햇살이 코끝에 닿았다.

"저녁 먹기 전에 들어올 거지?"

"네에."

느긋하게 대답한 에리는 뒷짐을 지고 '산책 걸음'으로 아파트 앞
길을 걸어갔다. 등으로 스에코의 시선을 느끼면서.

'산책 걸음'이란 아빠가 붙인 이름이다. 에리가 초등학교에 들
어가기 전, 그 집의 마당을 곧잘 그런 자세로 걸었다. 그 집이란, 아
빠가 있었던 집, 뒷마당에 비파나무가 있었던 집.

에리는 아빠를 좋아했다. 아빠의 무릎을 좋아했다. 아빠가 두 손
을 에리의 겨드랑이에 끼고 몸을 받쳐줄 때의 그 편안한 느낌을 좋
아했다.

에리의 부모는 에리가 초등학교에 들어가던 해에 이혼했다. 어
떤 식으로 헤어졌는지, 에리는 그 후 단 한 번도 아빠를 만나지 못
했다. 사진 속의 아빠는 짧게 자른 머리에 반듯하게 가르마를 가르
고, 와이셔츠 차림으로 마당에 쭈그리고 앉아 있다. 성실하고 차분
한 남자였다고 에리는 생각한다.

역 매점에서 껌을 샀다. 끽연 코너에서 먼저 와 있던 두 사람에
섞여 버지니아 슬림에 불을 붙였다. 이어폰으로 리사 롭을 들으며
맑은 하늘을 향해 담배 연기를 뿜는다.

옆에 있는 공중전화에서 츠치야의 휴대전화로 전화를 건다. 하

루에 한 번은 습관적으로 목소리를 듣는다. 만나는 날이나 만나지 못하는 날이나.

"여보세요."

전화가 연결되는 순간 플랫폼으로 전철이 들어왔지만, 에리는 개의치 않았다. 서두를 이유가 없었다. 한쪽 귀를 손가락으로 막고 말한다.

"미안해요, 시끄러워서. 잠깐만."

"에리?"

츠치야가 자신을 인식하는 순간의 반가워하는 그 목소리를 에리는 좋아한다.

"어디 있는데?"

"하마다야마 역."

대답하고서 무의식적으로 눈을 감는다. 눈을 감으면 귀에 신경을 집중할 수 있을 것 같아서다.

"그래서? 어디 가는 거야?"

"오랜만에 영화나 볼까 하고."

"혼자서?"

"네, 혼자서."

아주 짧은 틈이 생겼다. 혹시 같이 가자고 말해주지는 않을까 기대했지만, 츠치야는 아무런 말이 없었다.

"츠치야 씨는? 지금 어디 있는데?"

"작업실."

낮은 목소리였다. 또 짧은 틈이 생긴다.

"날씨 정말 좋은데. 너무 방 안에만 틀어박혀 있으면 병나요."

에리가 말했다.

"어젯밤에는 어땠는데?"

수화기를 든 채로 몸을 내밀어 약간 떨어진 곳에 있는 재떨이에 담배꽁초를 던졌다.

"파티였다면서요, 추수감사절 파티."

츠치야가 대답이 없어 거푸 물었다.

"뭐, 그냥 그랬지."

"흐음."

"에리."

"왜요?"

"목소리 들으니 좋다. 에리 목소리를 들으면 마음이 푸근해져."

집에 돌아와 보니 엄마와 아빠는 시음 연습을 하러 나가고 없었다. 소우코는 뜨거운 물을 받아 목욕을 했다. 줄곧 가족과 함께 살아 독신 생활이란 것을 경험해보지 못한 소우코는 부모가 외출하고 없는 느긋한 시간을 좋아한다. 특히 오늘 같은 날은 엄마가 꼬치꼬치 캐물을 게 뻔하니까 더욱 그렇다.

욕조에 몸을 담그고, 손잡이를 돌려 여는 창문을 조금 열어놓았다. 저녁나절의 차가운 공기가 가늘게 흘러 들어온다.

물론, 하고 소우코는 욕조 안에서 팔을 살랑살랑 흔들면서 생각
한다. 물론 언젠가는 분명하게 거절해야 한다. 오늘도 거절하려고
했다. 식사를 하고 홍차를 마실 때, 말을 꺼내려고 했다.

─아무튼 선을 보았으니까 결론을 내려야 할 텐데…….

그만 하라는 듯이 후지오카가 한 손을 앞으로 쑥 내밀었다.

─그런 거, 난 괜찮아요.

그리고 소우코를 보면서 싱긋 웃고는 덧붙여 이렇게 말했다.

─적어도 아직은 말이죠.

좀 색다른 사람, 이라고 소우코는 생각한다. 여자에게 인기가 많
을 것 같지도 않은데, 여자를 다루는 데 능숙하다. 어제 데이트도
정말이지 완벽했다. 야구 연습장도 재미있었고, 후지오카 자신도
신 나게 방망이를 휘둘렀다. 근처에 있는 레스토랑은 이미 예약되
어 있었고, 식사를 하면서 나눈 대화도 따분하지 않았다.

몸과 얼굴을 간단히 씻고서 다시 욕조로 들어갔다. 목욕을 좋아
해서 오래 시간을 끄는 도우코와 달리 소우코는 들어갔다 싶으면
벌써 나와 있다. 제대로 씻기는 한 거니? 어렸을 때는 엄마에게 종
종 그런 소리를 들었다.

목욕을 다 하면 도우코에게 전화를 걸어야 한다. 보고하라고 했으
니까. 월요일, 회사에 나가면 마리에에게도 보고해야 한다. 소우코
는 그 장면들을 상상하며 목을 움츠렸다. 뭐라고 얘기하면 좋을지

몰랐다. 그리고 소우코가 얘기를 들려주고 싶은 사람은 도우코나 마리에가 아니라, 미치코였다. 왜 그런지는 모르겠지만.

제18장

고 독

아내의 몸 가운데 손가락 끝을 가장 좋아했다. 아야는 손이 작다. 가녀린 손가락이 끝으로 갈수록 더 가늘어진다. 분홍색 손톱은 짧고 동글동글하게 손질되어 있다. 침대 머리에 베개를 대고 등을 기댄 채 책을 읽는 아내의 옆얼굴과 페이지를 넘기는 손가락을 힐금힐금 훔쳐본다. 곤도 신이치는 이렇게 아내와 함께 침대에 있을 때면 늘 어떤 것이 떠올랐다. 옛날, 초등학교에 있었던 2인용 책상이다. 한가운데에 선을 긋고, 그 선을 조금이라도 넘으면 짝꿍을 혼냈다. 물론 침대에 선이 그어져 있는 것은 아니지만, 어쩐 일인지 늘 떠오른다.

갓 목욕을 해서인지 아야의 두 볼이 발갛게 달아올라 있다. 아야는 남편이나 아들이 쓰는 것과는 다른 샴푸를 사용한다. 그 샴푸 향과 최근에 쓰기 시작한 바디 로션의 청결하고 달콤한 향이 섞여 곤도에게는 왠지 다가가기 어려운 느낌을 풍긴다. 세월이 많이 흘렀는데도 이 여자는 항상 타인 같다고 생각한다.

"더 읽을 거야?"

오랜만에 안고 싶어졌다. 아내의 허벅지를 쓰다듬으면서 묻자,

아내는 이불 속에서 슬며시 곤도의 손을 뿌리쳤다.

"아야."

한두 번 거절한다고 주눅이 들어서야 이 여자와 잘 수 없다. 곤도는 아야의 몸으로 바짝 다가가 배에 코를 묻었다.

"싫어."

아야는 남편의 머리를 밀어내려 했지만, 끝내는 한숨을 폭 내쉬며 책을 덮었다.

"순 자기 멋대로네."

옆에 있는 리모컨으로 천장에 매달린 등의 밝기를 줄인다. 삐, 삐하고 짜증스러운 소리가 난다.

"지난번에 부탁했을 때는 들은 척도 하지 않더니."

베개에 머리를 툭 떨어뜨린다. 어서 빨리하고 끝내자는 식이다. 오늘은 안전한 날이겠지, 하고 곤도는 생각했다. 아야는 둘째를 갖고 싶어 한다.

방구석에 놓인 꽃병에 거의 흰색에 가까운 엷은 분홍색의 탐스러운 장미가 꽂혀 있다.

츠치야 다모츠는 후회가 이만저만이 아니었다.

작업실 옆에 있는 조그만 바는 카운터 자리만 있는 조촐한 곳인데 커피도 마실 수 있어 마음에 든다. 아이리시 위스키를 온더록스로 찔끔찔끔 마시면서 술에 비해 사뭇 가벼운 담배 연기를 토해낸다.

혼자서 마시기는 오랜만이었다. 손목시계의 바늘은 밤 1시를 가리키고 있다.

사쿠라코의 경직된 분위기가 신선했다. 두려움을 모르는 꼿꼿한 시선과 반듯하게 모은 무릎, 어린애처럼 돌진하는 태도. 하지만 그렇다고 해서 자야 했던 것은 아니다.

마가 꼈다. 그렇게밖에 말할 수 없다고 츠치야는 생각한다. 실제로 어젯밤의 자신은 제정신이 아니었다. 파티가 끝난 후, 어떻게 자신이 레이코를 집에 그냥 내버려두고 차를 몰아 작업실로 달려갈 수 있었는지 불가사의했다.

―만나고 싶었어.

츠치야는 사쿠라코에게 그렇게 말했고, 사쿠라코는 "알아요." 라고 대꾸했다.

―알아요. 나도 정말 만나고 싶었어요.

그 마음은 진실이었다고 생각한다. 그 허접한 파티 내내 츠치야는 사쿠라코를 의식하면서 단둘이 있는 곳에서 사쿠라코를 만지고 싶고 안고 싶다고 생각했다.

그 결과가 이 참담한 후회다.

잔에 조금 남은, 얼음이 녹아 엷어진 위스키를 단숨에 마시고 츠치야는 자조적으로 생각한다.

사쿠라코와의 밤은 그다지 좋지 않았다. 당연한 일이다. 상대는 아직 풋내기다.

―가지 말라고 해도 소용없겠지.

　그렇게 말한 레이코의 목소리가 떠올랐다. 츠치야는 자신이 레이코의 몹쓸 철부지 아들인 듯한 기분이었다. 철부지 아들은 엄마의 속을 썩이는 것이 예사이고, 엄마는 그런 아들에 대해 무엇이든 알고 있다.

　"계산."

　술값을 치르고 밖으로 나오니 달도 별도 없는 밤이었다. 츠치야는 청바지 주머니에 손가락을 걸고 차가운 공기를 들이마셨다.

　―눈 좀 감아봐요.

　에리의 목소리가 들리는 듯했다.

　―이렇게 하면 눈꺼풀에 밤기운이 내려와서 얼마나 기분이 좋은데요.

　그녀에게 눈꺼풀은 아주 특별한 것인 듯하다. 툭하면 햇살과 바람과 비를 맞고 싶어 한다. 츠치야는 눈을 감고 고개를 쳐들고 있는 에리의 모습을 떠올리며 피식 웃는다. 전화를 걸고 싶었지만, 가족들과 사는 에리에게는 너무 늦은 시간이다. 게다가 어차피, 하고 츠치야는 느릿느릿 걸음을 옮기면서 생각한다. 게다가 어차피 자고 있을 것이다. 에리는 잠을 중요하게 여긴다.

　달도 별도 없는 길을 걸으면서 츠치야는 자신이 몹시 고독한 것처럼 느껴졌다.

백포도주와 가지구이의 궁합은 적포도주와 슈마이의 궁합보다 좋으면 좋았지 절대 뒤지지 않는다. 차타니 마리에는 밤참을 즐기면서 금융 상품 몇 종류를 비교 검토하고 있다. 가지는 먹기 좋은 크기로 잘라 소스를 바르고 오븐 토스터에 구웠다. 그리고 역시 오븐 토스터에 바삭바삭하게 구워 자른 유부를 곁들였다. 잡지에서 본 요리를 나름대로 응용한 것이다. 포인트는 참기름과 생강이라고 만족스러운 기분으로 생각한다. 두 발바닥에는 피로와 부기를 없애는 파스가 붙어 있다. 좋아하는 두툼한 포도주 잔, 꽤 음질이 좋은 플레이어에서 흘러나오는 레드 제플린.

재테크는 취미라고 할 정도는 아니지만 조촐한 낙의 하나다. 우편저금과 공사채 투신投信, 연금형 보험, 달러를 투자하는 MMF. 마리에는 기본적으로 모험을 하지 않는다. 수익률은 낮아도 착실하게 늘어나는 편이 좋다고 생각한다. 어차피 노후를 위한 자금이다. 아직 시간은 충분하다.

일요일은 아침부터 하늘에 묵직한 구름이 껴 있더니, 오후가 되자 안개 같은 비가 내렸다. 도우코는 창문 너머로 비에 젖은 주인집 마당을 바라본다. 어젯밤 소우코의 전화를 생각하면 왠지 기분이 착잡해진다. 옛날에는 무엇이든 얘기하더니, 요즘은 유독 서먹하게 군다.

―그래서, 거절했어?

도우코의 물음에 소우코는 "아직." 이라고 대답했다. 아직이라니, 어떤 의미일까.

　─재미있었니?

　잠시 침묵이 있었다.

　─모르겠어.

　─또 만날 거야?

　대답은 또 "모르겠어." 였다.

　─어떤 사람인데?

　─그런 걸 어떻게 알아. 몇 번이나 만났다고.

　그렇다면 적어도, 더 알 수 있을 때까지는 계속 만날 의지가 있다는 뜻이었을까. 야마기시는 이제 포기하겠다는?

　비는 거의 안개처럼, 소리 없이 내리고 있다. 소우코는 옛날부터 너무 신중한 나머지 미적지근하게 구는 구석이 있다, 고 도우코는 생각한다. 느긋하게 보이지만 의외로 결심이 빠른 자신과는 정반대라고.

　─결혼? 미즈누마 씨하고? 왜? 언니, 신중하게 생각한 거야? 다시 한 번 생각해보는 게 좋을걸. 정말 잘 생각한 거야?

　그때도 그랬다. 3년이나 사귄 애인인 야마기시와 헤어지고 미즈누마를 사귀기 시작한 지 반년 만에 결혼을 결심했던 그때도, 소우코는 좀처럼 수긍하려 하지 않았다.

　"그칠 것 같지 않네."

창밖으로 눈길을 향한 채 미즈누마에게 말했다. 미즈누마는 요즘 열을 올리고 있는 범선 모형을 조립하느라 여념이 없다.

"검둥이 산책시켜야 되는데, 어쩌지."

그 말에 반응한 검둥이가 슬금슬금 다가온다.

"미안해. 생각만 했지, 지금 간다는 거 아니야."

도우코가 몸을 구부리고서 사랑하는 검둥이의 목덜미와 머리를 쓰다듬었다.

"어쩌다니?"

미즈누마가 이상하다는 듯이 물었다.

"거 신기하네, 산책을 다 귀찮아하고."

과거에 애견 미용사였다는 자부심도 있는 까닭에 도우코는 개에게는 좋은 주인이고 싶었다. 갓 결혼했을 때, 아주 춥거나 더운 날이면 오늘은 생략하는 게 어떻겠냐는 미즈누마에게 도우코는 단호하게 말했다. 개에게 산책은 최고의 기쁨이라고.

그리고 실제로 태풍이라도 불지 않는 한, 비가 오나 눈이 오나 산책을 거르지 않았다.

"귀찮다는 게 아니고."

도우코가 말을 더듬었다. 비는 내리지만, 곤도 신이치가 그 시간, 그 장소에서 기다리고 있으리란 것을 알고 있었다.

미즈누마는 어깨를 으쓱하고는 다시 범선 모형에 집중했다. 검둥이와 도우코가 산책을 가든 말든 아무 상관 없다는 듯이.

오후 4시, 에미코는 몹시 피곤했다. 어젯밤에도 잠을 제대로 자지 못했다. 밤중에 몇 번이나 눈을 뜬다. 천장에서 무슨 소리 하나만 나도, 그 소리가 선명하게 들린다. 언제쯤 이부자리를 하나만 펴는 생활에 익숙해질까.

오늘은 날씨마저 우울하다. 이렇게 구름이 낮게 깔리고 비가 오는 날은 꽃들이 유난히 생기 있게 보인다. 백합의 분홍, 프리지어의 노랑과 하양, 스카비오사의 짙은 빨강, 물결치듯이 높이 뻗은 블루 레이스 줄기의 초록. 온실에서 자란, 숨이 막히도록 자욱한 식물들의 냄새.

―이제 만족하겠군.

이혼 서류에 도장을 찍으면서 시노하라가 했던 말이 불현듯 되살아났다.

―꽃 가게를 혼자서도 잘 꾸려갈 수 있을 테니.

―그만 해.

옥신각신은 신물이 났다. 시노하라에게 꽃 장사를 하라고 부탁한 기억은 한 번도 없다. 결국 회사가 싫증 났을 뿐이잖아? 그때 에미코는 하마터면 그렇게 말할 뻔한 것을 겨우 참았다. 진흙탕 싸움, 이라고 마음속으로 생각했다.

―그래도 고마워. 남편으로서는 퇴물이지만 일자리는 잘리지 않았으니까.

―그만 하라잖아.

그만 신경질적인 목소리가 나오고 말았다.

—우린 동업자 아냐. 그러니까 누가 누구를 자르고 말고 할 것도 없잖아?

시노하라는 히죽히죽 웃었다.

하지만 가장 괴로운 것은 빈정거림도 냉소도 아니었다. 머리가 아파 에미코는 손가락으로 눈두덩을 꽉 눌렀다. 가장 괴로운 것은 시노하라가 이제는 없다는 것이었다.

"괜찮아요?"

아르바이트생이 말을 걸어, 에미코는 반사적으로 웃었다.

"응, 괜찮아. 잠을 못 자서 그런가 봐."

시노하라의 부재. 에미코 자신도 전혀 이해할 수 없었다. 시노하라라는 인간은 그립지도 아쉽지도 않은데, 시노하라의 부재는 때로—아니 종종, 하루 종일—견딜 수가 없었다.

"안녕."

명랑한 목소리에 고개를 들어보니, 도우코가 서 있었다. 노란 비옷을 입은 검둥이와 함께, 싱그럽게 웃는 얼굴로. 추워서인지 두 볼과 코끝이 발그레하다.

"어서 와."

에미코도 환하게 웃는다.

"엊그제는 고마웠어."

도우코도 방긋 미소 지었다.

"저 말이지, 에미코."

인사도 받는 둥 마는 둥 하며, 도우코는 서두르는 기색으로 말을 꺼냈다.

"20분 정도 검둥이 좀 봐줄 수 있을까? 밖에다 묶어둘 테니까."

"검둥이를?"

"얌전한 애니까 괜찮아. 시장 보는 동안에도 슈퍼마켓 앞에 묶어두는데, 늘 소리 없이 얌전하게 있어."

"그야 물론 괜찮지만."

그렇게 대답하자 도우코는 정말 안심이라는 듯 고개를 까딱 숙이고는, "금방 올게."라는 말을 남기고 황급히 가버렸다.

곤도 신이치는 투명한 비닐우산을 쓰고서 선 채로 기다리고 있었다.

"오래 기다렸죠."

왠지 모를 어색한 분위기 속에서 나란히 걷기 시작했다. 사방을 적시는 빗소리, 큰길로 나가는 좁은 길 양쪽에 들어선 집집의 울타리, 정원수와 화분.

"좀 이상하군요, 검둥이가 없으니까."

"정말 그러네요."

하지만 도우코는 마음속으로 '좀 이상한' 정도가 아니라고 생각했다. 가슴이 두근거리고 뒤가 켕긴다. 검둥이도 없고 치과도 아니다. 지금 자신은 의식적으로 곤도와 둘이 걷고 있다.

늘 그러듯 하루 일과로 검둥이를 산책시켰고, 그리고 공원에서 곤도를 만났다. 벤치가 젖어 앉을 수 없자 곤도는 서서 기다렸다. 마치 연인처럼.

그리고 또 늘 그러듯 공원 안을 잠시 걸었다.

—어떻게 지냈나요?

언제나처럼 곤도가 물었다.

—잘 지냈나요?

거푸 물어, 도우코는 "네."라고 대답했다.

—다행이로군요.

곤도는 살짝 웃으며 말한다. 이 남자의 눈길은 무척 부드럽다, 고 도우코는 생각했다.

—오늘은 안 오는 줄 알았어요. 날씨도 이렇고.

도우코는 거짓말을 했다. 곤도는 고개를 약간 기울이고 앞서 계단을 내려가는 검둥이의 등을 잠시 쳐다보고는 말했다.

—나는 만날 수 있을 거라고 생각했는데요. 나는 당신이 올 거라고 생각했습니다. 검둥이를 위해서가 아니고 말이죠.

도우코는 걸음을 멈췄다. 불안과 감미로운 기쁨과 후회가 한꺼번에 밀려와 어쩌면 좋을지 몰랐다.

곤도가 왜 그러느냐고 묻듯 쳐다보자, 도우코는 고개를 저었다. 그러고는 다시 나란히 계단을 내려갔다.

─앉을 데가 없어서 불편하군요.

곤도가 그렇게 말했다.

─잠시, 시간을 더 낼 수 있나요?

근처에서 차 한 잔을 마시기로 했는데, 검둥이는 어쩌나 하고 생각하다가 에미코를 떠올린 것이었다.

"단것을 좋아하나요?"

어둑어둑한 가게 한가운데, 묵직한 나무 테이블 끝에서 허브티를 마시면서 도우코가 곤도에게 물었다.

"여기, 케이크도 맛있어요."

"아, 그런가요."

곤도는 안경 너머에 있는 눈에 미소를 담뿍 머금고 말했다. 마주 잡은, 손가락이 긴 손을 테이블 위에 올려놓고 있다. 도우코는, 그러고 보니까 내가 옛날부터 안경 낀 남자를 좋아했었지, 하고 생각했다. 고등학교 시절에 동경했던 과학 선생님도, 일을 하면서 만난 야마기시도 안경을 꼈다.

"오늘, 남편 분은?"

"네?"

도우코는 별다른 이유 없이 당황했다. 그러고는 그런 자신이 드러나지 않도록 애쓰면서 대수롭지 않게 말했다.

"아, 집에 있어요."

말해놓고서, 전혀 대수롭지 않은 말투가 아니었다고 도우코는 생각한다.

"어떤 사람일까요? 당신 같은 분의 남편은."

도우코는 난감해서 아무 대꾸도 하지 못하는데, 곤도는 개의치 않고 말을 이었다.

"행복한 남자겠죠."

곤도는 희미한 미소를 띠고 카푸치노를 마셨다. 가게 안은 그윽한 커피 향으로 가득하다.

"그렇지도 않아요."

도우코 역시 희미하게 웃으면서 솔직하게 대답했다.

"전혀 그렇지 않아요."

그리고 잠시 침묵한 후, 물었다.

"결혼은, 하셨나요?"

"네, 했습니다."

대답을 듣고, 마음이 오히려 편해졌다.

"그럼 오늘, 부인은?"

"집에 있지요."

둘 다 웃었다.

남자란 정말 이기적인 존재라고, 아야는 저녁 준비를 하면서 생각한다. 내가 둘째를 원한다는 것을 알고 있고, 또 둘째를 갖는 것에 동의했으면서도 안전한 날에만 섹스를 원한다. 기초체온에 대해서도 구체적으로 설명을 했고, 이날이다 싶은 때는 내가 나서서 부탁을 하는데도.

그런 남편이 저녁나절 산책을 다녀와서는—웬일로 케이크를 다 사 오고, 어젯밤의 섹스와 무슨 관계가 있는 건가, 하고 아야는 생각한다—아들과 함께 욕실에 들어갔다.

어렸을 때, 아야는 아빠와 목욕하는 것을 좋아했다. 학교에서 배운 노래를 가르쳐주면 아빠는 수건으로 만두 모양을 만들어주었다. 욕실에서 나오면 엄마가 저녁 밥상과 함께 기다리고 있었다. 비누 냄새와 밥 냄새.

아야는 왠지 서글픈 기분으로 숨을 들이쉬었다. 아득한 기억.

빗소리가 들린다. 일기예보에서는 내일도 모레도 이런 날씨가 계속될 것이라고 한다. 싱크대 위의 형광등 빛, 프라이팬에 담긴 홍당무, 전기밥솥에서 오르는 김. 다짐육 냄새, 양파 냄새, 된장국에 넣을 감자가 삶아지는 냄새. 이제 곧 남편과 아들이 욕실에서 나오리라. 맥주와 주스를 마시면서, 덤벙대는 경찰관이 등장하는 만화 영화를 보리라.

제19장
우유, 선글라스, 케니 지

도우코는 해마다 12월 1일이면 크리스마스트리를 꺼내고, 문에
는 리스wreath를 단다. 도우코의 키만 한 트리를 조립해서 가지를
벌리고 장식물을 하나하나 다는 것은 행복한 작업이다. 옆에서 잠
자는 검둥이와 함께 음악을 들으면서 즐겁게 작업한다. 그러다 보
면, 아아, 이제 올해도 다 끝나가네, 하는 기분과 창밖의 추위와 불
행이 여기까지 들어올 수 없을 것이란 기분이 어우러져 안도감과
만족감이 느껴진다.

또 크리스마스이브에는 미즈누마와 꼭 외식을 한다. 도우코로서
는 늘 같은 레스토랑─예를 들면 처음 둘이 식사한 레스토랑이나
약혼반지를 받은 날 갔던 가게─을 다니면서 단골이 되고 싶은데,
새로운 가게에 밝은 미즈누마는 어디 어디 요리사가 독립을 해서
새로운 가게를 냈다느니, 어느 어느 공간 기획자가 실내 인테리어
를 맡은 가게라느니 하면서 해마다 멋대로 예약을 하고 만다. 미즈
누마는 그날 도우코가 입을 옷까지 미리 지정해준다.

─기가 막혀서.

소우코는 믿지 못하겠다는 표정을 짓지만, 도우코는 그런다고

안 될 게 뭐 있느냐고 생각한다.

트리를 다 장식한 도우코는 다양한 각도에서 바라보면서 멋지게 꾸며졌는지를 확인한다. 소나무 가지에 매달려 있는 나팔 든 천사, 선물 상자, 캔 맥주를 마시고 있는 산타클로스.

트리와 장식이 들어 있었던 상자를 주차장 창고에 갖다 놓는다. 이 창고를 트렁크 룸이라고 한단다. 주차장에는 미즈누마의 볼보가 충견처럼 얌전하게 자리하고 있다. 자동 잠금장치에 냉난방이 완비되어 있고 다이닝 키친과 거실을 겸한 공간이 다섯 평 남짓에 트렁크 룸까지 있는 이 빌라는 미즈누마가 찾아내 정한 것이었다. 개를 키울 수 있는 임대 빌라는 좀처럼 없기 때문에 도우코도 금방 마음에 들었다. 미즈누마에게 맡기면 대개는 잘 풀린다. 결혼한 지 5년, 섹스는 잘 안 하지만 도우코는 자신들을 꽤 원만한 부부라 여기고 있다.

올해도 크리스마스이브에는 외식을 할 것이다. 세련된 옷을 입고, 멋진 레스토랑에 가서.

곤도 신이치는—도우코는 문득 생각한다—곤도 신이치는 어떤 크리스마스를 보낼까. 아이가 있다고 했다. 한참 개구쟁이 짓을 하는 남자 아이라고. 그렇다면 아내와 아이와 셋이 집에서 소박한 크리스마스를 보낼까.

미치코가 끓여주는 홍차는 언제나 정말 맛있다. 적당히 따끈하고 신선한 과일처럼 향이 상큼하다.

소우코가 그렇게 말하자, 미치코는 보일 듯 말 듯 미소 지었다.

"고마워."

놀러 가도 되느냐고, 야마기시가 아니라 미치코에게 전화를 걸었다. 그럼, 이라고 대답하는 미치코의 목소리는 무뚝뚝했지만 쌀쌀맞은 느낌은 없었다고 소우코는 생각한다.

"그이도 금방 올 모양이야."

손잡이가 가느다란 찻잔을 들어 올리며 미치코가 말했다.

고즈넉한 오후. 이 집은 언제 와도 늘 조용하다.

"후지오카 씨와 잘돼가고 있다면서?"

찻잔에는 파란색 장미 무늬가 그려져 있다. 야위고 자그마한 몸집에 비해 다소 투박스러울 정도로 뼈마디가 불거진 손가락으로 미치코는 잔을 입으로 가져갔다. 이 사람은 저 손으로 야마기시를 위해 반찬을 만들고 빨래를 한다.

"네."

소우코는 싱긋 웃으며 대답했다.

"어제가 세 번째 데이트였는데, 동물원에 갔어요."

"그래?"

난방기에서 달그락거리는 소리가 난다. 김이 서린 창문.

"언니는 잘 있어?"

"네."

미치코가 물어 대답을 해놓고서, 소우코는 왠지 거북해진다. 도우코가 미즈누마와 결혼하기 전에 야마기시와 사귀었다는 것을 이 사람은 알고 있는 것일까, 하고 생각한다.

"참 이상하지."

소우코의 거북함 따위는 아랑곳하지 않고 미치코는 말했다.

"다들, 가장 사랑하는 사람과는 함께하지 못하는 것 같아."

"네?"

폭탄 발언이었다.

"그래도 세월이 흐르고 나서는 오래도록 함께한 사람을 가장 사랑했다고 생각하게 되겠지, 아마."

"야마기시 선생님을, 가장 사랑하지 않나요?"

미치코가 고개를 기울였다.

"글쎄."

그리고 잠시 침묵이 있었다.

"나, 바람을 피운 적이 있어."

미치코는 불쑥 그런 말로 소우코를 놀라게 했다.

"괜찮아. 그이도 알고 있으니까."

미치코는 걱정 마, 라는 듯이 웃었다.

"왜요?"

얼빠진 질문이라고 생각했지만, 말이 튀어나오고 말았다. 야마기시 같은 남자가 옆에 있는데 어떻게 다른 남자에게 눈길을 돌릴

수 있는지 어이가 없었다. 그 지성에 친절함에 성실함, 소우코에게
야마기시는 완벽한 남자였다.

"글쎄. 딱히 이유는 없었을 거야. 뺑! 그리고 끝."

미치코는 '뺑!'을 말하면서 한쪽 발로 바닥을 쳤다. 소우코는 깜
짝 놀랐지만, '뺑!'이 무슨 뜻인지 전혀 알 수 없었다.

"그래서, 그 사람은요?"

미치코는 빨간색 립스틱을 선명하게 바른 입술로 미소 지으며
말했다.

"떠났지."

"어디로요?"

"글쎄."

그리고 또 미소 짓는다.

"그리고 끝났어요?"

"응. 끝났어."

미치코는 약간 곱슬곱슬한 머리를 먹색 리본으로 묶고 있다. 캐
시미어 스웨터도 긴 플리츠스커트도 먹색이다. 장미를 어지간히 좋
아하는지, 복사뼈 언저리에 장미 무늬가 있는 스타킹을 신고 있다.

"좀 괴짜였어. 난 그야말로 푹 빠져 있었고. 그 사람과 같이 사는
인생을 꿈꿨지. 그러기 위해서라면 아마 무슨 짓이든 했을 거야."

마치 다른 여자 얘기를 하는 듯한 말투였다. 다른 여자 얘기를,
또는 아주 먼 옛날 일을.

소우코는 야마기시가 안쓰러웠다. 정말이지 여자를 보는 눈이 없는 남자라고 생각했다.

"선생님과 헤어질 생각도 했나요?"

"물론 생각했지. 헤어지자는 말도 했고. 그런데 그이가 그러자고 하기 전에 내가 버림을 받았어."

믿을 수 없었다. 그런 일이 있었는데도 여전히 부부로 지낼 수 있다니.

소우코의 마음을 꿰뚫어 본 듯 미치코가 말했다.

"누구를 좋아하게 되었다고 해서 남편이 미워지는 건 아니니까."

그리고 이어진 말에 소우코는 자신의 귀를 의심했다.

"하지만 남편에게서 두 번 다시 남성적인 매력을 느낄 수 없게 되었어."

미치코는 그렇게 말했다.

"기운이 없어 보이네."

공원 잔디밭에 누워 회색 하늘을 올려다보면서 에리가 말했다.

"그런가?"

그 옆에 누워 에리의 옆얼굴을 보던 츠치야가 말했다. 머리를 받치고 있던 팔을 내리고, 한 손을 에리 쪽으로 내밀었다.

"고마워요."

빙그르 몸을 돌려 내민 손을 껴안고서 츠치야의 어깨에 머리를 올려놓은 에리는 눈을 감았다.

"아, 기분 좋다."

츠치야의 어깨는 두툼하다.

마른 잔디가 둘의 코트에 잔뜩 묻어 있다.

"이제 올 한 해도 다 갔네."

올 한 해, 즐거웠던 일은 모두 츠치야와 함께한 것이다. 에리는 만족스러운 듯 크게 숨을 내쉬면서 그렇게 말했다. 그 느긋한 목소리를 들으면서 츠치야는 한 손으로 담배를 꺼내 물었다.

사쿠라코를 생각하고 있었다.

어리석었다고 생각하면서 때를 가늠하고 있었다. 헤어질 때를. 눈썹을 찡그리고 담배 연기를 뿜으면서, 지금은 때가 좋지 않다고 생각한다. 한 번 자고 바로 헤어지는 것은 자신의 방식에 맞지 않다. 자칫 잘못하면, 자는 것이 목적이었다는 의심을 받을 수도 있다.

평화롭게 끝내고 싶었다. 특히 사쿠라코처럼 젊은 여자에게는 공연한 상처를 주고 싶지 않았다.

"주름."

에리의 하얗고 차가운 손가락이 갑자기 눈썹을 쓰다듬었다. 츠치야는 그 가녀린 손목을 잡아 쑥 당겼다. 그럴 줄 미리 알았다는 듯 부드럽게 에리가 츠치야의 입술로 내려왔다.

케니 지는 가슴을 울린다.

도우코는 마룻바닥에 엎드려 볼을 대고 온 방을 적시는 색소폰 소리에 몸을 맡겼다. 예쁘게 꾸민 크리스마스트리 아래서.

왜일까, 이 사람이 내는 소리는 무언가를 적신다. 아무것도 와 닿지 않아야 할 장소에 와 닿는다. 자신이 지금도 여전히 외톨이란 기분이 든다. 야마기시는 물론 미즈누마와 곤도도, 아무도 자신에게 영향을 미치지 못한다고 생각한다. 그것은 아주 고독하고, 그리고 안심이 되는 일이다.

온 거리가 크리스마스로 들떠 있다. 사쿠라코는 그 모든 것이 시시껄렁했다.

원래 딱 1년만 할 예정으로 출판사 아르바이트를 시작했다. 졸업을 하고 봄이 되면 캐나다나 영국으로 유학을 떠날 생각이었다.

그 후, 츠치야와는 한 번 만났다. 어디에 가고 싶으냐, 어디든 데려다 주겠다, 고 해서 플라네타륨이라고 대답했다. 플라네타륨에 갔다가 동남아시아 요리를 먹고 헤어졌다. 츠치야는 친절했다. 사쿠라코가 아파트에 도착할 무렵, 전화까지 걸어주었다.

—도착했어?

낮고 차분한 목소리로 그렇게 물었다.

—네. 오늘, 잘 먹었어요.

완벽한 데이트였다. 그런데, 하고 컴퓨터를 켜면서 사쿠라코는 생각한다. 그런데 나는 행복하지 않다. 서먹서먹하게 군 것은 아니었지만, 아무튼 츠치야의 태도가 마음에 들지 않았다. 툴을 선택하고, 짙은 감색 화면에 노란 별을 흩뿌려, 플라네타륨의 밤하늘을 재현한다.

츠치야의 태도 어디가 어떻게 불만스러운가, 별을 그리면서 사쿠라코는 생각한다. 나를 사랑하지 않는다는 것.

사랑이 부족하다는 것.

그렇다, 사랑이 부족하다. 화면에 별을 한없이 그린다. 큰 별, 작은 별. 한없이, 한없이.

처음부터 여자 친구의 한 명으로 만족할 생각은 없었다. 당연하다. 지금 이 상황에 그대로 주저앉을 수는 없다.

사쿠라코는 부엌으로 가서 컵에 우유를 따라 마신다. 사쿠라코는 우유를 좋아한다. 칼슘을 섭취했다는 충족감이 있기 때문이다.

만나러 가자.

빈 컵을 싱크대에 내려놓고 사쿠라코는 결심했다. 보고 싶은 남자를 만나러 가자. 닭 모양 풍향계가 수놓인 손수건을 부적 삼아 주머니에 넣었다.

소우코는 다마가와 다카시마야 백화점 옥상에 있는 애완견 센터에서 검둥이에게 줄 선물—알에서 깨어나는 오리 모양의 고무 장난감—을 사 들고 전철을 탔다. 언니의 집을 찾아가는 길이다.

벨을 누르고 잠시 기다린다.

"누구세요?"

언니의 접대용 목소리.

"나야."

순간적인 침묵.

"소우코니?"

놀란 듯한 목소리가 들리고, 언니가 문을 열어주었다.

"애는 늘 이렇게 불쑥 나타난다니까. 검둥이 산책시키려고 나가던 참이었는데, 집에 없었으면 어쩌려고."

도우코는 그렇게 투덜거리면서 주전자에 물을 받아 가스레인지에 올려놓았다.

"형부는?"

소우코는 검둥이와 장난을 치면서 물었다.

"출근했어. 또 검둥이 선물이야?"

도우코는 어이없다는 표정을 짓고는 접시에 진저 쿠키를 늘어놓았다.

"미치코 씨 만나고 오는 길이야."

이 집은 늘 구석구석 깨끗하다, 고 소우코는 생각한다. 예쁘장하게 꾸미고 서 있는 크리스마스트리, 언니가 좋아하는 케니 지.

"미치코 씨?"

차 도구를 쟁반에 담아 옮기며 도우코는 웬일이냐는 표정을 한다.

"왜?"

"왜는."

소우코가 쿠키를 한 입 깨문다.

"언니는 미치코 씨 싫어?"

"싫을 것도 좋을 것도 없지."

그렇게 대답한 언니가 정말 미치코 씨를 싫지도 좋지도 않게 여기는 듯 보였다. 언니답다고 소우코는 왠지 흥미로운 기분으로 생각했다.

"나, 미치코 씨를 꽤 좋아하나 봐. 이유는 잘 모르겠지만."

도우코는 신기하다는 표정을 지었다.

"어머, 그러니? 그럼, 의외로 재미있는 사람일지도 모르겠네."

도우코와 소우코는 각자 홍차를 마시면서 쿠키를 와삭, 씹는다.

"야마기시 선생님은 안 만났어?"

"만났지."

"흐음."

"언니, 야마기시 선생님, 이제는 안 좋아해?"

소우코가 그렇게 묻자, 도우코는 주저 않고 대답했다.

"좋아하지."

소우코는 피식 웃었다. 자신의 언니지만 참 알 수 없는 사람, 이라고 생각한다.

"그런데, 질문이 좀 이상하다."

도우코는 태연하게 말하고는 고개를 갸웃거린다.

"우리 다음에 또 시노와에 가자."

소우코는 오래전부터 하고 싶었던 말을 했다.

"이렇게 구름 낀 날 선글라스를 끼면 우리 할머니가 싫어해요. 거슬린다면서."

에리는 머리 위에 걸쳤던 선글라스를 다시 내려 쓰고 가벼운 걸음으로 계단을 내려가 가드레일을 타고 넘어 자동차 옆에 섰다.

"그런데 선글라스를 끼고 있으면 좋은 점이 딱 하나 있어요."

츠치야가 문을 열어주자, 에리는 조수석에 앉았다.

"어떤 건데?"

츠치야는 빙 돌아 운전석에 가 앉으면서 뒷거울을 조절하고 시동을 건다.

"후후후."

"뭔데 그래?"

"선글라스를 끼고 있으면 츠치야 씨 모르게 츠치야 씨를 볼 수 있으니까."

한 손으로 운전대를 잡은 채 츠치야는 살짝 에리에게 키스했다.

주차장은 아파트 지하에 있다. 츠치야는 저녁때 일이 있다는 에리를 스튜디오에 데려다 주고 집으로 돌아갔다.

결혼한 지 6년이 지났는데, 츠치야는 아직도 집에서 누군가가 기다리고 있다는 사실이 낯설다. 각자 일을 하는 데다 생활 리듬이 서로 다른 탓에 마주치는 일이 많지 않고, 그래서 편하기도 했다. 열쇠 꾸러미를 만지작거리면서 엘리베이터를 탄다. 레이코는 오늘 집에 있을 것이라고 했다. 오랜만에 얼굴을 보는 것이다.

손님이 있는 것 같았다. 현관에 들어서는데, 안에서 커피 냄새와 도란도란 얘기하는 소리가 흘러나왔다. 레이코는 손님이 오는 것을 좋아한다.

"나 왔어."

거실을 들여다보자, 레이코 옆에서 사쿠라코가 까딱 고개를 숙였다.

"안녕하세요."

공손한 말투다.

"어서 와요."

아내의 그 말은 거의 귀에 들리지 않았다.

"기억하지? 고지마 씨. 올봄에 졸업하는데, 취업 때문에 의논도 할 겸 놀러 왔어."

"또 뵙네요."

사쿠라코가 그렇게 말하면서 다시 고개를 숙였다.

츠치야는 세상이 갑자기 변형된 듯한 느낌이었다. 눈앞이 어질어질했다.

"아, 네."

굳은 목소리로 간신히 말했다.

제20장
일요일

점심을 먹고서 끽연실에서 버지니아 슬림을 피우며 후배들의 얘기를 듣는 시간이 마리에는 의외로 즐거웠다. 점심시간, 끽연실은 여사원들 천지라 기웃거리는 아저씨들이 안쓰러울 정도다.

"그래도 재미있었잖아?"

마리에는 손수건과 지갑, 그리고 담배 케이스만 들고 있는 여자들의 손을 바라보면서 물었다.

"그건 그런데."

다마키 소우코는 가을에 맞선 본 사람과 순조롭게 교제하고 있는 모양이다.

"그런데 뭐가 문제야?"

자신을 따르는 이 후배를 마리에 역시 귀여워한다.

"그야 그렇지만요."

소우코는 담배를 피우지 않는다. 대신 식후에 칼민이라는 박하 사탕을 습관적으로 먹는다.

"야마기시 선생 때문에?"

마리에가 눈썹을 치켜들며 묻자, 소우코는 순순히 고개를 끄덕였다.

"아무리 생각해봐도 역시 야마기시 선생님을 가장 좋아하는 것 같아서."

마리에는 내심 어처구니가 없었다.

"물론 그렇겠지."

그런데도 그렇게 맞장구를 쳐주었다.

"물론 후지오카 씨는 좋은 사람이에요. 하지만 야마기시 선생님이 아무래도 편안하고 부담이 없달까, 아무튼."

마리에의 맞장구에 힘을 얻은 듯 소우코가 그렇게 말했다.

"하기야."

마리에는 전에도 똑같은 대사를 들은 기억이 났다. 사내에서 한 남자가 접근했는데 몇 번 데이트를 하고 난 소우코가 그런 말을 했었다. 결국 그 남자와는 잘 풀리지 않은 듯했다.

"소우코에게는 야마기시 선생이 일종의 피난처니까."

마리에가 그렇게 말하자 소우코는 당황한 표정을 지었다.

"선배, 심술궂네요."

마리에가 미소 짓는다.

"그러면 어때. 오늘 금요일인데, 후지오카 씨 만날 거지?"

"네."

소우코는 그리 달갑지 않다는 투였다. 마리에는 그런 소우코가 슬며시 부러워졌다. 데이트를 한다는 것 자체가 아니라, 그런 유의 일로 가슴 설렐 수 있는 소우코가.

"어디 갈 거야?"

"영화 보러요."

소우코는 칼민을 주머니에 넣으면서 대답했다.

"좋겠네."

마리에는 담배를 재떨이에 짓눌러 끈다.

"피난처는 피난처고, 가까이할 수 있는 남자는 소중히 여겨야지."

농담처럼 충고했다.

"오늘, 데이트가 있어요."

사쿠라코가 그렇게 말을 걸었을 때, 레이코는 전혀 상대할 기분이 아니었다. 아침, 출근길에 남편과 사소하지만 말다툼을 했다. 휴가 일정을 놓고 어떤 부부나 흔히 하는 말다툼이었지만, 문제는 그 내용이 아니었다.

츠치야와 말다툼을 하면 레이코는 늘 욕구불만에 빠진다.

츠치야는 화를 내지 않는다. 감정적으로 굴지 않는다. 감정적이기는커녕 금방 사과를 한다. 알았어, 미안해.

하지만.

컴퓨터, 카세트테이프, 메모지 몇 장. 사전, 책상 여기저기에 붙어 있는 포스트잇, 아직 정리하지 못한 파일들. 누가 여행을 갔다가 기념으로 사다 준 깃털 달린 볼펜, 그리고 또 누군가에게서 받은 채로 며칠이나 그냥 내버려둔 동료의 스티커 사진. 파란 클립. 만년필. 지구 모양 서진. 펜 모양 수정액. 비타민C 정제. I♡YOU라고 찍혀 있는 머그잔에 식은 채로 절반쯤 남아 있는 커피. 액자에 넣지 않고 스카치테이프로 그냥 붙여놓은 사진 두 장(한 장은 작년 홈 파티 때 찍은 시끌벅적한 사진, 다른 한 장은 웨딩드레스를 입은 도우코와 둘이 교회에서 찍은 사진).

뒤죽박죽인 책상 앞에서 레이코는 한숨을 쉬었다.

하지만 결국은 아무것도 변하지 않는다. 츠치야의 귀에는 내 말이 전혀 들리지 않는다, 고 레이코는 생각한다. 츠치야에게 나는 그저 동거인에 지나지 않는다고.

"레이코 씨는 무슨 계획 없어요?"

눈앞에서 사쿠라코가 고개를 갸우뚱하고 묻는다.

"어? 아, 미안해. 데이트해? 부럽네. 나는 오늘 회식하면서 좀 협의할 게 있어. 나가사키 현지촬영 건, 기획 회의 들어가기 전에 윤곽을 잡아놔야 하거든."

"힘들겠네요."

동정 어린 말투였다.

"정말 바쁘네요."

레이코는 미소를 지어 보였다.

"어쩔 수 없지 뭐. 사쿠라코는 좋겠다."

"네."

사쿠라코는 환하게 웃으면서 대답했다.

도우코로서는 이 치료가 끝난 것이 불운이었다. 그렇지 않았다면 지난주에도 치과의 그 좁은 대기실에서 곤도를 만났을 테고, 지난 일요일 갑자기 찾아온 소우코를 밤늦게 데려다 주는 길에 검둥이를 산책시키면서 그렇게 풀이 죽지는 않았을 것이라고 생각한다.

그날 소우코가 미치코를 만나고 왔다는 말에도 놀랐지만, 소우코가 웬일로 옛날처럼—옛날이란 도우코가 미즈누마와 결혼하기 전, 자매가 종일을 함께 놀았던 때를 뜻한다—자기 얘기를 순순히 털어놓은 것에는 더욱 놀랐다. 그래서 반갑기도 한 마음에 한편으로는 곤도를 의식하면서도 서둘러 저녁 준비를 하고, 휴일인데도 출근한 미즈누마를 기다리지 않고 소우코와 저녁을 먹었다. 그리고 밤늦게야 소우코를 따라 검둥이를 데리고 나섰던 것이다.

그리고 오늘 2주 만에 곤도를 만난다. 2주. 아주 긴 시간처럼 느껴진다. 올봄, 공원에서 처음 만난 후로 일요일 오후의 산책을 한 번도 빠뜨린 적이 없었다.

곤도는 얼마나 기다렸을까.

일요일. 햇살이 환하게 비치는 거실에서 브러시로 검둥이의 털을 빗겨주면서 도우코는 생각한다.

도서관 뒤쪽, 구덩이처럼 파인 곳의 벤치에 앉아 곤도는—후줄근한 트레이닝 바지에 반코트를 입은, 늦깎이 대학생 같은 분위기의 모습이 떠오른다—얼마나 기다렸을까. 추운 하늘 아래.

아니면 이렇게 생각하는 것은 자신의 착각일 뿐, 담배를 두세 개비 피우고는, 뭐야, 오늘은 안 올 모양이지, 하면서 일찌감치 포기하고 미련 없이 집으로 돌아갔을지도 모른다. 아내와 아들이 기다리는 집으로.

"자, 다 됐다."

무릎 위에 얌전하게 몸을 늘어뜨리고 있는 검둥이에게 말하고, 풀어놓았던 목걸이를 다시 끼운다. 빨갛고 귀여운 목걸이다.

"홍차 끓여줄까?"

옆에서 잡지를 읽고 있던 미즈누마가 물었다.

"좋지."

도우코는 세면실에 가서 검둥이의 브러시와 빗을 씻었다.

미즈누마는 성실하고 꼼꼼하다. 요리는 하지 않지만, 홍차는 종종 끓여준다. 미즈누마가 끓여주는 홍차는 우유를 듬뿍 넣어 진하고 향도 강하다.

"진저 쿠키는?"

부엌에서 미즈누마가 물었다.

"미안. 지난번에 소우코 왔을 때, 다 먹었어."

안나즈 진저 신스Anna's Ginger Thins란 스웨덴 쿠키는 미즈누마가 좋아하는 과자여서 도우코는 평소 밀폐용 유리병에 담아놓는다. 하루라도 떨어지지 않게.

부엌에서 뭐라고 대답하는 소리가 들리지 않아, 도우코는 다시 한 번 "미안해."라고 말했다. 미즈누마는 사소한 일에도 기분 상해하는 사람이다.

"됐어. 나가서 사 올 테니까."

바로 뒤에서 언짢은 듯한 목소리가 들리기에 돌아보니, 미즈누마는 벌써 램 울 피코트를 걸치고 지갑과 차 열쇠를 들고 있었다.

최근까지 츠치야에게 인생이란 살기 쉬운 것이었다. 특히 여자에 관해서는 운이 아주 좋은 편이라고 생각하고 있었다. 적어도 본인은.

그런데 그날부터 먹구름이 끼기 시작했다.

일요일 아침, 식탁에서 커피를 마시면서 츠치야는 생각에 잠기지 않을 수 없었다. 그날, 사쿠라코가 아내를 찾아왔던 그날.

—안녕하세요.

방실거리며 그렇게 웃는 사쿠라코를 보고서 츠치야는 몹시 혼란스러웠다. 그리고 온몸이 오싹했다.

물론 사쿠라코는 아내가 다니는 회사 사람인 데다 아내가 직속 상사니 집에 찾아올 수도 있다. 게다가 레이코는 원래 사람들을 잘 챙기고 또 집으로 초대하는 것도 좋아하는 여자다.

"빵은?"

"됐어."

츠치야는 그냥 커피만 마신다. 요즘은 레이코도 늘 마음이 불편한 표정이다.

하지만 사쿠라코의 갑작스러운 방문을 이상하게 여기지는 않는 듯했다.

─졸업한 후에도 계속 일하고 싶대.

사쿠라코가 돌아가고 난 늦은 밤, 레이코는 그렇게 말했다.

─그래?

츠치야는 화제를 바꾸고 싶었지만 아내는 말을 계속하면서 사쿠라코를 칭찬했다.

─얼마나 착한지 몰라. 시간에 늦는 법도 없고, 일도 꼼꼼히 성실하게 잘하고. 그리고 한 번 말한 건 절대 안 잊어버린다니까.

츠치야는 그 어느 것이나 다 끔찍하게 여겨졌다.

금요일에도 그랬다. 사쿠라코는 약속 장소에 약속한 시간보다 먼저 와서 기다리고 있었다. 보고 싶은 전시회가 아오야마에서 열리고 있다고 해서 함께 다녀온 후에 식사를 했다. 자신이 내키지 않아한다는 것을 스스로도 알 수 있었다. 사쿠라코의 단정한 느낌과 풋풋한 얼굴, 한결같은 시선과 청결함은 이미 매력이 아니었다. 성가실 뿐이었다.

식사를 하고서 데려다 주겠다고 하자 아쉬운 표정을 지었다.

─벌써 가야 하나요?

사쿠라코는 똑바로 쳐다보면서 그렇게 물었다. 직구를 던지는 여자는 달갑지 않다. 그런데 어쩌자고 그 직구에 흔들렸는지, 지금은 기억조차 나지 않는다.

—지난번 일은 잊어줘.

츠치야는 말을 쥐어 짜내는 심정으로 말했다. 말을 뱉은 후, 순간적으로 뒤가 찔려 이렇게 덧붙였다.

—물론 즐거웠어. 지난번 일도, 그리고 사쿠라코와 함께 지낸 시간도.

그리고 자신의 말이 사쿠라코에게 큰 상처가 되지 않기를 바랐다. 솔직히 말하면, 그 자리에서 울음을 터뜨리지 않기를 바랐다.

하지만 사쿠라코는 울기는커녕 방긋 웃으면서 말했다.

—부부란 닮는 거네요.

츠치야는 무슨 소리인지 전혀 알 수 없었다.

—부부?

얼빠진 표정—자신도 느낄 수 있었다—으로 되물었다.

—레이코 씨나 츠치야 씨나 허세를 부리는 게 똑같아요.

—허세?

—어른의 여유라고도 할 수 있겠죠. 그렇게 허세 부리는 거, 좀 바보스럽지 않나요?

사쿠라코의 목소리에는 아무런 표정도 묻어 있지 않았다. 츠치야는 뭐라 대꾸할 말이 없어 당황했다.

—그래도.

먼저 입을 연 것은 사쿠라코였다.

─그래도 난 츠치야 씨가 좋아요. 츠치야 씨는 정말 솔직한 사람이라고 생각해요. 레이코 씨는 잘 모르는 것 같지만.

츠치야는 어이가 없었다.

그리고 사쿠라코는 가방을 열고 자신이 먹고 마신 만큼의 돈을 지갑에서 꺼내 테이블에 올려놓았다.

─괜찮아, 돈은.

츠치야는 그렇게 말했지만, 사쿠라코는 벌써 자리에서 일어나 있었다.

─또 만나주실 거죠?

갈수록 태산이었다.

츠치야는 신문의 스포츠 면을 펼치고 죽 훑어보았다. 흥미로운 기사는 하나도 없었다. 유난히 화창한 아침이다. 사락사락, 신문을 넘기는 마른 소리가 난다.

커피를 더 따라주러 다가온 레이코의 허리를 껴안았다. 의자에 앉은 채로 레이코의 아랫배에 얼굴을 묻는다.

"하지 마."

머리 위에서 레이코의 목소리가 들렸다.

"커피 쏟으면 어쩌려고."

얼굴을 꼭 묻은 채 고개를 끄덕거렸다. 그리고 허리를 껴안은 팔에 힘을 준다.

"이러다 쏟겠어. 아이, 좀. 간지러워."

레이코는 그렇게 말했지만, 그 목소리에 담긴 희미한 미소를 츠치야는 놓치지 않았다.

이제 레이코는 커피포트를 식탁에 내려놓으리라. 그리고 두 손으로 츠치야의 머리를 살며시 쓰다듬어주리라. 츠치야는 그러리라는 것을 알고 있었다.

안나즈 진저 신스와 생크림을 사 들고—생크림을 성기게 거품 내 쿠키로 떠먹는 것을 좋아한다—집으로 돌아오니 도우코는 검둥이와 산책을 나가려는 참이었다.

미즈누마는 울컥했다. 왜 30분을 못 기다리는 것일까. 게다가 도우코는 인간보다 개를 우선시하는 경향이 있다. 사람은 하고 싶은 것을 제 손으로 할 수 있지만 개는 사람이 해주어야 한다는 것이 도우코의 지론이다. 그렇다면 개를 그냥 풀어 키우면 되지 않느냐고 미즈누마는 생각한다. 개도 풀어놓으면 자기 하고 싶은 대로 할 것이라고.

거실에서는 벌써 햇살이 물러가고 있었다. 코트를 벗고 지갑과 열쇠를 테이블에 던진다.

하지만 미즈누마는 그런 말을 도우코에게 하지는 않는다. 애견가를 싫어하는 것은 아니니까.

한 사람 몫의 홍차를 정성 들여 끓인다. 생크림을 거품기에 부어 거품을 내고 쿠키를 한 손에 쥐고서 읽다 만 잡지를 펼친다.

도우코가 검둥이에게 쏟는 애정을 그대로 자신에게 쏟아 붓는다면 오히려 큰 골칫거리라고 생각한다. 결국 도우코와 자신은 비슷한 종족이다. 개나 다른 대상이라면 몰라도, 온도 차가 심한 애정에는 거부감을 보이는.

곤도 신이치는 벤치에 앉아 있었다.

"안녕하세요."

검둥이에게 끌려가면서 도우코는 밝은 목소리로 인사했다. 낙엽을 밟으며 벤치로 다가갔지만 곤도는 예의 웃는 얼굴을 보이지 않았다.

"춥네요."

어쩔 수 없어 또 그렇게 말을 건네며 허리를 구부리고 검둥이의 목줄을 풀어주었다. 옆얼굴에 닿는 곤도의 시선이 따가울 정도였다. 안경 너머, 찔릴 듯 날카로운 시선. 목줄을 풀어주자 검둥이는 껑충거리며 사방을 돌아다녔다. 낙엽을 주둥이로 이리저리 헤치고 짧은 다리를 들고 오줌을 누었다. 그리고 잠시 동안의 자유를 찾아 화단 쪽으로 외출을 한다. 벤치에 앉으려고 일어선 도우코를 곤도가 갑자기 꽉 껴안았다.

"보고 싶었습니다."

머리칼에 얼굴을 묻고 말한다. 꼼짝도 할 수 없을 만큼 강한 힘이었다.

"만나고 싶었어요."

아파요. 그렇게 말하려다, 말을 삼켰다. 가슴이 짓눌려 숨을 쉴 수가 없다. 익숙하지 않은 남자의 피부 감촉, 냄새, 그리고 온도. 남자란 이렇게 힘이 강한 존재였나.

"다시는 못 만나는 줄 알았습니다."

곤도의 목소리는 믿기 어려울 정도로 뜨겁고 진지했다. 그 목소리가 도우코의 몸을 마비시킨다.

누구도 이렇게 격하게 자신을 원한 적이 없었다. 이렇게 난폭하게 자신을 안은 남자도 없었다. 곤도의 트레이닝복 밑으로 드러난 복사뼈, 후줄근한 나일론 방한 코트, 뒤축을 꺾어 신은 운동화, 주머니에서 비죽 튀어나와 있는 지갑. 그 하나하나가 촌스럽고 안쓰러웠다. 이 남자는 지난주, 이런 모습으로 이곳에서—내가 소우코와 차를 마시는 동안—얼마나 오래 나를 기다렸을까. 어떤 심정으로. 생각하기 시작하자 애처로움과 우월감과 죄책감에 도우코는 가슴이 먹먹해졌다.

"보고 싶었습니다."

아는 말이 달리 없는 것처럼 그 말만 계속하는 곤도의 우스꽝스러우리만큼 정열적인 목소리. 그 단순하고 유치한 말이 도우코의 귀에는 몸이 저미도록 감미롭게 울렸다. 그런 말에 어떻게 저항할 수 있을까.

도우코는 곤도의 품 안에서 몸을 비틀고는 한 손으로 곤도의 볼을 어루만지며 키스했다.

이변을 감지한 검둥이가 걱정스러운 눈빛으로 도우코의 발에 코를 비벼댔다.

시계를 본 도우코는 깜짝 놀랐다.

45분. 고작 45분이다. 에미코의 가게에 검둥이를 맡기고 근처 호텔에 체크인을 하자마자 샤워를 하고 섹스를 했다. 방 안으로 들어서자 곤도는 도우코의 몸을 문으로 밀치고 키스를 퍼부었다.

단순했다. 눈앞에 있는 남자의 옷을 벗기고 싶었다. 옷을 벗기고, 그 살을 직접 만져보고 싶었다. 곤도 역시 같은 생각이라는 것을 알 수 있었다.

모든 과정이 아주 단순했다.

"미안해. 우리 검둥이, 얌전하게 있었어?"

가드레일 기둥에 묶인 채 검둥이는 꽃과 초록색 잎에 에워싸여 얌전히 자고 있었다. 도우코를 보자 벌떡 일어나 혀를 내밀고 꼬리를 흔든다.

"그럼. 볼일은 다 끝났어?"

가게 안이 여느 때와 다름없이 신선한 식물들의 냄새로 가득해서 푸근하고 안전한 기분이 들었다.

아무리 그래도 겨우 45분이라니.

"아, 프리지어네. 조금 사 갈까."

프리지어는 도우코가 가장 좋아하는 꽃이다.

"고마워."

에미코는 방긋 웃으면서 바지런한 동작으로 양동이에서 하얀 꽃 몇 송이를 꺼냈다.

"그 하얀 꽃은 뭔데? 굉장히 예쁘다, 동그랗고 하늘하늘하고."

"아, 그건 라능쿨루스."

"그것도 좀 섞어줘."

그리고 도우코는 안쪽에 있는 화장실로 갔다. 거울을 보고 싶었다. 물론 호텔의 좁은 화장실에서 확인했지만, 자신의 겉모습에 조금 전에 있었던 사건의 흔적이 남아 있지는 않은지 다시 한 번 확인하고 싶었다.

립스틱을 다시 바르고, 손가락으로 머리를 가다듬는다.

집에 가면, 정성 들여 천천히 꽃을 꽂아야지, 하고 생각한다. 그동안 미즈누마는 홍차를 끓여줄 것이다. 미즈누마가 돌아오기를 기다리지 않고 산책에 나선 탓에 어쩌면 기분이 좀 상했을지도 모른다. 그렇다면 순순히 사과하자. 검둥이가 기다리다 못해 낑낑거려서 어쩔 수 없었다고 말하면서 검둥이의 머리에 키스를 하자. 정말 귀여워죽겠다는 듯이.

제21장

진눈깨비

 해가 바뀌고 1월 하순쯤 되면 꽃 가게에 봄꽃이 들어오기 시작한다. 에미코가 해마다 새해가 되었다는 것을 실감하는 때는 설날이 아니라 이 시기다.

 며칠 전, 시노하라가 가게를 그만두고 싶다는 말을 했다. 예상했던 일이었다. 다행히 가게 경영은 안정된 상태다. 전남편이며 동업자이지만, 시노하라를 만류할 권리는 없었다. 좁고 너저분한 사무실에서 샌드위치로 점심을 먹으면서 에미코는 작은 한숨을 쉬었다. 자신이 원해서 그렇게 된 일이다.

 지난 몇 년 동안 꽃의 입하와 장부 정리는 시노하라가 도맡아 했다. 도매업자와의 거래와 가게 간의 파벌 같은 것, 더 나아가 여전히 보수적인 시장의 관례나 시스템을 생각하면 시노하라를 잃는 것은 큰 타격이었다.

 물론 시노하라에게 일을 가르친 것은 바로 자신이라는 자부심은 있다. 애당초 혼자서 시작한 장사였다. 그 시절로 돌아간다고 생각하면 그만이다.

 에미코는 조그만 냉장고에서 허브 잎이 든 비닐 주머니를 꺼냈다. 오늘 아침 베란다에서 갓 따 온 허브 잎이다. 잎 하나를 컵에 넣고 뜨거운 물을 붓는다.

노크 소리가 나면서 아르바이트생이 고개를 들이밀었다.

"도우코 씨가 오셨는데요."

"벌써 시간이 그렇게 됐나?"

에미코는 벽시계를 쳐다보았다.

"금방 나갈게."

요즘 도우코는 일요일마다 온다. 검둥이를 맡기고 한 시간 남짓 볼일을 보고서 돌아와 꽃을 사 간다. 솔직히 무슨 사연인지는 모르겠지만, 아무튼 고마운 일이다. 꽃이 예쁘면 조금 비싸도 사는 도우코 같은 손님이 이 가게를 유지시켜준다.

저녁나절의 긴자 거리는 사람이 많고 평화롭고 아름답다. 옆에서 걸어가는 후지오카의 커다란 체구가 왠지 든든하고 믿음직스러웠다.

아사쿠사를 거닐며 부적을 뽑았다. 소길, 중길이라 쓰여 있는 그 얇은 종이 두 장을 나뭇가지에 나란히 묶고, 나카미세 거리를 구경한 후에 뒷골목에 있는 조그만 장어구이 가게에서 점심을 먹었다. 그리고 놀이 공원에서 잠시 놀다가 전철을 타고 긴자로 온 것이다.

긴자 거리는 마침 보행자천국이라 길거리에 테이블이 나와 있었다. 풍선을 든 아이들과 스쳐 지난다. 싸늘하고 마른바람에서 거리

냄새가 났다.

"미국에서 공부하던 시절에, 가장 그리웠던 곳이 긴자입니다."

후지오카가 말했다.

"그리웠다고요?"

소우코는 뜻밖이었다. '그립다' 는 다소 감상적인 말이 후지오카의 커다란 체구와 위압적인 풍모에 어울리지 않는 듯한 느낌이 들어서였다.

"소우코 씨는 긴자를 좋아합니까?"

후지오카는 그리웠다는 말에 대해서는 설명하지 않고, 활달한 목소리로 그렇게 물었다.

"네, 좋아해요."

긴자는 도우코 언니와 심심하면 쇼핑을 하러 나오는 곳이다.

"그거 잘됐군요."

후지오카는 무척이나 기쁜 듯이 그렇게 말했다.

휴대전화가 또 꺼져 있었다. 고지마 사쿠라코는 짜증이 났다가 불안과 슬픔에 잠겼다가, 화를 냈다가 다시 또 짜증을 냈다.

며칠을 계속 츠치야에게 전화를 걸어 메시지를 남겼다.

사쿠라코예요. 잘 있나요. 이 메시지 들으면 전화 주세요.

또는,

사쿠라코예요. 오늘은 비가 오네요. 또 걸게요.

또는,

사쿠라코입니다. 내 전화번호 잊어버렸나요? 혹시나 해서 다시 한 번 알려드립니다. 3203······.

기다림은 고통이었다. 이렇게 있지 말고 만나러 갈까도 생각했지만, 언젠가 츠치야가 심각하게—아마 화랑에서 전시회를 보고 돌아오는 길이었을 것이다—집에 오는 것만은 피해달라고 한 말이 있어, 간신히 참았다.

어제는 작업실에 찾아갔다. 하지만 츠치야는 없었다. 문 앞에서 2시간을 기다렸지만 나타나지 않았다. 메모를 남기고 돌아왔는데, 끝내 아무 연락이 없었다.

마지막으로 만난 게 2주 전이다. 한번 가보고 싶었던 가모가와 월드에 갔다. 동물들이 펼치는 쇼는 보고 있기가 서글펐고, 데이트 자체도 썰렁했다.

감자 칩을 먹으면서 캄캄한 창밖을 본다. 선로 위로 전철이 지나갈 때마다 죽 이어진 네모난 창문의 불빛이 이동한다. 많은 사람들을 태운 전철의 불빛.

다시 한 번 전화를 걸어본다. 신호조차 가지 않는 전화. 사쿠라코는 울고 싶었다. 게다가 감자 칩을 너무 먹어 속이 울렁거렸다.

에리와 함께 있으면 마음이 편안해진다.

야경이 아름다운 바—맨 처음 양파 수프가 나오는, 어둡고 늘 손님이 많은―에서 라이 위스키를 마시면서 츠치야는 오랜만에 만끽하는 느긋한 기분으로 생각했다.

저녁때, 일 때문에 나흘 동안 도쿄를 떠나 있었던 에리를 마중하러 도쿄 역에 나갔다. 역 옆에 있는 호텔에서 두 시간 '휴식'을 취했다. 에리가 돌아온 기념으로 도쿄 타워를 보고 싶다고 해서 여기에 온 것이다.

"잘 다녀왔어요."

에리는 눈가에 미소를 띠고 페리에 잔을 들어 올리며 말했다.

에리와 함께 있으면 마음이 차분히 가라앉는다.

―츠치야 씨, 기운이 없어 보입니다.

낮에 촬영장에서 스태프에게 그런 소리를 들었다.

―그렇지 않은데.

츠치야는 모호하게 대답했지만, 에리는 없지 아내는 쌀쌀맞지 사쿠라코는 돌풍 같은 메시지를 남기지 일은 밀려 있지, 이런 상황에 기운이 펄펄할 남자가 있다면 만나보고 싶을 지경이었다.

"선물."

에리가 발치에 놓여 있는 커다란 검정 숄더백에서 갓난아이 머리통만 한 동그랗고 노란 과일을 꺼내 카운터에 올려놓았다.

"포멜로."

제 손으로 직접 땄다고 한다.

"고마워."

츠치야는 프런티어 라이트를, 에리는 살렘 라이트를 각기 입에
물고 불을 붙였다.

에리와는 함께 있어도 부담이 없다.

연기를 깊이 빨아들이고 눈을 살짝 찌푸린 채 뿜어내면서 츠치
야는 그렇게 생각했다.

"그 얼굴."

신 난다는 말투로 에리가 말했다.

"연기 때문에 매워하는 그 얼굴도 정말 좋아요. 나 절대 기억할
거야."

"절대 기억해?"

에리의 말투는 때로 아주 묘하다.

"응. 절대 잊지 않을 거란 뜻. 간직한다는 뜻. 사진 찍는 것처럼."

그렇게 말하고 에리는 또 싱긋 웃었다.

"보고 싶었어요. 얼마나 보고 싶었는지 몰라."

에리가 페리에를 한 모금 머금었다. 가느다란 목이 매끄럽게 움
직인다.

"그래서? 일은 어땠는데?"

아름다운 여자라고 생각했다. 우선 피부가 곱다. 작은 얼굴과 긴
손발. 유연한 몸짓과 상큼하게 웃는 얼굴.

"그냥 그랬어요. 날씨도 좋았고, 다 순조로웠죠 뭐."

그러면서도 에리는 크게 눈에 띄지 않는다. 그 점도 츠치야는 마

음에 들었다.

"아무튼 돌아와서 기뻐."

그렇게 말하고, 다시 한 번 잔을 부딪쳤다.

해마다 2월이 되면 미즈누마는 감기에 걸린다. 해마다 그렇다.
올해도 여지없이 걸렸다. 아침에 일어나 오한이 든다고 해서 열을
쟀더니 37도 6부였다. 그런데도 오늘은 중요한 약속이 있어 회사
를 쉴 수 없는 모양이었다.

"걱정되겠네."

에미코의 말에 도우코는 순순히 고개를 끄덕였다.

"몸이 약해서 탈이라니까."

실제로 미즈누마는 툭하면 배탈이 난다. 편두통에 몇 종류의 알
레르기 증상까지 있다.

"츠치야 씨는 건강한 편이야?"

에미코의 물음에 마침 첫 잔째 포도주를 다 마신 레이코는 희미
하게 두세 번 고개를 끄덕거렸다.

"그 사람은 건강해."

무릎에 펼쳐놓은 냅킨으로 입술을 닦으며 대답했다.

밖에는 안개비가 내리고 있다. 차가운 겨울비다. 오늘 이 가게는
레이코가 예약했다. 얼마 전 잡지에 실린 베트남 요리점인데 예약
하기가 쉽지 않았다고 한다.

"시노하라 씨는 건강했어?"

물어보면 곤란할까 싶은 생각도 들었지만 굳이 묻지 않는 것도 어색한 느낌에 도우코가 물었다. 그러고는 향내 나는 채소가 들어 있는 투명한 수프를 한 술 떠먹었다.

에미코는 고개를 갸우뚱하고서 대답했다.

"글쎄, 어땠나."

적당히 대답하는 투는 아니었다.

"잘 모르겠어."

정말 기억을 더듬는 표정으로 대답했다.

"아파서 눕거나, 병원에 가는 그런 일, 거의 없지 않았나."

고개를 들고 두 눈썹을 추켜올리며 그렇게 말한 사람은 레이코였다. 오늘 레이코는 왠지 기운이 없어 보인다고 도우코는 생각한다.

"한 번도 없었던 건 아닌데, 글쎄 잘 기억이 안 나네."

에미코가 천천히 말했다.

"그러니."

덩달아 천천히, 레이코가 대꾸했다. 그리고 세 사람은 잠시 침묵했다.

"그 정도로 악처였던 셈이지 뭐."

에미코가 마치 결론을 내리듯 농담 삼아 말했지만 도우코와 레이코는 뭐라 대꾸하지 못했다.

가게는 지하지만 천장 전체가 온실처럼 유리로 덮여 있어 갠 날에는 햇살이 그대로 쏟아질 것 같은 실내가, 소리 없이 내리는 안개비에 갇혀 있었다.

레이코가 반나절 휴가를 냈다. 사쿠라코는 그 사실 하나에 질투의 화신이 되었다. 여자들끼리 모여 런치를 먹는 시시껄렁한 모임 때문이겠지, 하고 생각하려 애쓰지만 부부가 함께 식사하기로 약속한 것이 아니란 법도 없다. 무슨 기념일이든지, 어느 쪽의 생일일 수도 있다. 또는 식사가 아니라 쇼핑을 같이 하기로 했는지도 모른다. 가구나 뭐 그런 것을 사기 위해. 또는 시가나 친정을 찾을 수도 있고. 어쩌면 부부가 함께 늦잠을 즐기고 있는지도 모른다. 따스한 침대에서. 빗소리를 들으면서. 뒤엉킨 네 다리.

"어머, 주인아줌마는?"
꽃 가게 앞에서 아야가 물었다. 그 호쾌한 파마머리에 화장기 없는 에미코의 감각을 아야는 신뢰하는 것이다.
"아, 오후에 나오실 거예요. 좀 있으면 오실 텐데."
아르바이트생인 듯한 점원의 말에, 아야는 속으로 오후라니, 오후가 된 게 벌써 언젠데, 하고 분개한다. 과거 양주 회사에 다니던 시절에 보너스를 받아 산 가느다란 롤렉스 손목시계는 1시를 가리키고 있다.
"아, 그래요. 그럼 다음에 올게요."

꽃향기를 들이마시며 아야는 그렇게 말했다.

꽃 가게를 뒤로하고 공원으로 갔다. 유이치가 초등학교에 들어간 후에야 평일 낮 시간에 이렇게 공원을 어슬렁거릴 여유가 생겼다. 좋은 것인지 나쁜 것인지, 아야는 자조적으로 생각한다. 가장자리에 통나무가 박혀 있는 길고 비스듬한 계단을 올라간다. 비가 오는 탓인지, 공원 안은 사람도 뜸하고 조용하다.

앞으로 성큼성큼 올라갔다. 대학을 졸업하고 취직을 했다. 그리고 결혼을 하면서 퇴직을 했고, 아이를 낳아 간신히 초등학교에 입학시켰다. 그리고 지금은 둘째를 가지려 애쓰고 있다.

좋은 것인지 나쁜 것인지.

아야는 하얀 바탕에 짙은 파랑과 빨강의 리본 무늬가 있고 감이 매끈매끈한, 큼지막한 우산을 어깨에 걸쳐본다. 어렸을 때는 우산을 늘 이렇게 쓰고 다녔다. 그러지 않으면 무거워서 쓸 수가 없었다.

신이치는 요즘 들어 무척 쾌활하다. 어제저녁에도 일찍 들어와 유이치를 목욕시켜주었다. 신이치는 유이치를 잘 다룬다. 아니, 인정하고 싶지 않지만 유이치가 아야의 말보다 신이치의 말을 더 신뢰하는 것 같다.

계단을 다 올라 기사 조각상 옆에 있는 벤치를 지나갔다. 조각상도 벤치도 비에 젖어 있다. 아야는 도무지 유이치가 하는 말을 알아들을 수가 없다.

화단을 지난 반대쪽 입구로 나가면 에방타유가 있다. 아야는 꽃 대신 슈크림을 사 가기로 했다.

"그래서, 미덕의 흔들림은 그 후로 어떻게 됐는데?"

레이코가 그렇게 물었을 때 '아내들의 런치'는 거의 끝나가고 있었다. 색이 엷은 재스민 티는 뜨겁고 향기도 좋았다. 테이블을 장식하고 있는 양란은 바깥에서 내리는 비를 빨아들이기라도 한 것처럼 선명한 보라색이었다.

"어떻게 되다니. 여전히 그렇지 뭐."

도우코는 느긋하게 말했다. 얘기할 마음은 없었다.

곤도 신이치는 덜 세련되고 솜씨도 없고 진부하고 와일드했다.

그 후로, 거의 매주 호텔에 간다.

―보고 싶었어.

곤도는 매주 절박한 목소리로 그렇게 말한다. 있는 힘껏 도우코의 가슴을 껴안으면서.

섹스 궁합도 잘 맞았다. 곤도는 미즈누마에게 없는 것을 가지고 있었다. 신기한 일이지만 성 관계를 갖고부터 오히려 마음이 편해졌다.

물론 그런 관계는 곧 끝내야 한다고 생각하고 있다. 아마도, 머지않아.

―평일 밤에 잠시라도 만날 수 있을까요?

지난주, 곤도는 그렇게 물었다.

아아, 그날이 그리 멀지 않으리라.

그때, 도우코는 그런 생각을 했다. 한 시간 남짓한 짧은 시간인데도 이상하리만큼 만족스럽고 자연스러운 섹스 후에 옷을 입고 매무시를 가다듬으면서.

"여전하다니, 도우코 조심해. 너 무지 어수룩하잖아. 일이 이상하게 돌아가지 않게 조심하라고."

레이코의 말에 도우코는 "알았어." 하고 작은 소리로 대답했다.

일이 이상하게 돌아가지 않게.

늘 그렇다. 동남아시아계인 듯한 종업원이 바지런히 움직이는 모습을 쳐다보면서 도우코는 생각한다. 보고 싶고 만지고 싶고 곁에 있고 싶다고 상대가 필요로 하면 나는 욕망을 억누르지 못한다. 더 필요시되고 싶은 욕망, 모든 것을 빼앗기고 싶은 욕망.

일요일 오후의 도우코의 새로운 습관에 대해 에미코는 아무 말도 하지 않았다.

저녁때부터 비가 진눈깨비로 변했다. 겨울은 소우코가 좋아하는 계절이다.

"오늘? 지금 바로?"

수화기를 든 야마기시가 당황해하는 눈치였다.

"네. 미치코 씨가 저녁 준비를 하셨을 테니까, 식사 후에 커피를 마셔도 좋고. 30분이면 돼요. 아니요, 선생님 집 근처까지 갈게요.

괜찮아요."

그리고 휴대전화의 전원을 껐다. 전화기에 연결된 파란 끈에 강
아지 인형이 매달려 있다.

고요한 밤이다. 미즈누마 집안의 전통을 따라 도우코는 미즈누
마가 감기에 걸리면 계란찜을 찐다. 평소보다 일찍 집에 돌아온 미
즈누마는 계란찜을 먹고는 바로 침실로 들어갔다. 난방과 가습기
를 '강'으로 틀어놓은 침실로.

두 다리를 쭉 뻗고 바닥에 앉은 도우코의 무릎에 검둥이가 턱을
올려놓고 있다. 결국 나는 여기 이렇게 동그마니 앉아 있다. 돌아보
면 언제나. 검둥이의 따스하고 동그란 머리를 쓰다듬으면서 도우
코는 그렇게 생각한다. 지금, 미즈누마와 곤도, 아니 레이코와 소우
코조차 자신에게서 아주 먼 곳에 있다. 절대로 손이 닿지 않는.

야마기시의 집 근처에 있는 찻집에서 만났다. 역 옆에 있는 빌딩
의 2층, 간단한 술을 파는 가게다.

"이렇게 나오라고 해서 미안해요."

소우코는 우선 사과부터 했다. 그러고는 야마기시가 대답할 틈
도 주지 않은 채 불쑥 이렇게 말했다.

"저, 후지오카 씨와 결혼할지도 몰라요."

"결혼? 이거, 그렇게 되면 축하할 일이로군."

빙그레 웃으며, 그러나 조심스럽게 야마기시는 대답했다.

"아무튼 순조로운 것 같아 기쁜걸."

이 남자를 처음 만났을 때, 나는 아직 스물네 살이었다, 고 소우코는 생각한다. 언니가 데려온 남자. 이 남자의 선이 가는 옆얼굴과 어딘지 모르게 우울해 보이는 웃는 얼굴, 사려 깊은 말투와 친절함, 그리고 영화를 본 후에 툭 내뱉는 감상 한마디를 좋아했다.

"선생님, 저 처음 만났을 때 일, 기억해요?"

언니와 헤어진 후에도 음악회나 골프에 같이 가자고 졸랐다.

야마기시는 고개를 기울였다.

"처음 만났을 때?"

소우코의 눈에는 야마기시가 여전히 매력적이다. 만약 이 남자와 함께 살 수 있다면, 후지오카는 미련 없이 버릴 것이다. 분명하게, 그런 생각을 했다.

"제가 데이트에 따라다녀서, 혹시 불편했나요?"

"아니. 다만 좀 별다르다 싶었지. 언니나 소우코나."

"별다르다고요? 그런가요. 하긴 우리 둘 다 선생님을 좋아했으니까."

소우코의 말에 야마기시는 난감한 표정을 지었다.

"여자란, 글쎄 뭐랄까, 그런 일에 열심이더군."

벽에 말린 꽃을 담은 조그만 액자가 걸려 있다.

"그런 일이요?"

"연애."

야마기시는 그렇게 대답했다.

"난 그런 에너지가 없으니까."

"정말 없나요? 에너지가?"

"응, 없어."

대답하고서 커피를 마시는 야마기시를 보면서 소우코는 처음으로 미치코를 안쓰럽게 여겼다.

밖으로 나오니 진눈깨비가 다시 비로 변해 있었다. 야마기시가 차로 데려다 주겠다고 했지만, 소우코는 자신의 우산을 펼쳤다.

"괜찮아요. 전철 타고 갈게요."

비에 젖은 네거리 바로 건너에 하얀 형광등이 빛나는 개찰구가 있다.

"아, 그리고 결혼할지도 모른다는 말, 아무에게도 하지 마요. 아직 청혼을 받은 것도 아니니까."

야마기시는 비로소 흥미롭다는 듯 미소 짓고는 대답했다.

"그러지."

제22장

캠프

연애란 멋진 것, 이라고 곤도는 생각한다. 단순하고 명쾌하며 타산이 없는, 즉 불필요한 것이 전혀 개입되지 않은 연애는 멋지다고. 그리고 그런 연애는 서로가 결혼한 사람일 때 비로소 성립하는 것이라고.

곤도의 집 욕실 타일은 회색이다. 그 가운데 추상적 무늬가 있는 파란색 타일이 한 줄 빙 둘러 박혀 있다. 아내인 아야가 고른 타일이다. 목욕 타월로 몸을 닦으면서 곤도는 어젯밤의 도우코를 떠올린다.

어젯밤, 평일인데 도우코를 만났다. 식사를 하고 호텔로 갔다. 도우코는 목 라인이 드러난 원피스를 입고 있었다. 하얀 피부가 고왔다. 도우코는 몸이 부드러운 여자였다. 알몸으로 껴안으면 도우코의 피부가 자신의 몸에 달라붙는 듯한 느낌이 든다.

침대 안에서 도우코는 영화 이야기를 했다. 존 트라볼타가 나오는 영화다. 제목은 잊었지만, 트라볼타가 몹시 뚱뚱하게 나오는 영화란다. 그런 트라볼타가 멋있었다고 도우코는 말했다. 폴로셔츠가 잘 어울렸고, 아이들로 시끌벅적한 부엌 장면에서는 울 뻔했다고. 곤도는 영화를 보지 않는다. 존 트라볼타 하면 떠오르는 영화는 〈토요일 밤의 열기〉뿐이고, 그 영화도 실제로 본 것은 아니다. 한때 화제였기 때문에 포스터니 뭐니 하는 것을 어렴풋이 기억하고 있을 따름이다.

자신이 생각해도 놀랄 만큼 정열적인 섹스―곤도는 섹스를 통해 그토록 해방된 기분을 맛보게 될 줄은 꿈에도 몰랐다―를 나눈 후, 불쑥 그런 얘기를 꺼낸 도우코의 차분한 말투가 너무도 매력적이어서, 있는 힘껏 꼭 껴안지 않을 수 없었다.

―이제 가야겠어요.

곤도의 품 안에서 도우코는 작은 소리로 속삭였다. 그리고 쓱 일어나자마자 옷을 입기 시작했다. 화장을 고친 도우코는 아무 일도 없었던 사람처럼 완전히 원래 모습으로 돌아가 있었다.

원래 모습.

호텔을 나서는 도우코에게 그보다 딱 맞는 말은 없을 것이라고 곤도는 생각한다. 그리고 그런 도우코가 곤도의 욕망을 새삼 부추긴다. 다시 방으로 돌아가 입은 옷을 하나도 남김없이 벗기고 싶어진다.

동시에, 모순되지만 그 상황은 곤도에게 안심을 선사한다. 이 여자는 내게 의존할 마음이 전혀 없다. 같이 있는 동안만 자신을 원할 뿐이다.

―다음에, 언제 또 만날 수 있죠?

역을 향해 걸어가는 도우코의 팔을 잡고 물었다.

―약속하지 않으면 보내주지 않을 겁니다.

도우코는 난감한 표정이었다.

―일요일에.

그 말만 하고는 희미하게 미소 지었다. 곤도는 다시 한 번 도우코를 끌어안았다.

"먼저 잘게."

밖에서 아야의 목소리가 들렸다.

"맥주는 식탁에 꺼내놨으니까."

"어, 고마워."

문을 열고 얼굴만 살짝 내밀고 말했다.

"너무 걱정하지 마."

아야는 지친 모습이었다.

"어떻게 걱정을 안 해. 아무튼 먼저 잘게."

곤도는 문을 닫고 샤워기를 틀었다. 쉭, 하는 소리와 함께 뜨거운 물이 쏟아졌다.

아들 유이치 때문이었다. 유이치는 어제 그네에서 떨어졌다면서 눈 위에 혹을 달고 들어왔다. 대수로운 혹은 아니었다. 양호실에서 얼음찜질을 한 덕분에, 아야가 데리러 갔을 때는 부기도 많이 가라앉아 있었다. 그런데 오늘에야 그네에서 떨어진 것이 아니라 친구가 그네로 쳤다는 것을 알았다. 유이치가 아야에게 그렇게 털어놓은 것이다.

유이치의 말을 들은 아야는 덜컥 의심이 앞섰던 모양이다. 낮에 회사로 전화를 걸어 사정을 설명했다. 아야는 육아니 아동심리학이니 하는 책을 읽고 좋지 않은 영향을 받은 탓에 일을 심각하게 생각하는 경향이 있다. 유이치가 왕따를 당하고 있으면 어떻게 하느냐, 이게 왕따의 시작이라면, 하는 식이었다.

하찮다, 고 곤도는 생각한다. 친구들과 놀다가 다치는 것쯤, 자신의 어린 시절에는 늘 있는 일이었다. 물론 아들이 왕따를 당하고 있다면 문제지만, 본인에게 들은 바로는 그런 게 아닌 듯하다.

욕조에 몸을 담그고, 다시 한 번 도우코를 생각한다. 뚱뚱한 트라볼타가 좋았다는 것은, 뚱뚱한 남자를 좋아한다는 뜻일까. 곤도는 원래 깡마른 체질이라, 회사에서 하는 건강검진에서 비만도가 늘 마이너스 10퍼센트였다.

6시에 자명종을 맞춰놓았는데, 30분이나 일찍 눈을 뜨고 말았다. 에미코는 더 이상 잠이 오지 않았지만 6시가 될 때까지 이불 속에서 꼼짝하지 않았다. 밖에서 지나가는 자전거 소리와 트럭 소리, 까마귀 울음소리가 들렸다. 이렇게 이불 속에 있으면 어린애 같은 기분이 드는 것은 왜일까, 하고 생각한다.

커피를 끓여 마시면서 식료품을 아이스박스에 담는다. 혼자 먹을 것이라 양이 많지 않다. 짐을 차에 싣고 7시에 출발했다. 12년

만에 혼자 캠프를 떠나는 것이다.

"아, 날씨 좋다."

3월의 아침, 바람은 아직 싸늘하지만 화창하게 갠 하늘이 상쾌했다. 에미코는 창문을 조금 열었다. 라디오 다이얼을 AFN에 맞추고 안전벨트를 맸다.

길은 아직 한산했다. 정말 오랜만에 혼자 떠나는 캠프의 목적지로 에미코는 단자와 산기슭을 선택했다. 가까우면서도 아무것도 없는 캠프장이 마음에 들어서였다. 엊그제 전화를 걸어 예약을 했다. 전화를 받은 아저씨는 느긋한 말투로 걱정 말고 오라고 했다. 에미코는 최근 유행하는, 샤워실이니 커피 하우스니 하는 시설이 있는 오토 캠프장을 혐오한다. 소란스럽게 떠드는 아이들을 데리고 온 가족 단위가 많은 데다, 거대한 주차장 같다고 할까 계단식 밭 같은 곳에 차를 세워놓고 그 옆에 텐트를 친 캠프가 뭐가 재미있다는 것인지.

야도리키 입구에 있는 네거리에서 좌회전을 하면 바로 산길이 시작된다. 운전은 잘하는 편이지만 구불구불하고 좁은 길을 달리는데 타이어에서 끼익 소리가 나자 손이 먼저 움찔했다. 운전은 늘 시노하라가 했다.

에미코는 혀를 끌끌 찼다. 칠칠치 못하기는, 하고 속으로 중얼거린다. 타이어 소리가 뭐가 무섭다고. 뒷거울을 가린 회색 당나귀 인형이 에미코를 조롱하듯 덜렁덜렁 흔들렸다.

"아침밥 다 차려놓았다. 국이 식겠어."

외할머니 스에코의 목소리가 들렸다.

"갈게요."

대답은 했지만 에리의 마음은 둥실 떠 있었다.

임신 테스트기의 표시 창 두 줄이 선명한 보라색으로 물들었다.

빙고다.

에리는 믿을 수 없는 심정으로 체온계 비슷한 그 물체를 쳐다보았다.

빙고다.

아기.

믿기지 않는다.

9월에 결심을 하고서 반년. 그토록 좋아하는 남자를 속이는 것 같아서 미안한 마음이 없지는 않았지만, 태연하게 일관했다. 그리고 성공.

―아직 생리 안 끝났는데, 괜찮아요?

사귀기 시작했을 무렵, 그렇게 묻자 츠치야는 이랬다.

―상관없어. 오히려 안심할 수 있어서 좋잖아.

그리고 에리는 생리 중의 섹스를 좋아하게 되었다. 하지만 그럴 때마다 안심하고 하기는 해도 아무것도 남지 않는다는 사실이 서글펐다.

아기를 낳자. 만들어버리자. 혼자서 키우면 된다. 외할머니가 그랬던 것처럼. 엄마가 그랬던 것처럼. 츠치야의 아이를. 내가 좋아하는 남자의 아이를.

그리고 성공.

믿기지 않는다.

두 줄에 선명하게 그려진 보라색 동그라미.

손가락 끝에서 뭉글뭉글 행복이 끓어오른다. 지금껏 느껴본 적 없는 행복, 이라고 에리는 생각했다.

믿을 수 없다.

믿기지 않는다. 믿기지 않는다. 믿기지 않는다.

고지마 사쿠라코는 처음에 예정했던 대로 1년만 하고 아르바이트를 끝내기로 했다. 그 후에는 유학 준비라는 명목으로 오전에만 영어 전문학교에 다니기로 마음먹었다.

계획했던 대로 하자. 사쿠라코는 그렇게 생각했다. 아르바이트를 그만두고 레이코와 무관한 사람이 된 후에 다시 츠치야를 만나러 가자. 완전한 여자로.

점심시간에 그만두겠다는 얘기를 하자 레이코는 아쉬워했다. 취직 시험을 보고 들어온 사람들 앞에서, 요즘은 취직 시험 치러서 고지마 씨처럼 우수한 인재가 입사한 적이 없다며 그들을 조롱했다.

회사의 창문으로는 건너편 빌딩밖에 보이지 않지만, 그래도 오늘은 봄날의 햇살이 건물 깊숙이까지 비치고 있다.

차양 막을 치면서 에미코는 살짝 가슴이 아팠다. 텐트와 루프에 폴을 끼는 작업이나 땅에 팩을 꽂고 텐트를 고정하는 작업은 늘 둘이서 함께했지만, 차양 막은 에미코가 폴대를 잡고 있으면 시노하라가 혼자서 쳤다. 물론 차양 막은 혼자서도 칠 수 있다. 그렇지만, 그래도 가슴이 조금 아팠다. 그뿐이었다. 여름이면 티셔츠에 반바지, 겨울에도 스웨터와 청바지에 점퍼만 걸쳐 입은 가벼운 차림으로 캠프를 즐기던 시노하라가 곁에 없다는 것이 이상했다.

에미코는 다양한 캠핑용 도구 중에서 특히 차양 막을 좋아한다. 그늘을 만들어주고 비를 가려주는 차양 막.

부뚜막을 만들어—돌을 주워 모으는 것도 좋아하는 작업이다. 균형을 고려하면서 안정감 있게 돌을 쌓는다—철판에다 소시지와 채소를 구워 점심으로 먹었다. 접이식 의자를 펼쳐놓고 앉아 두 캔째 맥주를 딴다. 늘 그랬다. 작업을 하면서 하나, 점심을 먹으면서 하나.

강가에 바로 텐트를 쳤다. 조금 올라가면 폭포가 있다. 추위를 많이 타는 에미코는 무릎 덮개로 무릎을 둘둘 감고 눈을 감고서 물소리를 들었다. 평일인데 군데군데에서 사람들이 요리를 하고 낮잠을 자고 라디오를 들으며 각자 캠핑을 즐기고 있다.

앞으로 혼자서 살아간다.

소시지와 채소에서 피어오르는 고소한 냄새를 맡으면서, 에미코는 그런 생각을 했다.

슈퍼마켓에서 저녁 찬거리를 산 아야는 길에 세워둔 차에 짐을
실었다. 옷장에 넣을 방충제와 방습제까지 사는 바람에 커다란 주
머니가 세 개나 되었다.

저녁나절의 거리를 지나 집으로 돌아간다. 25년 상환으로 산 방
세 개짜리 우리 집으로.

오전에 유이치 친구의 엄마가 사과하러 왔다.

—나도 얼마나 놀랐는지 몰라요.

그 엄마는 몇 번이나 그렇게 말했다. 하지만 아야는 깜짝 놀란 건
오히려 내 쪽이지, 하고 생각한다. 애지중지하는 페스티바의 액셀
을 밟으면서.

—다친 데는 어때요?

걱정스럽게 묻는 말에, 아야는 무슨 애가 그렇게 거칠어요, 라고
말하고 싶은 것을 억지로 참고서 대답했다.

—네, 별거 아니었어요.

속으로는 유이치가 다치게 한 쪽이 아니어서 정말 다행이라고
생각하면서.

미안해서, 라며 내미는 고디바 초콜릿에 아야는 진저리를 쳤다.
인생이란 우아한 잡일로 가득하다.

그건 그렇고 어젯밤, 신이치가 어떻게 된 일인지 물었을 때 유이
치는 어쩌면 그렇게 순순히 털어놓을 수 있는 건지. 아야는 왠지 속
이 부글거리는 심정으로 생각한다. 낮에 내가 같은 말로 물었을 때

는 돌처럼 입을 꾹 다물고 있었으면서.

　—누가 널 괴롭히니?

　신이치는 돌려 묻지 않았다.

　—그 아이가 너를 못살게 구니?

　유이치는 고개를 옆으로 젓고는, 아니라고 대답했다. 이렇다 할
이유 없이 머쓱해하면서.

　—그 아이, 네 친구니?

　신이치가 그렇게 묻자, 유이치는 고개를 까딱 숙였다.

　—전에 우리 집에도 온 적이 있어. 그때는 다마고치가 유행했는
데, 다마고치 서로 보여주면서 놀았는데, 다른 친구네 집에 갔을 때
는 다마고치가 유행하지 않았는데, 그 집에 고양이가 있었어, 크고
새까만 고양이였는데, 하지만 그때는 다마고치가 아니고 쌀 과자
먹으면서…….

　데, 데로 이어지는 유이치의 얘기는 늘 끝이 없다. 듣다 보면 아
야는 무슨 소리인지 하나도 모르겠는데, 신이치는 알아듣는 모양
이다.

　하지만 아무튼 다행이라고 생각한다. 유이치가 왕따를 당하고
있는 게 아니어서. 크게 다치지 않아서. 신이치가 침착하게 대처해
주어서.

　날씨가 무척 좋아서 도우코는 낮에 유리창을 닦았다. 얼룩 한 점

없는 유리에 밤의 실내가 비쳐 있다.

레이코에게서 전화가 왔을 때, 도우코는 설거지를 하고 있었다.

"그냥 목소리가 듣고 싶어서."

레이코는 평소대로 그렇게 말했다. 딱히 침울한 기척은 느껴지지 않았지만, 요즘 늘 그랬듯이 목소리가 기운 없게 들렸다.

"일 다 끝났니?"

레이코는 늘 공중전화에서 전화를 건다.

"응. 집에 가는 길이야."

"그럼, 잠시 만날까?"

미즈누마를 힐금 쳐다보았다. 모형 만들기에 여념이 없으면서도 마땅치 않아하는 표정이었다. 그러니까, 다 듣고 있는 것이다.

"지금?"

오히려 레이코가 놀랐다는 투였다.

"도우코, 너 나올 수 있니? 미즈누마 씨, 괜찮아?"

"응, 괜찮을 거야."

도우코는 한 손으로 수화기를 누르고 미즈누마에게 물었다.

"나, 나가도 되지?"

미즈누마는 대답이 없었다.

"여보, 괜찮아?"

대답하지 않는 미즈누마를 보면서 도우코는 소리 없는 한숨을 쉬었다.

"안 괜찮은가 보다."

"됐어, 됐어. 그냥 물어본 것뿐이야."

레이코는 웃으면서 그렇게 말했다.

"주부가 외출할 시간이 아닌걸, 뭐."

친구의 그 말에 도우코는 왠지 납득할 수 없는 기분이 들었지만, "그래."라고 모호하게 대답하며 웃었다.

"레이코가 요즘 통 기운이 없어."

전화를 끊은 도우코는 미즈누마를 돌아보며 그렇게 말해보았다. 대답을 기대한 것은 아니지만, 그래도 묵묵부답이면 불쾌해진다. 도우코는 남은 설거지를 마저 하면서, 미즈누마는 늘 그렇다고 생각한다. 싫은 일이 있어도, 싫다는 말 대신 입을 다물어버린다.

"시간을 생각해봐."

뒤에서 툭 내뱉는 말소리가 들렸다.

"아직 9시도 안 됐잖아."

스펀지를 내려놓고 물을 잠그고, 돌아보면서 대답했다.

"독신 시절에는 거의 밖에 있었던 시간이라고."

"지금은 독신이 아니잖아."

미즈누마는 여전히 모형에 몰두한 채, 얼굴도 들지 않고 대답했다. 도우코는 간혹 자신이 갇혀 있다는 공포감에 사로잡히는데, 지금도 그랬다. 그래서 되물었다.

"어떻게 다른데?"

평소에는 좀처럼 없는 일이었다.

"아이가 있는 것도 아닌데, 왜 밤에는 나가면 안 되는 거냐고."

미즈누마가 또 입을 다물어버렸다. 도우코는 절망적인 기분에 빠진다.

"도무지, 얘기할 마음이 아예 없는 거지."

한숨을 쉬고는 다시 말했다.

"내게는 특별한 사람이라고. 레이코나 소우코나, 다 내게는 특별한 사람이란 말이야."

도우코는 이미 대답을 기대하지 않는다. 모형을 조립하는 남편의 뒷모습을 몇 초 동안 바라보다가, 다시 설거지를 시작했다.

눈을 감자 물소리가 들렸다.

에미코는 화사한 분홍색 침낭 속에서 꼼짝 않고 숨죽이고 있었다. 침낭을 주머니 형태로 사용하기는 참 오랜만이었다. 늘 지퍼를 끝까지 내려 담요처럼 한 장은 바닥에 깔고 한 장은 덮고 시노하라와 함께 잤다. 에미코는 텐트 속에서 하는 섹스를 좋아했다.

자신이 정한 일이다. 시노하라는 다른 여자에게 한눈을 파는 일도 많았고 파친코광이기도 했다. 하지만 일하는 데는 빈틈이 없었고, 외박을 하는 일도 없었다. 솔직히, 시노하라가 나쁜 것은 아니라고 생각한다. 알면서 결혼했다. 서로의 사정에 유리한 결혼이었다. 사회라는 황량한 장소에 살면서 서로가 서로를 필요로 했고, 마침 잘됐다고 생각했다.

좀처럼 잠이 오지 않는 것은 물소리 때문이다. 에미코는 그렇게 생각하려 애썼다.

하늘은 그다음 날도 화창하게 갰다.

에미코는 커피 한 잔에 빵 한 조각으로 아침을 끝내고 재빨리 텐트를 걷고 돌아갈 준비를 시작했다. 큰 코펠에 물을 듬뿍 끓여 철판과 그릇에 묻은 기름을 대충 씻어내고, 도구를 정리해서 몇 번이나 차로 오가며 날랐다. 그때마다 무너질 듯 허술한 구름다리를 건넜다. 사무소에 들러 인사를 하고, 도중에 한 번도 쉬지 않고 차를 몰아 오전 중에 도쿄로 돌아왔다. 그리고 점심시간이 끝날 무렵에는 벌써 가게에 나가 있었다. 늘 그랬듯이.

저녁때 미즈누마에게서 도우코에게 꽃다발을 보내달라는 전화가 왔다. 정말이지 부부가 나란히 VIP 고객이라고 에미코는 생각한다.

봄꽃은 알록달록 화려한데, 가게 안에는 묘한 적막이 맴돌고 있다.

제23장

네 개의 낮

거실 바닥에 엎드려 햇볕을 쬐면서 도우코는 자신이 전생에는 틀림없이 고양이였을 것이라고 생각한다. 발치에는 몸을 동그랗게만 검둥이가 누워 있고, 오디오에서는 케니 지가 흐르고 있다. 가끔, 문득 생각이 났다는 듯이 홍차를 마시고, 넓적하고 무거운 여성 잡지를 팔락팔락 넘긴다.

아, 기분 좋다.

시간이 천천히 흘러간다.

어제저녁, 곤도 신이치를 만났다. 평일 밤에 만나기는 어제가 세 번째였다. 6시에 만나 곧바로 호텔에 갔고, 같이 저녁을 먹자는데 거절하고 집에 들어왔다. 미즈누마는 8시가 지나야 들어오기 때문에 8시까지 집에 돌아와 있으면 아무 문제가 없다.

─아직 보내고 싶지 않아.

곤도는 타오르는 듯한 눈빛으로 그렇게 말했지만─그리고 그 말은 도우코의 온몸을 행복으로 적셨지만─도우코는 살며시 웃으며 그래도 가야 한다는 말만 되풀이했다. 곁에 더 있어달라고 애걸하는데도 가려 하는 것까지가 모두 도우코에게는 감미로운 정사였다.

물론 도우코 역시 더 오래 함께 있고 싶었다.

도우코는 관심 없는 요리 페이지는 그냥 넘기고 인테리어 페이지로 눈길을 옮기며 생각한다. 가령 그 후 곤도의 그 거친 정열에 몸을 맡기고, 식사를 함께하며 술을 마시고 얘기를 나누었다면 무척이나 즐거웠으리라. 독신 시절처럼. 한 사람 한 사람으로 따로 살면서 무수한 사연을 지닌 남녀처럼. 뭘 좋아하고 뭘 싫어하고, 어떤 어린 시절을 보냈는지, 주위에는 어떤 사람들이 있는지.

하지만, 그건 너무 멀리 가는 것이다.

도우코는 잡지를 덮고 자신의 팔에 볼을 올려놓고 눈을 감는다.

너무 멀리 가면 돌아올 수 없다. 이 편안하고 기분 좋은 거실로. 미즈누마와의 생활로. 무엇보다 자신은 옛날부터 여행을 그리 좋아하는 성격이 아니다.

거기까지 생각하고서 도우코는 벌떡 일어났다. 놀라서 덩달아 몸을 일으킨 검둥이를 쓰다듬어주면서 조금 더 자, 하고 속삭이고는 빨래를 꺼내러 다용도실로 갔다. 막 건조가 끝난 따끈따끈한─실제로는 뜨겁다고 해도 좋을 정도다. 한 아름 껴안으면 깨끗한 냄새가 난다─옷가지를 개키고 정리하는 일을 도우코는 무척 좋아한다. 시계는 오후 3시를 가리키고 있다.

"날씨가 참 좋다."

느긋한 목소리로 에리가 말했다. 츠치야는 이 아름다운 여자 친구의 블랙 진에 싸인 늘씬하고 긴 다리를 바라보았다.

"얼마 만인지 모르겠네, 요코하마."

오늘 에리는 기분이 좋아 보인다. 아직 군데군데 공사를 하는 탓인지 새로운 만안 지역에는 사람이 드문드문하고, 낚시꾼이 콘크리트 제방에서 낚싯줄을 드리우고 있는 한가로운 풍경이었다.

"어머, 저기 좀 봐요."

에리가 손가락으로 가리킨 곳에 조그만 부전나비가 날고 있었다. 츠치야는 담배를 꺼내 물고 불을 붙였다. 연기를 깊이 빨아들였다가 내뿜으며 중얼거렸다.

"좋다. 에리와 같이 있는 게 제일 좋아."

에리는 후후후, 하고 웃었다.

카페는 파란 벽에 빨간 차양이 있는 밝은 가게였다. 실내 인테리어도 파랑과 빨강으로 통일되어 있었다. 츠치야와 에리는 테라스 자리에 앉아, 맥주와 페리에를 주문했다. 안에는 가족끼리 온 손님이 한 테이블을 차지하고 있고, 양복 차림의 남자가 한 명 있을 뿐이었다.

"참 조용하네."

에리가 말했다.

"이렇게 있다 보면 세상이 정말 평화로운 것 같은데, 그래도 갖가지 일이 많겠죠?"

"응, 그렇겠지."

츠치야는 진심으로 동의했다. 에리에게는 말할 수 없지만, 자신의 주변에도 지금 갖가지 일이 벌어지고 있다고 생각한다.

"전쟁도 있고."

에리의 말에 츠치야는 피식 웃었다.

"전쟁?"

에리의 사고는 때로 츠치야의 상상력을 넘어선 방향으로 튄다.

"그래요. 지구 여기저기에서 실제로 지금도 전쟁이 벌어지고 있잖아요."

츠치야는 문득 아직 점심을 먹지 않았다는 생각이 나서, 마실 것을 들고 온 종업원에게 샌드위치와 어니언 링을 주문했다.

잔을 맞부딪치고, 시원한 맥주를 마신다. 화창한 날, 밖에서 마시는 맥주는 정말 맛있다고 생각하면서.

"츠치야 씨."

에리가 이름을 불러 고개를 돌리자, 여느 때와 다름없이 천진하고 투명한 눈이 자신을 쳐다보고 있었다.

"아기가 있어요."

놀라기 전에, 무슨 소리인지 알 수 없었다.

"뭐?"

에리는 환하게 미소 지으며 "거품." 이라 말하고는 츠치야의 윗입술을 가녀린 손가락으로 닦아주었다.

츠치야는 자기도 모르게 에리의 납작한 복부로 눈길을 떨어뜨렸다. 그때까지도 여전히 이해할 수 없는 기분이었다.

"아기?"

그 말이 자신의 목소리에 전혀 어울리지 않게 들렸다.

"미안해요."

에리는 아주 솔직하게 사과했다.

"의도적으로 그런 거예요."

또 말뜻을 이해하는 데 시간이 걸렸다.

"의도적이랄까, 아무튼 츠치야 씬 아무 잘못 없다는 뜻이에요."

에리는 자초지종을 설명했다.

"아이를 갖고 싶었어요. 미안해요."

믿을 수 없었다. 그래서 츠치야는 그렇게 중얼거렸다. 믿을 수 없다, 고.

그 순간, 에리는 꽃망울이 터지듯 밝게 웃었다.

"그렇죠?"

그러고는 행복한 듯 하늘을 우러렀다.

"나도 믿을 수가 없는걸요. 믿을 수 없지만, 사실이에요."

그날, 츠치야는 종업원이 가져온 샌드위치를 고스란히 남겼다.

오후 3시, 홍차와 쉐 루이의 쿠키가 준비된 자리에서 사쿠라코는 꽃다발을 받았다. 꽃다발과 쿠키는 레이코가 마련한 것이었다. '너무 요란하지 않게'란 주문을 달아 에미코에게 부탁했다. 네리네라는, 이름은 낯설지만 비교적 흔히 볼 수 있는 짙은 분홍색의 백합을 닮은 조그만 꽃—에미코는 수선화과科라고 했는데—을 중심으로 한 꽃다발이 아담하고 귀여워 젊은 사쿠라코에게 정말 잘 어울린다고 레이코는 생각한다. 1년이란 짧은 기간이었지만, 활달하고 빈틈없이 일하는 사쿠라코가 레이코는 좋았다.

"신세 많이 졌어요."

사쿠라코는 모두 앞에서 인사했다.

"공부도 많이 했고요."

그러고는 공손하게 고개를 숙였다.

"그래도 앞으로 2시간이나 남았으니, 무슨 일이든 시키세요."

그런 말도 했다.

"고지마 씨, 오늘 밤 시간 괜찮으면 저녁이라도 같이 먹을까?"

자리로 돌아온 사쿠라코에게 레이코가 물었다.

"근처에 맛있는 일식집이 있는데."

그런데 사쿠라코는 몹시 미안하다는 듯이 이렇게 대답했다.

"신경 써주시는데, 정말 죄송해요. 선약이 있어서요."

"괜찮아. 다른 날 가지 뭐. 아직 당분간은 일본에 있을 거지? 그럼 언제든 만날 수 있잖아."

그렇게 말하고 레이코는 일어섰다.

"나가봐야겠네."

약속 시간이 머지않았다.

"다녀오세요."

사쿠라코는 방실거리며 레이코를 배웅하고는 오늘 밤에 하기로 한 일—츠치야의 작업실에 찾아갈 생각이다—에 관해 이리저리 생각한다. 앞으로 2시간이면 자유의 몸이다.

에리의 설명은 명쾌했다.

그 한 시간 동안 츠치야가 알게 된 것은, 에리가 지금 임신 12주째이며 모든 것이 순조롭다는 것, 그리고 어이없게도 에리의 임신은 피임에 실패해서가 아니라 에리 자신의 의지와 계획에 따른 것일 뿐만 아니라 지금의 사태를 엄마와 외할머니에게 이미 보고했다는 것이었다.

"물론 두 사람도 많이 놀랐죠."

에리는 신이 난 말투였다.

"하지만 우리 집, 대대로 편모 가정이었으니까."

내력이 그런 집안이 있는지 어떤지는 모르겠지만, 츠치야는 아무튼 마음을 가라앉히려고 담배를 물었다가, 임신한 여자 앞이라는 것을 새삼 깨닫고는 담배를 천천히 테이블에 내려놓았다.

"피워요."

에리는 소리 없이 웃으며 말했다.

"내가 안 피우면 괜찮으니까. 실내도 아니고."

그러고 보니 오늘 에리는 담배를 한 개비도 피우지 않았다.

"고마워."

츠치야는 반사적으로 그렇게 말하고는 담배를 집어 불을 붙였다. 그리고 '고마워'란 말이 좀 이상하지 않나, 하고 생각했다.

"츠치야 씨."

충격을 받은 나머지 거의 사고가 정지된 상태인 츠치야의 귀에, 그래도 에리의 목소리는 부드럽게 들린다. 츠치야는 이 여자의 이 목소리에 반했었다, 고 어째서인가 과거형으로 생각했다.

"난감해요?"

걱정스럽게 묻는 말에 츠치야는 대답할 말이 궁했지만, 츠치야가 뭐라 대답하기에 앞서 에리 자신이 대답했다.

"난감하겠죠."

그러고는 다시 한 번 순순히 "미안해요."라고 말하고는 입을 다물었다.

지난 며칠 동안 다마키 소우코는 몹시 불안한 시간을 보냈다. 평소 고민에 익숙하지 않다고 스스로를 분석하는 소우코는 그 시간이 몹시 고통스럽고 답답하고 짜증스러웠다기보다 그저 어쩌면 좋을지를 몰랐다.

원인은 분명했다. 부모와 언니 도우코, 신뢰하는 친구이며 선배인 마리에에게도 아무 말 하지 않았고 할 생각도 없었다. 적어도 지금은.

오후 3시. 소우코는 회사를 조퇴하고 지하철을 탔다. 소우코의 회사가 있는 오모테산도에서 오테마치까지는 15분도 채 걸리지 않는다. 후지오카의 회사는 오테마치에 있다.

유리창 속 어둠에 비친 자신의 얼굴을 물끄러미 바라보면서 소우코는 나흘 전 밤을 떠올렸다.

장소는 긴자였다. 유서 깊은 생선 초밥집의 카운터 자리에서 식사를 한 후, 후지오카는 당당한 목소리로 말했다.

—앞으로는 결혼을 전제로 만나주십시오.

그리고 이어 물었다.

—만날 수 있습니까?

예상하고 있었던 일이었다. 맞선이란 형태로 만난 지 반년 만에 나온 후지오카의 말은 오히려 자연스러운 흐름일 것이다. 그런데, 그럼에도, 소우코는 기습을 당한 듯한 기분이 들었다.

후지오카를 만나면 즐거웠다. 편하고 안심할 수 있었다.

스스로도 앞뒤가 맞지 않는 일이라고 생각하지만, 절반은 예상하고 절반은 기대했던 청혼에 소우코는 몹시 동요했을 뿐만 아니라 부당한 제안을 받은 듯한 기분마저 들었다. 안심하고 있었는데. 생선 초밥도 맛있었는데.

후지오카는 진지한 얼굴이었다. 거침없이 똑바로 쳐다보는 시선에, 소우코가 한 말은,

—가야겠어요.

후지오카는 그런 소우코를 막지 않았다.

─아, 잠깐만 기다려요.

그렇게 말하고는 계산을 치르고 집까지 데려다 주겠노라고 했다. 소우코는 아직 전철도 다니니까 혼자서 가겠다고 고집을 부려 결국 혼자 돌아왔는데, 그 후 혼란과 당혹감에 빠져 잠 못 드는 나날이 계속되었다.

어느 쪽이든 남의 일처럼 멀었다. 그러나 한편으로는 선명하게 상상할 수 있었다. 청혼을 받아들이면 후지오카 소우코가 되는 것이고 거절하면 지금 이대로다. 지금 이대로. 그리고 후지오카와는 두 번 다시 만나지 않게 될 것이다.

오테마치에 도착했을 때, 시계는 3시 7분을 가리키고 있었다. 후지오카 회사의 간판은 노란 바탕에 번쩍거리는─물론 글자의 크기는 다른 곳과 크게 다르지 않은데 소우코에게는 그렇게 여겨질 만큼 존재감이 있었다─글자가 새겨져 있었다.

츠치야의 차에 올라탔을 때, 에리는 이미 명랑함을 되찾은 상태였다.

"아 참, 사진 볼래요?"

두꺼비 입처럼 생긴, 원래는 외할머니 것이었다는 비즈 백에서 에리가 꺼낸 것은 태아의 초음파 사진이었다.

그것을 보고서도 츠치야는 아무런 느낌도 일지 않았다.

"고마워."

사진을 돌려주고, 시동을 걸고 안전벨트를 맨다.

"다행히 우리 집에는 육아 전문가들이 있으니까."

다른 뜻은 없는 목소리였다. 하지만 츠치야는 아직도 이 사태를 믿을 수가 없었다.

"그래서, 낳을 생각인가?"

에리는 눈을 동그랗게 떴다.

"츠치야 씨, 내 말 안 들었어요?"

"아니, 들었지. 물론 들었어."

달리 뭐라고 말하면 좋을까.

"걱정 마요. 아빠 노릇 해달라는 소리는 안 할 테니까."

에리는 그렇게 말하고는,

"하기야 이미 아빠지만."

이라고 중얼중얼 덧붙이며 키득 웃었다.

"경제적인 걸 바라지도 않아요. 변한 건 하나도 없어요, 정말."

여전히 츠치야는 아무 말이 없었다.

"내가 내 멋대로 한 일인걸, 뭐. 각오는 하고 있어요."

그렇게 말하는 에리는 오늘따라 냉정하고, 그 옆얼굴에서는 아무런 표정도 읽을 수 없었다.

"각오?"

"비파나무는 포기했다는 뜻이에요."

츠치야는 마음속으로 한숨을 쉬었다. 에리는 매력적인 여자지만 때로 이해할 수 없는 말을 한다.

남자란 참 불편한 것이 많은 존재다.

검둥이를 산책시키면서 저녁 찬거리를 사 온 후, 해가 기울기 시작한 거실에서 검둥이 털을 빗겨주면서 도우코는 그런 생각을 했다.

곤도와 낮에 만날 수 있다면 문제는 없다.

─보내고 싶지 않습니다.

그렇게 말하며 도우코를 꼭 껴안는 곤도의 진지한 눈길과 정열을 억누른 목소리.

낮에 만나면 시간도 넉넉할 텐데, 곤도나 미즈누마나 낮에는 회사란 것에 묶여 있다. 정말 불편할 것 같다. 그리고 안쓰럽다.

창밖의 하늘은 아직 파랗고 구름이 싱싱 흘러가고 있다. 이런 낮에 자유를 박탈당한 상태로 있다니.

"자, 끝."

도우코는 검둥이의 조그맣고 동그란 머리에 키스를 하면서 말하고는 일어나 앞치마에 묻은 털을 떨어냈다. 그리고 여기저기 날리는 털과 함께 펼쳐놓은 신문지를 둘둘 말아 쓰레기통에 버렸다.

그런데, 야마기시와는 낮에도 만날 수 있었다. 서로가 일을 갖고 있었지만 그때는 그래서 오히려 편리했다. 낮에 동물 병원의 문과 창문을 꼭꼭 닫고서 허겁지겁 사랑을 나눈 일도 있었다.

오디오에서는 오늘도 케니 지가 흐르고 있다. 먼 기억이 떠올라 도우코는 혼자서 피식 웃었다. 케니 지는 자신의 마음속 어딘가를 적신다고 생각하면서.

봄날의 저녁은 왠지 따분하다.

낮의 자유를 만끽할 수 있는 자신의 그 자유란 과연 무엇일까, 하고 생각하면 끝내는 뭐가 뭔지 알 수 없어진다. 그런데도 결국 여기에 이렇게 있는 것이 성격에 맞는 일이라고, 자연스럽게 수긍하게 된다.

밖으로 뛰쳐나갔다가 미즈누마를 잃으면 후회할 것이라고 생각한다.

"이리 와봐."

손으로 무릎을 탁탁 가볍게 두드리면서 검둥이를 불렀다. 검둥이는 껴안으면 동물용 샴푸 냄새가 난다.

"넌 참 바보다. 껴안아만 줘도 이렇게 좋아하니."

밖으로 나가도 결국은 마찬가지라고 생각한다. 미즈누마를 잃든 잃지 않든.

"여기는 이렇게 평화로운데 말이지."

도우코는 무릎 위에 앉은 검둥이를 거푸 쓰다듬으며 말을 걸었다.

"아유, 착해라."

아까 슈퍼마켓에서 대합을 샀다. 대합국은 미즈누마가 좋아하는 반찬 중 하나다.

그때 현관 벨이 울려 도우코는 눈살을 찌푸렸다. 막 잠이 들어 새근거리던 검둥이가 움찔 놀라 귀를 쫑긋 세웠기 때문이다. 신문 대금을 받으러 왔는지도 모르겠다고 생각했다.

그런데 문을 열었더니, 소우코가 서 있었다.

"나, 결혼할 거야. 지금 대답하고 왔어."

소우코는 현관에 들어서지도 않고 그렇게 말했다.

"뭐?"

되묻는 도우코에게 대꾸도 하지 않고 소우코는 후, 하고 숨을 토해냈다.

"아, 얼마나 긴장했던지. 검둥아!"

그러고는 목소리를 알아듣고 달려 나온 검둥이를 두 손으로 어루만지면서 타닥타닥, 소란스럽게 안으로 들어간다.

"홍차 좀 끓여줘. 목말라죽겠어. 오렌지 티면 더 좋고."

해달라는 대로 물을 끓이러 부엌으로 들어갔다. 은색 볼의 찰랑거리는 물속에 대합 네 개가 소리 없이 가라앉아 있었다.

제24장

에너지

낳지 말라는 말을 과연 할 수 있을까. 일터로 사용하는 아파트 주차장에 차를 세우면서 츠치야는 생각한다. 내게 필요한 것은 에리지 아이가 아니라는 것을 어떻게 에리에게 이해시킬 수 있을까. 아무리 육아 전문가가 옆에 있다 해도 미혼의 몸으로 아이를 키우는 것은 보통 일이 아니다. 에리는 겨우 스물네 살이다. 일부러 고생을 짊어지는 것은 어리석은 일이다.

츠치야는 담배를 꺼내 물고 불을 붙였다. 앞 유리 너머로 엷은 파랑의 저녁 하늘이 보인다.

바닷가 카페에서 믿지 못할 고백을 들은 후, 소속된 모델 에이전트에 볼일이 있다는 에리를 사무실까지 데려다 주었다. 차에서 내리면서 에리는 츠치야의 볼에 얼른 입을 맞추고는 "놀라게 해서 미안해요."라고 말했다. 그리고 "정말 좋아해요."라는 말도. 도저히 아이를 가진 여자 같지 않은 가벼움으로 도로에 내려선 에리는 아이에 대해 츠치야의 의견 따위는 전혀 들을 필요를 못 느끼는 것 같았다.

톡톡, 창문을 두드리는 소리가 들려 밖을 보니 사쿠라코가 서 있었다. 입의 움직임이 "안녕하세요."라고 말하고 있었다. 츠치야는 운전대에 머리를 처박고 머리칼이라도 쥐어뜯고 싶은 심정이었다.

"웬일이지?"

하지만 대신 문을 열고 그렇게 물었다. 최대한 놀란 목소리로 말하려 했는데, 마음대로 되지 않았다. 연기를 할 기력도 없는 것이다.

"오랜만이네요."

사쿠라코는 고개를 까딱 숙였다. 짧은 치마를 입고 있다.

각선미가 나쁘지는 않다.

이런 상황에 그런 생각을 하는 자신을 한심하게 여기면서 츠치야는 담배를 발로 비벼 껐다.

"오늘 아르바이트를 끝냈어요."

사쿠라코는 그런 말을 했다. 마치 그 일이 츠치야에게 큰 의미라도 있다는 듯이.

"아, 그래. 수고가 많았군."

츠치야는 그렇게 말하고, 떨떠름한 표정으로 하늘을 보았다. 주택가 특유의 조용함이 사방을 감싸고 있다.

"그 말뿐인가요?"

웃음기 없이 묻는 말에, 움찔했다.

"그 말뿐이냐니?"

"츠치야 씨, 전화도 받지 않았잖아요."

대답할 말이 없어 그냥 서 있기만 하자, 사쿠라코는 굳은 표정으로 말을 이었다.

"문에다 메모를 남겨놓았는데도 아무 연락이 없고……."

"그건."

그건 그런 뜻이야, 내 입장도 생각해줘야지. 튀어나오려는 말을
간신히 눌러 삼켰다.

"그건?"

"그건, 아, 미안하게 됐어."

가슴 주머니에서 담배를 꺼내 입에 물었다.

"지금 막 피우고 버렸잖아요."

사쿠라코의 그 말에 순간적으로 입에서 담배를 뗐다가 다시
물고는 불을 붙였다. 내 마음이지, 하고 속으로 중얼거린다.

"패밀리 레스토랑에 갈까요?"

"뭐라고?"

"어차피 방으로 데리고 들어가지는 않을 테니까."

사쿠라코는 그런 말을 뱉고는 앞서 걷기 시작했다.

커피에서 끓다 못해 졸아붙은 냄새가 났다. 사쿠라코는 긴장한
표정으로 츠치야를 쳐다보고 있다. 테이블에 놓인 레몬 티와 치즈
케이크에는 손도 대지 않았다.

"먹지 그래?"

츠치야는 할 수 없이 그렇게 말했다.

"잘 먹겠습니다."

단 한 번이었다. 그 단 한 번의 일을 이 여자는 대체 언제까지 기억할 셈인가.

"그 일 말인데."

츠치야는 뜻을 굳히고 말했다.

"그 일은 그때 한 번으로 끝난 거야. 그러니까, 그 이상의 의미는 없다고 할까."

"네?"

사쿠라코는 무슨 소리인지 몰라 어리둥절하다는 투였다.

"그 일이라뇨?"

괜히 시치미를 떼는 것이 아니라 정말 모르는 듯했다.

"아니."

츠치야도 어떻게 수습하면 좋을지 몰라 갈팡질팡했다. 사쿠라코가 희미하게 웃은 것 같은 느낌이 들었는데, 어쩌면 넘겨짚은 것인지도 모르겠다.

"알아요."

단호하게 사쿠라코가 말했다.

"츠치야 씨, 뭘 그렇게 신경을 쓰죠? 괜찮아요, 그 일로 츠치야 씨를 곤란하게 하지는 않을 테니까요."

그리고 잠시 주저하다가, 이렇게 덧붙였다.

"처녀였다고 해서, 무서워할 것도 없고요."

츠치야는 그야말로 열세였다. 어째서일까. 어째서, 이 여자에게는 이렇게 휘둘리는 것일까. 씁쓸한 기분을 어쩌지 못한 츠치야는 또 담배로 손을 뻗었다가, 그것이 열세의 증거인 듯해서 담배 대신 물을 마셨다.

미즈누마가 회사에서 돌아와 보니 집에 아무도 없었다. 문을 여는 소리를 들어서인지, 냄새를 맡아서인지, 아니면 슬리퍼를 신고 걷는 소리 때문인지, 아무튼 어떤 이유로 돌아온 사람이 미즈누마라는 것을 안 검둥이 도우코가 밖에서 돌아올 때처럼 꼬리를 흔들며 달려 나오지는 않았다. 거실에 누운 채 예의상 고개만 들어 보였을 뿐이다.

'잠시 소우코와 나갔다 올게요.'

그렇게 쓰여 있는 메모를 보고서 미즈누마는 눈살을 찌푸렸다. 부엌 전등을 켜보니, 커다란 볼에 물과 대합 네 개가 담겨 있었다.

결혼한 지 5년. 도우코에게 이렇다 할 불만은 없지만, 돌아왔을 때 집이 텅 비어 있으면 기분이 좋지 않다.

오늘 어쩌다 일찍 돌아온 레이코는 오래전부터 하려고 마음먹었던 신발장 청소를 했다. 그리고 호텔 오쿠라의 인스턴트 토마토 수프에 잘게 썬 채소와 해동한 밥을 넣어 즉석 리소토를 만들어 먹었다. 포도주를 한 잔 마실까 싶었지만 혼자 마시려니 궁상스러워 그만두었다. 츠치야와 마주 앉아 식사를 한 것이 언제였더라, 하고 생각한다.

결혼한 지 7년. 부부 싸움다운 싸움 한번 안 하고 지내왔지만 그건 대화다운 대화를 나눈 적이 없으니 어쩌면 당연한 일이다. 지금 이 순간, 츠치야가 어디서 뭘 하고 있는지 레이코는 전혀 모른다. 부부가 늘 함께 있어야 하는 것은 아니라고 생각해보지만, 제 손으로 만든 리소토를 혼자 먹자니 서글프고, 츠치야가 자신을 필요로 하지 않는다는 것도 고통스러웠다.

그렇다면 나는, 나는 그 사람을 필요로 할까.

그런 생각을 하자 스산한 절망이 가슴을 스쳐, 레이코는 더 이상 아무 생각도 할 수 없었다.

"그래서, 그 사람 어디가 그렇게 좋은데?"

그렇게 물은 쪽은 도우코가 아니라 소우코였다. 지하에 있는 아담한 와인 바 '시노와'에서 자매는 백포도주에 생선회를 먹고서, 허브 오므라이스와 파파야를 먹은 후, 적포도주를 마시는 참이었다.

"글쎄, 어디가 좋을까. 아무튼, 나를 꼭 껴안아줘."

고개를 옆으로 기울이고 대답하는 도우코의 어깨 아래로 내려오는 부드러운 머리칼을 바라보면서 소우코는, 자매인데 머리칼은 전혀 다르네, 하고 생각했다.

"그리고?"

소우코는 야마기시와 헤어지면서까지 결혼한 미즈누마가 있는데 또 다른 남자를 사귀는 언니의 태도를 이해할 수 없었다. 소우코는 야마기시만을 생각해왔다. 다른 남자를 좋아해보려 했지만 그럴 수 없었다.

"그걸로 충분해."

미소를 띠고 대답한 도우코의 눈가가 이미 발그레하게 물들어 있었다.

"그렇게 꼭 껴안아주면, 그걸로 충분하지 뭐."

소우코는 기가 막힌다는 표정을 지었다.

"언니, 지금 몇 잔째지?"

"백포도주 한 잔에 적포도주 두 잔."

"참 경제적이다."

이 사람은, 술은 내 주량의 절반에도 못 미쳐 취해버린다고 생각한다. 남자는 내가 사귄 남자의 세 배 정도—내가 아는 것만 해도—는 사귀었으면서.

"그런데 기분이 참 묘하다."

올리브 한 개를 집으며 도우코가 말했다.

"네가 결혼을 하다니."

소우코는 그 말에는 대꾸하지 않고 카운터 너머로 포도주를 더 주문했다.

─지난번에는 갑자기 가버려서 미안했어요.

후지오카는 회사에 있었다. 소우코가 그렇게 사과하자 벙긋 웃으며 말했다.

―아닙니다. 괜찮아요.

―너무 놀라서.

―압니다.

후지오카가 뭘 안다는 것인지는 모르겠지만, 그래도 그 너그러운 목소리로 안다고 말해주니 안심이 되었다.

―그러니까, 그때 그 말은, 청혼을 한 거죠?

소우코가 묻자, 후지오카는 침착한 얼굴로 대답했다.

―그렇습니다.

―아, 다행이다. 저, 좀, 다시 확인하고 싶어서.

긴장한 나머지, 말이 이상해졌다고 생각한다.

―그래서, 그 대답을 하고 싶은데.

받아들일게요, 라고 말한 후 잠시 틈이 생겼다.

―그런가요.

후지오카는 천천히 소우코의 손을 잡고는 다시 말했다.

―야, 이거 다행입니다.

기뻐하는 표정이었다, 고 소우코는 그 장면을 떠올리며 생각한다. 자신의 말에 그렇게 기뻐하는 남자가 있을 줄은 몰랐다.

"우리 소우코가 결혼을 다 하고."

도우코는 감격스럽다는 말투였다.

"정말 잘됐어. 너무 기쁘다."

"기뻐? 왜?"

소우코는 초록과 검정 올리브를 집어, 두 개를 한꺼번에 입에 넣었다.

"왜는, 결혼은 좋은 거니까 그렇지."

아 참, 형부에게 전화해야지, 하면서 비틀비틀 일어서는 언니를 보면서 소우코는 난 역시 이 사람을 잘 모르겠어, 하고 생각한다.

"소우코, 전화 카드 좀 빌려줘."

"아유, 정말."

소우코는 가죽 숄더백에서 지갑을 꺼내 카드를 건넸다.

"그런데, 너는 그 사람의 어디가 좋은데?"

도우코가 물었다.

"음, 에너지가 있다는 거."

도우코는 무슨 소리인지 모르겠다는 표정이었다.

사쿠라코를 다카다노바바에 있는 아파트에 데려다 주고 작업실로 돌아와 2시간쯤 일을 했다. 일이라고 해봐야 현상한 사진을 선별하는 정도라서, 츠치야는 캔 맥주를 마시면서 거의 기계적으로 해치웠다. 츠치야의 인생이 점점 감당할 수 없는 방향으로 흘러가고 있었다.

―아기가 있어.

행복에 찬 흐뭇한 얼굴로 그렇게 말한 에리를 떠올린다. 도저히 믿을 수 없는 일이었다.

상당히 늦은 시간에 집에 들어갔는데, 레이코는 아직도 자지 않고 있었다. 심야 영화를 보는 모양이었다.

"어서 와요."

레이코는 미소 지으며 반갑게 말했다.

"밥은?"

듣고 보니 배가 고팠다. 오후에 어니언 링과 샌드위치를 고스란히 남긴 후, 아무것도 먹지 않았다. 하지만 식욕보다 피로감이 백배는 컸다.

"됐어, 괜찮아."

츠치야는 얼른 침대에 묻히고 싶었다.

"목욕이라도 하지 그래?"

변함없이 미소 띤 얼굴로 그렇게 말하는 레이코의 목소리에 츠치야는 오랜만에 이런 생각을 했다. 레이코의 한결같은 차분함이 그나마 늘 구원, 이라고.

"나중에 하지 뭐."

그러고는 이내 침실로 들어갔다.

레이코는 소리라도 지르며 울고 싶은 심정이었다. 츠치야는 이집을 하숙집으로 여기고 있다. 텔레비전에서는 잭 니콜슨이 "나는 공산주의자도 그 추종자도 아니다."라고 고함을 지르고 있었다.

말이 유학 준비지 고지마 사쿠라코는 아무것도 하지 않고 있다. 영어 회화 학원에 등록은 했지만 아직 한 번도 가지 않았다. 그럴 여유가 없었다. 츠치야 다모츠를 미행하는 것만으로도 벅찼다. 보통 회사원들과 달라 출퇴근 시간이 없는 데다 촬영 장소를 모르니까 기다릴 수도 없었다. 전화는 걸어도 받지 않고, 메시지를 남겨도 아무 연락이 없었다.

결국 집이나 그 너저분한 작업실 앞에서 스토커같이 잠복하는 방법밖에 없다. 참 손이 많이 가는 남자로군, 하고 사쿠라코는 생각한다. 한번은 진짜 스토커처럼 택시를 타고 미행한 적이 있다. 그날 츠치야는 도쿄 도내에 있는 스튜디오에서 5시간이나 일했다.

또 다른 날 오전에는 레이코가 출근하는 것을 확인하고서 벨을 눌렀지만, 츠치야는 만나주지 않았다. 인터폰에다 대고 쥐어짜는 목소리로 "이제 그만 좀 하지."라고 말했을 뿐이다.

사쿠라코는 남몰래 비밀스럽게 하는 것은 싫었다. 다만 너무 당당하게 밀고 나가면 츠치야가 곤란해질 것 같아 남모르게 하고 있는데, 그런 줄은 까맣게 모르니 어이가 없다.

"레이코가 파티를 해주겠대."

미즈누마가 운전하는 차의 조수석에 검둥이를 무릎에 올려놓고 앉아 도우코는 말했다.

"소우코의 약혼 기념으로."

"후지오카 씨도 온대?"

만난 적도 없는 남자를 친근하게 이름으로 지칭하며 미즈누마가 물었다.

"그럼."

도우코 역시 사정은 마찬가지였다. 오랜만에 둘이 포도주를 마신 4월의 그 밤 이후로, 소우코가 툭하면 전화를 걸어 '후지오카 씨 얘기'—물론 그대로 미즈누마에게 전하기 때문에 미즈누마도 잘 알고 있다—를 하는 덕분에 만난 적 없는 그 '후지오카 씨'가 도우코에게도 이미 친근하고 흥미로운 존재였다.

"기대되는걸."

미즈누마는 그렇게 말하고는 옛 야마테 거리에 차를 세웠다.

카페 아르티파고스artifagose는 테라스가 넓어서 여럿이 함께 가도 괜찮은 곳이라 도우코가 좋아하는 장소였다. 토요일이나 일요일, 미즈누마와 도우코는 이곳에서 가끔 점심을 먹는다. 기본적으로는 빵집이지만 홍차의 종류가 다양해서 미즈누마도 마음에 들어하는 가게다.

"날씨가 참 좋다."

의자에 앉아 발치에 자리를 잡은 검둥이를 쓰다듬으면서 도우코는 중얼거렸다.

5월은 아름다운 계절이다.

아야는 창밖을 내다보면서 그렇게 생각했다. 옆에서는 유이치가 게임을 하고 있다. 아야가 사다 준 영어 단어 게임이다. 신이치는 여느 때와 다름없이 거실에 떡 하니 누워 낮잠을 자고 있다.

저 남자는 어쩌면 저렇게 잠만 자는 것일까.

약간의 불면증이 있는 아야는 답답한 기분으로 신이치를 바라본다. 조금 전에 일어나 아침을 겸한 점심을 막 먹었는데 또 저렇게 코를 골고 있는 거구의 남자를 어쩌다 좋아하게 되었는지, 지금은 기억조차 나지 않는다.

"펜슬이 색연필이야?"

유이치가 물어 아야는 "연필." 이라고 대답한다. 텔레비전 화면에도 '연필' 이라고 쓰여 있었다.

"그래도 색연필이야?"

유이치가 또 그런다.

물론 도박을 하는 것도 아니고 바람을 피우는 것도 아니고 병치레를 자주 하는 것도 아니니까 그런대로 좋은 남편이라고는 생각한다. 대기업에 다니고, 집을 샀고, 아들도 있고.

"그래도 색연필이지?"

끈질기게 물어, 화면을 다시 보니 그림은 색연필이었다.

"그러네. 색연필이네. 하지만 펜슬은 연필이야."

무슨 생각을 하고 있었지. 아, 맞다, 신이치, 물론 신이치에게도 좋은 점은 있다는 생각을 하고 있었다. 유이치가 혹을 달고 들어왔을 때는 정말 힘이 되었다. 그리고 부동산 업자와 옥신각신할 때도.

"그래도 색연필이야."

바보처럼 같은 말을 되풀이하는 아들의 목소리를 들으면서 아야는 상자 속에 들어 있었던 앙케트 엽서에 아이들을 혼란스럽게 하는 오류를 지적해서 보내야겠다고 생각한다. 아이들에게는 그렇게 사소한 일이 배움의 걸림돌이 되니까 말이다.

예정된 스케줄을 취소하는 것은 간단한 일이었다. 사장은 몹시 언짢아하면서 투덜거림의 도를 넘어 자칫 성희롱으로 여겨질 수 있는 말까지 했다. 그런데도 에리는 웃음으로 받아넘겼다.

왜 그렇게 화를 낼까. 대신할 모델은 얼마든지 있는데.

에리는 자신이 개성으로 평가받는 모델이 아니라는 것쯤은 알고 있었다. 이름 있는 모델도 아니고, 앞으로 그렇게 될 가능성이 없다는 것도.

하지만 상관없었다. 이 일을 좋아하고, 괜한 허세만 부리지 않는다면 1년 후에도 일거리는 있다는 것을 알고 있었다.

낮에 지하철을 바꿔 타고 약속 장소에 5분 늦게 도착했다. 개찰구 밖에 서 있는 츠치야의 얼굴을 보는 순간, 조금 전 사장과 나누었던 불쾌한 대화는 다 잊고 말았다.

"미안해요, 늦어서."

정말 행복하다, 고 생각하면서 에리는 말했다.

제25장
썰물

어제저녁 늦게부터 내리기 시작한 비가 오늘 아침에도 그치지 않고 오후가 된 지금도 계속 내리고 있다. 추적추적, 일정한 리듬으로 끝없이. 레이코는 오전에는 청소를 하고 시장을 보러 다녀왔다. 그리고 오후 내내 부엌에서 시간을 보내고 있다.

츠치야는 어제도 들어오지 않았다. 게다가 아까 전화를 걸어, 오늘 밤도 들어갈 수 있을지 잘 모르겠노라고 했다.

—하지만 오늘은 소우코의······.

—알아. 최대한 가도록 노력할게.

레이코의 말을 도중에 끊고 그렇게 말하는 츠치야의 목소리에는 그 어떤 감정도 담겨 있지 않았다.

—와, 멋지다. 축하 파티를 열어야지. 언제가 좋을까? 소우코에게 시간 물어봐. 물론 약혼자의 사정도.

친구의 동생이 결혼한다는 소식을 듣고 그렇게 제안한 것은 물론 레이코였다. 하지만 지금의 레이코는 뭐가 멋지고 뭐가 축하할 일인지 잘 모른다. 완자로 만들 다짐육을 동글동글하게 빚으면서 레이코는 암담한 심정에 한숨을 쉬었다. 한숨을 쉬면서도 냉장고

를 열어 맥주가 충분한지 확인했다. 오늘은 베트남 요리를 준비할
생각이다.

　도우코는 이젠 아주 단골이 된 호텔의 한 방에서, 곤도의 뜨거운
피부와 억센 힘에 몸을 맡기고 점점 대담해지는 자신에게 조금은
놀라는 한편 냉정하게 즐기기도 하면서, 이 남자의 이것은 내 몸의
그 공간에 어쩌면 이렇게 잘 맞는 걸까, 신기하고 기쁘게 생각한다.
　섹스가 끝나고 침대에 나란히 누워 있는 동안, 도우코는 황망하
게 현실을 되찾는다. 여기가 어디고 자신이 누구와 무엇을 하는 중
인지. 계절은 언제이고 무슨 요일 몇 시이며 바깥 날씨는 어떤지.
곤도와의 섹스는 늘 짧게 끝나지만, 그런 것들을 완전히 잊을 수 있
었다.
　"가야겠어요."
　헉헉거리던 숨이 잦아들자 여느 때처럼 도우코는 말했다.
　"오늘은 친구 집에서 파티가 있어요."
　일어나 속옷을 입는다. 라 페를라La Perla의 짙은 갈색, 아름다운
레이스 팬티다. 이 팬티가 얼마나 비싼지 미즈누마는 알아도 아마
곤도는 모를 것이다. 도우코는 그 점도 바람직스럽게 여겼다. 남자
는 여자 속옷의 가격 따위 모르는 편이 좋다고 생각한다.
　"파티?"
　곤도는 놀란 듯이 되물었다.

"남편과요?"

도우코는 그렇다고 대답하고 일어나 블라우스와 바지를 입었다.

"우리 집에서는 상상도 못할 일입니다."

곤도도 일어나 옷을 입기 시작했다.

"꼭 가야 하나?"

거실 입구에 서서 야마기시 도모야가 맥 풀린 목소리로 물었다. 혼자서 홍차를 마시던 미치코는 가슴을 들먹이며 크게 한숨을 쉬고는 대답했다.

"꼭 가야 되는 건 아니죠. 가기 싫으면 안 가도 돼요. 내가 간다고 얘기한 것뿐이니까."

"웬일이야?"

야마기시는 어깨를 으쓱하며 말했다.

"모르는 사람들만 모인다면서."

이번에는 미치코가 어깨를 으쓱한다.

"나 소우코 씨가 왠지 좋아요."

그렇게 말하며 희미하게 웃고는, 말을 바꿨다.

"당신도 가주면 좋잖아요. 소우코 씨, 당신이 오길 바랄 텐데."

야마기시는 입을 꾹 다물고, 유리문 밖, 비에 젖은 아내의 자랑 장미를 바라보았다. 불을 켜지 않은 실내가 어두워 미치코와 야마기시 두 사람은 마치 비에 갇혀 있는 기분이었다.

밤이 되어서도 비는 그치지 않았다.

다케다 에리는 음악을 틀어놓은 자신의 방에서 울지 않으려 전
전긍긍했다. 요즘은 자칫 방심하면 슬퍼지면서 눈물이 나온다. 의
사는 엄마의 정신 상태가 태아에게 큰 영향을 미치므로 평온한 마
음으로 지내라고 주의를 주었다.

그야 불안한 일은 태산처럼 많다. 하지만 그렇다는 것은 처음부
터 알고 있었다. 원하는 대로 임신을 했으니 울 일이 아니다. 에리
는 속으로 자신에게 말했다. 엄마와 외할머니가 있다. 걱정할 것
없다.

리사 롭의 귀여운 목소리마저 오늘은 왠지 신경에 거슬린다.

내 멋대로 저지른 일이다. 츠치야는 아무 잘못이 없다. 그렇게 생
각하려 애써보지만, 그래도 츠치야의 태도가 너무 심하다고 생각
하지 않을 수 없다. 츠치야는 만날 때마다 은근히 수술을 암시한다.

―혼자서 키우는 건 절대 무리야.

그런 말도 했다. 하지만 둘이 키울 수는 없으니 어쩔 수 없다.

CD를 퀸으로 바꿨다. 츠치야가 권해서 산 CD다.

츠치야를 너무너무 좋아한다. 다른 남자를 좋아한다는 것은 상
상도 할 수 없는 일이고, 츠치야와 함께한 일은 모두 특별하고 애틋
하다. 하기야 그 점에 관해서 엄마와 외할머니는 '착각'이라고 고
집하지만, 에리는 그렇지 않다는 것을 알고 있다. 에리에게 츠치야
다모츠는 특별한 존재다.

오늘 밤에도 만날 약속을 했다. 틀림없이 또 은연중에 수술을 권할 것이다. 그런 생각을 하자 울고 싶었다. 츠치야 다모츠와 비파나무가 있는 집에서 같이 살 수 있다면 얼마나 좋을까. 그럼 그렇게 좋아하는 남자를 난처하게 만드는 일도 없을 테고, 아이도 얼마든지 낳을 수 있을 텐데.

"I was born to love you with every single beat of my heart."

프레디 머큐리가 그렇게 목청을 돋우고 있다.

고지마 사쿠라코가 도착했을 때, 레이코는 껍질을 벗긴 새우를 두드리고 있었다. 바구니에는 불린 당면이 수북하게 담겨 있고 온 집 안에는 향신료 냄새가 가득하다.

"와, 대단하네요."

이 사람은 뭐가 그리 큰일이라고 이런 일에 이렇게 에너지를 소모하는 것일까, 하고 생각하면서 사쿠라코는 말했다.

"대단하기는, 손쉬운 건데."

레이코는 그렇게 말하고, 두드린 새우에 소금과 후추를 뿌렸다.

"좋아하는 음악 틀어놓고, 그쪽에서 뭐든 먼저 마셔. 아, 미안한데 그 전에 잔하고 냅킨만 테이블에 옮겨줄래?"

시계는 정확하게 6시를 가리키고 있다. 오늘 밤의 초대 손님은 전원 지각, 이라고 사쿠라코는 생각했다.

얇은 쑥색 원피스를 입은 도우코와 베이지 색 셔츠에 검은 바지를 입은 미즈누마는 집 근처에 있는 슈퍼마켓에서 샴페인을 샀다. 그리고 그 옆에 있는 꽃 가게에 잠시 들러 에미코에게 "나중에 봐." 라고 말을 건넸다. 도우코는 낮에 같은 장소에 검둥이를 맡긴 채 호텔에서 남자와 밀회를 즐겼다는 사실을 이미 잊고 있었다. 미즈누마가 들고 있는 우산 아래에 서서, 에미코에게 손을 흔들며 방긋 웃었다. 에미코도 여학생처럼 손을 흔들었다.

레이코의 집까지는 전철을 한 번만 타면 된다. 도우코는 미즈누마와 함께 전철 타는 것을 좋아한다. 평소에는 차를 타고 외출하는 일이 많지만, 가끔 이렇게 같이 전철을 타면 부부답다는 기분이 절로 든다. 도우코가 입는 옷은 대개 미즈누마가 고른 것이라서 두 사람의 옷차림이 균형감 있다. 차창에 비친 부부의 모습이 그런대로 괜찮다. 게다가 함께 나갔다가 함께 돌아올 수 있는 사람은 도우코의 마음에 늘 안심을 선사해준다.

서른을 넘긴 여동생이 드디어 그런 존재를 만났다. 도우코는 새삼 감격스러웠다.

레이코의 집 앞 언덕길을 후지오카와 마리에와 셋이 올라가던 소우코는, 조금 앞에 걸어가는 두 사람이 언니 부부라는 것을 알고는 언니를 불렀다.

"언니!"

둘이 나란히 돌아보았다. 다섯 사람은 길 한가운데에 서서 서로 인사를 나누었다. 후지오카를 언니 부부에게, 언니 부부를 후지오카에게 소개하면서 소우코는 묘한 어색함을 느꼈다. 그것은, 상상했던 것 같은 쑥스러움이나 기쁨이 아닌, 훨씬 소박하고 명백한 위화감이었다. 마치 연극 같다. 소우코의 뇌리에 그런 말이 떠올랐다. 연극 같다. 형부는 갈색 종이봉투 밖으로 주둥이가 보이는 샴페인을 들고 있다. 초대를 받고 선물에 신경을 쓴 후지오카는 백도 상자를 껴안고 있다. 비는 추적추적 내리는데 커다란 짐을 든 채 길거리에 서서 얘기하는 것 자체가 바보스러운 짓이다.

"가요."

소우코는 앞서 성큼성큼 걸어가는데 나머지 네 사람은 움직이지 않는다.

"빨리 가자니까요."

답답하다는 듯한 목소리였지만, 이 상황 전체가 행복하고 흐뭇한 것 또한 사실이었다.

다섯 사람이 도착하자 현관으로 마중 나온 레이코는 갑자기 소우코를 꼭 껴안으며 말했다.

"축하해."

그 장면을 본 도우코는 미즈누마의 팔을 꼭 잡았다. 미즈누마는 화들짝 놀랐지만 여동생을 아끼고 감동도 잘하는 아내가 감격에 겨워 그러는 것이라고 이해했다. 옳았다. 도우코는 자신의 결혼식

날 아침, 누구보다 먼저 교회에 와 축하한다면서 꼭 안아주었던 친구가 지금 또 자신의 여동생에게 같은 말을 전하는 것을 보고는 가슴이 벅차올랐던 것이다.

"아, 맛있는 냄새."

"여전히 깔끔하게 하고 사네."

"레이코 씨네 집은 넓잖아요."

사쿠라코는 한마디씩 하면서 와글와글 들어오는 다섯 사람을 시끄러운 족속이라고 생각하면서도 겉으로는 함박웃음을 지으며 예의 바르게 맞았다.

니시아자부 네거리에서 히로오 쪽으로 걸어가다 보면 이 바가 있다. 바로 옆에 있는 이탈리안 레스토랑과 함께 에리가 좋아하는 가게다. 츠치야와도 몇 번 식사를 즐겼다.

"도저히 안 되겠다는 거예요?"

하지만 오늘 밤처럼 무거운 기분으로 이 스툴에 앉았던 적은 한 번도 없었다.

"상속을 포기해도?"

츠치야는 한숨을 쉬었다.

"그런 말을 하는 게 아니지."

비 내리는 날의 바는 따스하고 조용하고 푸근했다. 예전에는.

"나는 그런 말을 하고 있는 거예요."

에리는 흥분하지 않도록 애쓰면서 그렇게 말하고, 라임을 띄운 페리에를 한 모금 마셨다.

츠치야는 어찌해야 할지 모르겠다는 표정만 지을 뿐 아무 대꾸가 없다.

"저 말이죠."

에리는 간신히 밝은 목소리로 말했다.

"우리, 당신 장례식에도 안 갈게요. 약속해요."

우리란 에리와 아기를 뜻한다는 것을 아는 데 몇 초가 걸렸다.

"절대. 안심해요. 아무도 모르게 할 테니까."

츠치야는 위스키 잔을 들었다가 마시지 않은 채 그대로 받침 위에 내려놓았다.

"에리."

신음하듯 말한다.

"누가 알고 모르고, 그런 걸 문제 삼는 게 아니야."

자신이 좋아하는 남자를 괴롭히고 있다는 생각은 에리에게 큰 고통이었다.

"그럼, 뭐가 문제인데?"

"에리와 나."

에리는 얼굴을 들고 츠치야를 빤히 쳐다보았다.

"나와 당신의 뭐?"

"관계."

내뱉듯 툭 말하고는, 츠치야는 담배에 불을 붙였다.

"아이가 생기면, 지금까지 지내왔던 것처럼은 지낼 수 없잖아."

"지금보다 더 좋아질 거예요."

에리는 단호하게 말했다.

"과연 그럴까."

"그럼요."

그렇게 단언하고 당근 스틱을 깨문다. 둘 다 아무 말 없이, 츠치야는 담배를 피우고 에리는 당근 스틱을 먹는다.

"그래도."

당근을 꿀꺽 삼키고 에리가 말했다.

"그래도 싫다면, 헤어질게요. 당신 잘못이 아니니까. 나의 임신에 대해서도 당신은 그냥 모른 척하고 있으면 돼요. 나도 절대 말 안 할 테니까."

그렇게 말하고 나자, 에리는 슬퍼서 견딜 수가 없었다. 츠치야는 왜 그런 결론이 나오는지 오리무중이었다.

일을 끝낸 에미코가 부랴부랴 도착했을 때, 모두는 식사를 마치고 술과 커피와 디저트를 먹고 있었다.

"축하해요. 정말 잘됐네."

소우코에게 그렇게 말하고 포도주 잔을 들었다.

"축하해."

옆에 있는 도우코에게도 말했다.

"저 사람이 소우코의 남편 될 사람이니? 성실하게 생겼네."

후지오카를 보고서 감상을 말한다.

"성실하고 체력도 좋아 보이는데."

게다가 경제력까지, 하고 생각했지만 말은 하지 않았다.

"정말 잘됐다."

다시 한 번 말했다. 자신은 비록 이혼했지만 다른 사람의 결혼을 기뻐하고 축하하는 마음에 거짓은 없으니 흥미로운 일, 이라고 생각한다.

"아, 배고파. 와, 다 맛있겠다."

테이블을 훑어보며 에미코는 그렇게 말했다.

후지오카는 미즈누마와 열심히 얘기를 나누고 있었다. 서로가 하는 일과 회사에 대해 얘기하는 모양이다. 도우코와 소우코는 신기한 기분으로 그 광경을 바라보았다. 우리들의 남편들.

창가에서 커피를 마시며 담소하는 야마기시와 미치코와 마리에 역시 신기한 기분으로 바라본다.

"인생이란 참 알 수 없는 거네."

소우코가 뜬금없이 말했다.

늦게 온 에미코를 위해 레이코는 부엌에서 수프를 데웠다. 완자와 중국 파슬리로 만든 수프다. 오늘 요리는 모두 평이 좋았다. 거실에서 친구들이 즐겁게 얘기하는 소리가 들린다. 오늘 파티는 대

성공이다.

하지만 츠치야는 아직 오지 않았다.

─이제 만나지 않는 게 좋을지도 모르겠네.

택시에 오르기 직전, 에리는 그런 말을 했다. 잠이 온다는 에리를 택시에 태우고 혼자서 다른 술집으로 발길을 돌린 츠치야는 우울한 기분으로 위스키를 마시고 있다.

에리의 자유로운 감각을 좋아했다. 츠치야 씨, 라고 부를 때의 밝은 목소리와 툭하면 키스를 하는 버릇과 좀 엉뚱하고 천진한 사고방식을 좋아했다.

이제 썰물처럼 물러날 때인지도 모르겠다.

그렇게 생각했다. 자신과 헤어지는 한이 있어도 아이를 낳겠다고 고집하는 여자의 마음을 이해할 수 없었다.

담배를 물고 불을 붙인다. 에리든 사쿠라코든, 요즘은 여자들이 벅차다. 자신에 대한 사쿠라코의 정열, 아이에 대한 에리의 정열이 츠치야는 그저 당혹스러울 뿐이다.

물러날 때다.

솔직하게 살아왔다고 생각한다. 좋아하는 일을 하면서 좋아하는 여자와 짧지만 정직한 사랑을 했다. 여자에게는 경의를 표하지만, 여자에게 휘둘리는 성격은 아니라고 생각한다.

위스키를 다시 한 잔 주문하고 츠치야는 자신의 나이를 생각했다. 자신의 나이와 그리고 레이코의 나이를.

가정으로 돌아가기에 적당한 때인지도 모른다.

후지오카는 호쾌하게 술을 마셨다. 소우코의 가족과 친구들을 만나는 것은 아주 흥미로운 일이었고, 원래부터 자신은 사교적인 사람이라는 생각도 갖고 있다. 그래서 더욱 결혼하면 자주 만나게 될 사람들 앞에서 호방하고 곰상곰상하게 행동했다. 자신을 선택해준 소우코에게 후회를 안겨주고 싶지 않았다.

차타니 마리에는 소우코에게서 여러 차례 얘기를 들었던 야마기시 선생의 실물을 직접 보고는 그 좋은 인상에 놀랐다. 다감하고 푸근한 남자라고 생각했다. 할아버지의 젊었을 때 사진처럼 선이 가늘고 기품이 있었다. 그리고 이런 자리에 어울리지 않는다는 느낌도 들었다. 본인도 자각하고 있는지, 왠지 거북해 보였다.

"난 동물을 키워본 적이 없어요. 살아서 움직이는 것은 별로 좋아하질 않아서."

마리에가 그렇게 말하자, 야마기시는 눈가에 미소를 머금고 답했다.

"수의사란 사람이 이런 말을 하기는 좀 뭐하지만 압니다, 그 심정. 나도 다음 세상에 태어나면 아마 마리에 씨처럼 살지 않을까요. 살아 있는 것 없이."

마리에는 '살아 있는 것'이 개나 고양이만을 가리키는 것이 아님을 알 수 있었고, 야마기시가 자신과 아주 비슷한 종족이라는 느낌도 들었다. 그리고 미치코가 이렇게 불편해하는 야마기시에게 무관심한 것도 불만스러웠다. 애당초 이런 자리에 야마기시를 초대한 소우코가 무심한 것이다.

"베란다로 나갈까요?"

마리에는 미치코를 보고서, 야마기시가 아니라 미치코에게 그렇게 물었다.

"비가 오는데요?"

미치코가 대답했다. 마리에는 바깥 날씨조차 잊고 있었던 자신의 정신 상태에 어이가 없었다.

"창문을 좀 열면 어떨까요. 조금은 공기가 좋아지겠죠."

야마기시가 말한다. 마리에는 오랜만에 사랑을 예감했다.

9시 반이 되자 사쿠라코의 답답함은 거의 한계에 도달했다. 첫 번째로 와서 츠치야가 오기만을 기다리고 있는데, 정작 츠치야는 나타나지 않고 있다. 모두 쓸데없는 얘기나 하면서 웃고 떠들고, 배경음악은 음울한 아일랜드 음악뿐. 정성 들여 만든 베트남 요리도, 그 솜씨를 칭찬하는 사람들의 속 빈 말투도 하나같이 견디기 힘들었다. 부엌에서는 레이코가 꽃 가게 아줌마를 위해 음식을 일일이 데우고 있다.

"저, 오늘 아저씨는요?"

부엌에 가서, 과감하게 물어보았다.

"응?"

돌아보는 레이코 옆에서 꽃 가게 아줌마가 잡채를 우물우물 먹고 있다.

"글쎄. 오겠다고는 했는데, 잘 모르겠네."

아내답게 미소 지으며 답하는 레이코에게 사쿠라코는 화가 났다.

"일 때문인가요?"

"응. 많이 바쁜가 봐."

마침 그때, 도우코가 부엌으로 들어왔다.

"여기 있었네. 뭐 하는 거야, 여자 셋이서."

그러고는 에미코를 향해 말했다.

"소우코가, 에미코에게 부케 부탁하고 싶다는데."

"여부가 있나요."

꽃 가게 아줌마는 포도주 한 모금에 잡채를 꿀꺽 삼키고 물었다.

"날짜는 잡았어?"

사쿠라코는 눈을 감고, 조그맣게 심호흡을 했다. 그때 이 부엌에서 츠치야는 내게 열쇠를 건네주었다.

─먼저 가서 기다리고 있어.

그날 츠치야는 사쿠라코의 귀에 그렇게 속삭였다. 바로 옆에 레이코가 있는데도.

"고지마 씨, 왜? 무슨 일 있어?"

레이코가 물었다. 퍼뜩 정신을 차리고 보니, 부엌에는 단둘이 남아 있었다.

"저, 츠치야 씨와 사귀고 있어요."

사쿠라코는 불쑥 그렇게 말했다. 도전적인 말투라는 것을 자신도 느낄 수 있었다.

물러서지 않는다.

사쿠라코는 그렇게 다짐하고, 레이코의 얼굴을 똑바로 쳐다보았다.

어느 여름날

마혼이란 나이가 문제인 것은 아니었다.

늦은 밤, 마리에는 복어구이 안주에 백포도주를 마시면서 생각한다. 앞으로 반년이면 마흔 살이 되는 자신의 나이는 문제가 아니었다. 나름대로 일도 하고 있고, 몇 번은 연애도 했고, 이리저리 여행도 다녔다. 맛있는 것도 먹고, 골프와 음악과 다이빙을 즐기는 한편 재테크도 하고 자신에게도 어느 정도는 투자를 했다. 젊음밖에 없는 여자들과는 상황이 다르지만, 젊음을 고마워하는 남자에게는 별 관심이 없다.

편지는 아주 간단하게 썼다. 만나서 즐거웠다, 그날 말이 지나쳐 실례를 했는지도 모르겠다, 근일 중에 소우코와 후지오카, 야마기시와 미치코―물론 미치코까지 포함시켰지만, 편지를 우편으로 보낸 것이 아니라 소우코에게 전해달라고 맡겼으니까, 형식적인 발언이라는 것은 눈치 챌 것이다―그렇게 다섯이서 식사라도 한번 하자는 말로 끝냈다. 전화번호는 쓰지 않았다. 알려고 하면 얼마든지 알 수 있으니까.

섬세한 남자였다. 차분하고, 깔끔하고.

마리에는 잔에 포도주를 더 따르며 그날 일을 다시 한 번 떠올렸다. 그러기를 벌써 쉰 번은 계속하고 있지만, 그런데도 신선함이 가시기는커녕 새록새록 더하는 듯하다.

—부럽군요.

온화한 목소리로 야마기시는 말했다.

—혼자서 생활하고 있다니. 유혹이 많았을 텐데, 올가미를 식별하는 안목이 있다는 뜻이겠죠.

공치사라는 것은 알지만 그래도 기뻤다. 솔직히 말하면, 공치사란 껍질을 씌운 속내라는 것을 알기에 기뻤다. 체질적으로 고독을 이해하는 남자다.

—이야, 다이빙도 합니까?

야마기시는 놀랍다는 듯 그런 말도 했다.

—좋겠습니다. 아름답겠죠, 바다 속. 아무런 잡음도 없고.

야마기시와 함께 바다 속을 유유히 헤엄칠 수 있다면 즐거울 텐데, 하고 생각했다. 손을 잡고 안내할 수 있다면. 말을 사용할 수 없는 물속에서도 많은 감정이 오갈 수 있으리라.

나이는 문제가 아니었다. 문제는 자신이 연애의 시작에 부수되는 절차, 사소하면서도 멋지고 행복한 절차 하나하나를, 어떻게 쌓아가고 끌어가야 하는지, 그 과정과 방법을 까맣게 잊어버렸다는 것이다.

7월. 도우코는 온 세상 구석구석을 채우고 있는 넘쳐날 듯 하얗고 눈부신 햇살을 온몸으로 만끽하면서 역까지 가는 길을 걸었다. 히로오라는 거리를 좋아한다. 미즈누마와 둘이서 살고 있는 곳.

전철을 타고 10분 정도, 약속 장소로 걸음을 서두른다.

에미코는 벌써 자리에 앉아 있었다. 도우코를 보더니, 큰 입을 양쪽으로 활짝 벌리고 상큼하게 웃으면서 한 손을 들었다.

"잘 지냈어?"

도우코는 에미코와 마주 앉으면서 말했다. 오랜만의 '아내들의 런치'. 창가 테이블에도 햇살이 쏟아지고 있다.

"어머 귀엽네, 그 원피스. 잘 어울린다."

에미코가 눈을 가늘게 뜨며 칭찬했다.

"고마워."

에미코가 굳이 말하지 않아도, 민소매에 네모진 네크라인, 감색 바탕에 자잘한 물방울무늬가 들어 있는 이 원피스가 자신의 하얀 피부와 가녀린 손발을 한껏 드러내준다는 것을 도우코도 알고 있었다.

"에미코 씨, 그러면 안 돼. 이 사람 진심인 줄 안다니까, 칭찬해주면."

선글라스를 낀 레이코가 서 있었다.

"미안, 미안. 좀 늦었지."

도우코의 옆 자리에 앉아 몸을 약간 뒤로 빼고서 도우코를 물끄러미 바라본다.

"과연 어울리기는 하는데, 이런 사람은 칭찬해주면 안 돼. 칭찬을 먹고 점점 더 예뻐지니까."

낮지만 재미있어하는 목소리였다.

세 사람은 각자 식전에 마실 술을 주문하고는 서로에게 새삼 잘 있었느냐고 물었다.

짜증스러울 정도로 날씨가 좋다.

아야는 공원 벤치에 앉아 하늘을 올려다본다. 오늘 아들 유이치는 식물원에 체험 학습을 갔다. 식물원에는 어떤 식물이 있을까, 하고 멍하니 생각한다. 지금쯤 아들이 보고 있을, 색다른 그 식물들을 자신도 과거에 어디선가─가령 체험 학습 때 간 식물원에서─보았을까. 학교는 왜 아이들을 식물원 같은 곳에 데리고 가는 것일까.

어젯밤, 신이치와 말다툼을 했다. 남편 신이치는 구두쇠인 데다 사고방식도 좀 삐딱하다, 고 생각한다. 신이치는 아야가 시아버지의 생신 선물로 보낸 전통 과자가 과하게 비싸다고 야단을 했다. 거기서 끝났으면 아야도 그렇게 화가 나지는 않았을 텐데, 그렇게 맛도 없고 비싸기만 한 과자를 해마다 보내는 것은 아야가 허영심이 많은 탓이라고 했다. 친정에는 그런 선물을 보내지 않는 것이 증거라면서 몰아붙였다.

─당신 부모니까, 신경을 쓰는 거지.

아야가 그렇게 말하자 신이치는 피식 웃었다.

─마음은 없어도 신경은 쓴다 이거지.

그래, 라고 말해버리고 싶었다. 남편을 배려라고는 눈곱만큼도 없는 사람이라고 생각했다. 정곡을 찔려 발칵 화가 났다는 것을 자신도 알고 있지만, 사실을 말해야 할 때와 그렇지 않은 때 정도는 구분해줘야 같이 살아갈 수 있다.

그건 그렇고, 날씨 한번 참 좋다. 아야는 광장 건너 저편에 탐스럽게 피어 있는 빨간 협죽도를 바라본다. 이번 달에도 임신은 실패였다. 이대로 나이만 먹어가나, 하고 생각하면 끔찍했다. 이대로 아무도 이해해주는 사람 없이. 여자 아이가 있으면 조금은 다를 것이라고 생각한다. 다음에 여자 아이가 태어나면.

"헤어지기로 했어."

이제야 생각났다는 듯, 레이코는 가볍게 말했다. 너무도 갑작스러워 에미코와 도우코는 무슨 소리인지 몰랐다.

"벌써 몇 년이나 별거와 다름없이 살았으니까."

레이코는 싱긋 웃었다.

"헤어진다고, 츠치야 씨와?"

파스타를 포크에 둘둘 감던 도우코가 동작을 멈추고 믿을 수 없다는 표정으로 되물었다.

"달리 누가 있는데?"

밤이 되어 미즈누마에게 그 일을 전하면서 도우코는 그렇게 대답하던 레이코가 '순간적으로 굉장히 무서운 얼굴을 했다'고 표현했다.

"그렇게 완전히 마음먹은 거야?"

에미코가 물었다. 레이코는 큼지막한 유리 주전자에서 물을 따라 마시면서 "응." 이라고 대답했다.

"언제?"

도우코가 어리둥절한 목소리로 물었지만, 레이코는 대답하지 않았다.

"괜찮아. 그렇다고 뭐가 변하는 것도 아니고."

하지만 세 사람 모두 뭐가 변하지 않을 리 없다는 것을 알고 있었다.

사쿠라코의 고백은 충격적이었다.

생각지도 못했다. 질투 이전에, 화가 나서 미쳐버릴 것 같았다. 그런 풋내기에게 손을 대다니, 바보가 따로 없다.

―그리고, 몇 번 미행을 하면서 알았는데 나뿐만이 아니에요, 츠치야 씨가 사귀는 여자.

말하지 않아도 알고 있었다. 어제오늘 시작된 일이 아니다. 이 아이는 내가 대체 몇 년을 츠치야 옆에 있는지 알기나 하는가. 레이코는 미소 짓고 있는 자신을 느꼈다. 화가 치밀어 금방이라도 정신을 잃을 것 같은데, 아주 잠깐이지만, 사쿠라코가 움찔했다.

사리에 맞지 않는 일이지만 레이코는 사쿠라코에게 배반당한 기분이었다. 다른 여자라면 여자가 아니라 츠치야에게 화가 났을 테지만 사쿠라코는 달랐다. 그렇게 귀여워했는데. 아직 어린애 주제에, 시치미 뚝 뗀 얼굴로.

— 왜 그런 걸 내게 가르쳐주지?

놀랍게도 레이코의 목소리는 온화하게 울렸다. 온화하고 차분하게.

— 당신이 불쌍해서요.

사쿠라코는 레이코가 아니라 당신이라고 했다.

— 당신이 이런 집에서 나는 행복합니다, 나는 모든 걸 갖고 있어요, 하는 얼굴을 하고 있기 때문에. 사실은 그렇지 않은데. 사실은 이렇게 태평스럽게 파티나 열 처지가 아닌데.

레이코는 아무것도 할 필요가 없었다. 굳이 하지 않아도 사쿠라코 자신이 스스로를 궁지에 몰아넣고 있었다.

— 사실은 그렇지 않은데. 당신은 예쁘고 여자답고, 일도 잘하고 결혼도 했고, 친구도 많다고, 그러니까 나는 행복하다고 생각하고 있죠? 하지만 당신이 모르는 곳에서 츠치야 씨는 나를 만나 식사도 하고 같이 수영도 하고 플라네타륨에도 가고, 물론 섹스도 했어요. 드라이브도 하고.

사쿠라코는 금방이라도 울음을 터뜨릴 듯 울상이었다.

—작업실 열쇠도 주었고, 휴대전화 번호도…….

레이코는 한숨을 쉬었다.

—이제 됐으니까, 그만 해.

분노는 이미 말끔하게 사라지고 없었다. 다만 지독한 피로감이 밀려왔다. 그리고 사쿠라코가 가여웠다.

그때, 레이코는 헤어질 결심을 굳혔다.

도우코는 디저트로 나온 자두 푸딩에는 손도 대지 않고 친구의 이혼을 막으려고 고심했다.

"에미코 씨도 뭐라고 좀 해봐. 서둘러 결론 낼 필요 없다고."

레이코는 고개를 저었다.

"서두르는 거 아니야."

츠치야에게는 그날 밤 이혼을 통고했다. 사쿠라코에게 들은 얘기를 전하자, 츠치야는 뭐라고 변명을 하려다 그만두고는 깨끗하게 고개를 숙이고 사과했다.

—약속할게. 그녀와는 두 번 다시 안 만나. 다른 여자와도.

하지만 레이코는 어느 쪽이든 이미 상관없었다. 이렇게 된 원인은 사쿠라코가 아니고, 다른 한 사람—한 사람인지 두 사람인지 알바 아니지만—도 아니다. 오로지 츠치야였다.

"혹시 비 러브드 와이프란 말 알아?"

에미코가 불쑥 물었다.

"비 러브드 와이프?"

되묻는 도우코에게 에미코가 설명했다.

"왜 외국영화에 곧잘 그런 장면이 나오잖아. 여자가 죽으면, 비석에 그렇게 새기잖아. 사랑받은 아내였으며 좋은 엄마였다, 뭐 그런 말."

"아아, 소설에도 나오지."

레이코가 맞장구를 쳤다.

"그걸 볼 때마다 나 이런 생각이 들더라. 무덤에서 얼마나 많은 여자들이 항의 소동을 벌일까 하고 말이야."

레이코가 웃음을 터뜨렸다.

"그런 이상한 생각도 하는구나."

"왜, 비석에다 그런 말을 새기는 사람은 남편이거나 자식일 거 아냐?"

"하긴 그렇다."

소리 내어 웃는 두 여자 친구를 도우코는 묘한 기분으로 바라보고는 자두 푸딩을 한 숟가락 떠서 입에 넣었다.

"그만 가봐야겠다. 오후에 회의가 좀 있어서."

간신히 웃음을 멈춘 레이코가 에스프레소를 다 마시고는 냅킨으로 입을 닦으며 말했다.

그래도 '비 러브드 와이프'이고 싶었다.

그렇게 생각은 했지만 말은 하지 않았다.

"또 산책 가는 거니?"

스에코는 마치 등에 눈이 달려 있는 것 같다, 고 에리는 문을 열면서 생각했다.

"응. 금방 올게."

손을 뒤로 돌려 문을 닫는다. 무더운 오후다.

임신 6개월에 들어섰는데, 에리의 복부는 배에 약간 살이 찐 정도의 변화밖에 보이지 않았다. 의사는 원래 그렇다고 하지만 에리는 불만스러웠다. 얼른 불렀으면 좋겠는데, 하고 생각한다. 츠치야의 아이를 하루 빨리 실감하고 싶었다.

—이제 만나지 않는 게 좋을지도 모르겠네.

그렇게 말한 지 두 달이 지났다. 그 후로 츠치야에게서는 아무 연락이 없었다.

츠치야 다모츠를 정말 좋아했다. 보송보송한 피부와 검고 풍성한 머리, 듬직한 팔, 서로 꼭 껴안았을 때의 그 느낌.

이제는 정말 만날 수 없을지도 모른다.

그렇게 생각하자 죽고 싶었다. 자신이 결정한 일이라고 생각하는 한편으로 꼭 다시 만날 수 있을 것이라고 믿고 싶었다.

—에리가 제일 좋아.

츠치야는 몇 번이나 그렇게 말했다.

—에리와 함께 있으면 마음이 착 가라앉아.

—좋겠어, 에리는.

기억을 차단하듯 에리는 얼른 눈을 감는다. 얼굴을 든 채 감은 눈꺼풀 위로 한여름의 햇살을 맞았다.

"편지는 전했는데."

점심시간의 끽연실, 소우코는 말하기가 난처하다는 투였다. 손수건과 지갑, 칼민과 휴대전화가 든 조그만 토트백이 무릎에 놓여 있다.

"그랬는데, 뭐?"

마리에는 고개를 돌리고 기분 좋게 담배 연기를 뿜어낸다.

"야마기시 선생님, 힘들지도 몰라요."

마리에는 고개 숙인 채 미소를 머금었다.

"경험상?"

그만 그렇게 묻고서, "미안하다."고 이내 사과했다.

"기분 나빴어?"

"아니오."

대답은 그렇게 했지만 얼굴에는 불쾌함이 그대로 드러나 있어, 마리에는 그만 또 웃고 만다.

"소우코 너, 진짜 솔직하다."

소우코가 일방적이지만 한결같이 야마기시를 사모해온 긴긴 세월을 마리에는 곁에서 죽 지켜보았다. 후지오카와 결혼하기로 결정한 지금 역시, 소우코의 내면에서는 여전히 야마기시가 특별한 존재로 자리하고 있으리란 것도 알고 있다. 하지만 오랜만에 느끼는 사랑의 예감이었다.

"야마기시 선생님, 에너지가 없대요."

소우코가 말했다.

"뭐?"

"선생님이 전에 내게 그랬어요. 자신에게는 여자들 같은, 연애에 대한 강렬한 에너지가 없다고."

마리에는 고개를 갸웃거렸다.

"그러니?"

에너지가 있어서 연애를 하는 것이 아니라 연애가 에너지를 낳는다고 생각했지만, 말하지 않았다.

"이제 가자."

담배를 재떨이에 비벼 끄고 마리에는 일어섰다.

계산을 끝내고 밖으로 나오니, 눈앞이 어질어질할 정도로 햇살이 환했다.

도우코는 레이코의 갑작스러운 결심과 그 침착함을 믿을 수 없었다. 에미코도 그렇다. 이혼으로 야기되는 현실과 그 혹독함을 레이코에게 가르쳐주는 것도 좋을 텐데.

"맛있게 먹었다."

짧은 계단을 내려가면서 레이코가 말했다.

"그래."

에미코도 만족스럽게 숨을 내쉬었다.

집에 가면, 하고 도우코는 혼자 생각한다. 집에 가면 소우코에게 전화를 걸어서, 이혼을 결심할 때는 사전에 의논을 하라고 말해야겠다.

문득, 곤도의 얼굴이 떠올랐다.

─만나고 싶었습니다.

만날 때마다 절박한 목소리로 그렇게 말하고 힘껏 도우코를 껴안는 곤도.

그래봐야 정사는 어차피 정사야.

도우코는 자신에게 말하듯 생각한다. 레이코는 옛날부터 지나치게 진지했다.

"역시 잘 어울린다, 그 원피스."

뒤에서 말하는 소리에 돌아본 도우코에게 레이코는 빙긋 웃어 보였다.

진료실에서 오후의 홍차를 마시면서 야마기시는 마리에의 편지에 대해 생각했다. 반듯한 글씨로 쓴 편지였다. 예의에 어긋나지 않으면서 의지는 분명한.

문제는 마리에가 아니었다. 파티에서 처음 만난 마리에는 총명하고 분별력 있는 여자로 보였다. 얘기도 잘 통할 것 같았다.

상대가 무언가를 원해도 들어줄 수 없다는 것을 잘 아는 야마기시는 그런 상황이 거북했다.

하지만 마리에는, 하찮은 것을 원할 여자로는 보이지 않았다.

"이것 좀 들어요."

미치코가 들어와 조그만 과자가 담긴 접시를 놓고 갔다.

"고마워."

꽤나 화창한 날이다. 이 동네는 주택가라서 오후의 이 시간대에는 죽은 듯이 조용하다.

오전에 어린 블루 테리어에게 예방접종을 했다. 왼쪽 뒷다리에 뻘건 상처가 생긴—보나마나 싸우다 난 상처였다—얼룩 고양이도 치료했다. 여느 때와 다름없는 하루.

문제는 마리에가 아니었다.

야마기시는 일어서서 빈 잔과 찻주전자와 접시를 쟁반에 담아 들었다.

근일 중에 식사라도.

편지에는 그렇게 쓰여 있었고, 미치코의 이름도 빠짐없이 있었다. 하지만 그런 편지를 받았다는 말을 미치코에게는 하지 않았다.

마리에와 여유롭게 얘기를 나누고 싶다.

문제는, 그런 생각을 하는 자신이었다.

"어머, 지금 가지러 가려고 했는데."

거실에서 잡지를 읽던 미치코가 고개를 들고 쟁반을 받아 들면서 말했다.

큼지막한 유리창 너머로 마당이 보인다. 부인의 장미원에서 알록달록 화사한 장미가 한창 자태를 뽐내고 있다.

사랑의 마법, 소설의 마력

에쿠니 가오리 씨의 소설을 읽다 보면 때로 연애란 어딘지 모르게 죽음과 비슷하다는 생각을 하게 된다.

자신이 자신이 아닌 무엇으로 변해가는 그 감각. 육체는 여기에 있는데 마음은 허공을 떠돌면서 어딘가 얼토당토않은 곳으로 가려 한다. 아무도 막을 수 없다. 그리고 도저히 돌아갈 수도 없다. 그런 불안이 전신을 감싸 가끔은 공포마저 느낀다. 하지만 그것은 아주 감미로운 공포다.

이렇게 썼다가 『장미 비파 레몬』이 죽음을 테마로 한 소설처럼 여겨지면 곤란한데, 아무튼 사랑과 연애는 언제든 사람의 혼을 빼앗아가는 것이라는 말을 하고 싶었다.

정말 연애란 불가사의하고 성가신 것이다.

기쁘고 즐겁고 행복하고, 세상 어느 누구에게나 친절해지니 내가 이렇게 좋은 사람이었나 하고 혼자 키득키득 웃는 순간이 있는가 하면, 애틋함과 슬픔과 분노에 머리칼을 쥐어뜯고, 질투와 증오에 휩싸이고, 세상의 행복한 것 모두를 미워하는 자신을 깨닫고는 입술을 깨물 때도 있다.

그런 것 역시 하나의 작은 죽음이 아닐까 생각한다. 지금까지 지니고 있던 이성과 도덕성이 무너져, 자신이 대체 어떤 사람이었는지 갈피를 잡지 못한다. 하지만 동시에 그것은 재생을 의미하기도 한다. 사랑을 하는 순간, 지금까지 몰랐던 자신이 반짝 눈을 뜨고 숨 쉬기 시작하니까.

이 소설은 그야말로 사랑 앞에서 위태로이 흔들리는 여자와 남자를 그린 작품이다.

겉으로는 평온한 결혼 생활을 하고 있는 것처럼 보이는 도우코와 그녀의 남편 미즈누마. 두 사람의 결혼식 때 웨딩 부케를 만들어 준 인연으로 알게 된 꽃 가게 에미코와 그녀의 남편 시노하라. 도우코의 고등학교 시절 친구이며 잡지 편집자인 레이코와 레이코의 남편 츠치야, 그리고 그의 애인인 모델 에리. 레이코의 회사에서 아르바이트를 하는 사쿠라코. 도우코와 사랑에 빠지는 곤도와 그의 아내 아야. 언니의 옛 연인이었던 야마기시를 지금도 사랑하고 있는 도우코의 여동생 소우코. 야마기시의 아내 미치코. 소우코의 직장 선배인 마리에.

이렇게 많은 인물이 등장하면서 인간관계도 복잡하게 얽힌다.

나는 이내 그 가운데 한 사람에게 자신을 적용시켜 스토리의 흐름을 타려 한다. 나는 레이코에 가깝다.

'츠치야는 휴대전화를 갖고 있지만, 레이코는 전화를 건 적이 없다. 가령 지금 츠치야가 다른 여자와 함께 있는데, 그런 데다 전화를 걸어 당혹감이나 낭패감 혹은 성가심, 아니면 그 모두가 섞인 절대 유쾌하지 않을 목소리를 듣고 싶지 않았다. 한편, 츠치야가 본인의 말대로 혼자 작업실에 있다면, 그런 데다 또 전화를 거는 의심 많은 아내가 되고 싶지도 않았다.'

이런 문장을 읽으면 레이코의 감정을 너무도 잘 아는 탓에 숨이 갑갑해질 정도다.

한편 야구 연습장에서 방망이를 휘두르는 소우코의 기분 역시 충분히 이해할 수 있다. 나 역시 그렇게 불쾌하고 우울했던 시절이 있었다. 하지만 만약 미즈누마 같은 남자와 결혼했다면 도우코처럼 애견과 꽃에 묻혀 지낼 수 있었을지도 모른다. 젊고 날씬한 데다 간결하고 단적으로 애정을 표현하는 할머니와 같이 산다면 에리가 되었을지도 모른다. 에미코가 되었을 가능성도 없지는 않다. 만약 남자로 태어났다면, 츠치야나 야마기시가 되었을지도 모르고.

그리고 깨달았다.

이 소설의 등장인물 중 한 사람과 자신을 견주어 읽는 것이 좋은 방법은 아니라는 것을. 지금은 그렇게 살고 있지 않아도, 내 안에는 어쩌면 그렇게 살았을지도 모르는 많은 인생이 있고, 등장인물들이 앞서 그것을 찾아내서는 스르륵 내 안으로 들어와 있다. 그리고 나는 나중에야 그 인물이 나와 어느 면에서 일치한다는 것을 안다.

그러다 보면 누구는 옳고 누구는 그른 것이 아니라는 사실이 소리 없이 드러난다. 모두가 옳기도 하고 모두가 그르기도 하다. 모두가 사랑스럽고 모두가 어리석다. 모두가 거짓말쟁이이고 모두가 웃음이 나올 정도로 정직하다.

이 작품을 읽으면서 나는 소설을 읽는 새로운 방법을 터득한 것 같다.

에쿠니 씨의 작품 중에 이렇게 많은 사람이 등장하고 또 등장인물 전원의 시점에서 쓰여진 소설은 없지 않을까.

이 소설을 쓸 당시(이건 전적으로 나의 상상이지만), 혹시 에쿠니 씨가 인간과 인간의 마음과 그 모순에 대해 혼란을 겪고 있지 않았을까 하고 생각한다.

혼란에 필요한 것은 상상력이다. 당시 에쿠니 씨의 상상력—자신이 아닌 누군가를 천착하는—이 이 소설에 가득 담겨 있을 것이란 생각이 많이 든다.

이런 말을 하자니 새삼스럽지만, 에쿠니 씨의 소설은 늘 완벽하게 에쿠니 씨의 세계이다.

에쿠니 씨의 소설을 즐겨 읽는 사람이라면 이 말을 충분히 이해할 수 있을 것이라고 생각한다.

독자의 한 명으로, 또 소설가의 한 명으로 에쿠니 씨가 그리는 세계는 어쩌면 이렇게 내가 사는, 그리고 내가 상상하는 세계와 다른 것일까 하고 늘 감탄한다.

예를 들면 이렇다.

복작복작하게 어질러진 방, 조금은 쇠락한 상점가, 목둘레가 쩍 늘어진 티셔츠, 그런 것들도 에쿠니 씨의 세계에서는 뭐라 말할 수 없는 매력을 지니고, 그 자체로 정당하고 아름답게 느껴진다. 에쿠니 씨의 손에 닿으면 모든 것이 금가루를 뿌려놓은 것처럼 빛나기 시작한다.

그래서 나는 에쿠니 씨의 소설을 손에서 놓지 못한다. 늘 곁에 두고 몇 번이든 거푸 읽는다. 그리하여 내 퇴색한 일상에도 금가루가 뿌려지도록. 때로는 내가 쓰는 소설에도 그 가루를 조금 얻어 뿌린다. 시와 음악, 그리고 그림 같은 에쿠니 씨의 문장은 지금의 내게는 없어서는 안 되는 소중한 존재이다.

실은 며칠 전에 에쿠니 씨를 만나는 영광을 누렸다.

그때 에쿠니 씨가 한 말이 잊히지 않는다.

"연애는 어느 한 점을 돌파하는 것이라고 생각해요."

얼굴이든 목소리든 성격이든 섹스든, 아무튼 한 점을 돌파하는 데서 연애는 시작된다.

"평균적으로, 두루두루, 대충, 그런 걸 생각하니까 연애를 못 하는 거지요."

옳은 말이다.

연애란 어차피 예사로운 게 아니니까. 정상에서 얼마나 벗어났
는지, 그 정도만큼 연애의 참맛을 누릴 테니까.

한 여자로서, 또 소설을 쓰는 사람으로서 지금 에쿠니 씨의 소설
을 읽을 수 있고 앞으로도 계속 읽을 수 있다는 것을 굉장한 행복으
로 여긴다.

유이카와 케이

옮긴이의 말

『장미 비파 레몬』은 살아가는 모습도 성격도 다른 아홉 명의 여자—도우코, 소우코, 미치코, 에미코, 레이코, 에리, 사쿠라코, 마리에, 아야—가 알록달록 엮어낸 태피스트리 같은 소설입니다. 그녀들은 결혼을 했거나 혹은 하지 않았거나, 사랑에 빠져 있거나 혹은 빠져 있지 않거나, 사랑하면서도 이별을 준비하거나 혹은 사랑에 끈질기게 집착하거나 하면서 서로 다른 삶의 스토리를 빚어냅니다.

그녀들에게 공통점이 있다면, 레이코의 집에서 열리는 홈 파티에 참가하는 멤버라는 것—아야와 에리만 제외하고—, 그리고 그녀들 모두가 결혼이란 울타리 안에 있든, 어떤 형태의 사랑 속에 있든 하나같이 고독하다는 것입니다.

그러니까 『장미 비파 레몬』은 어쩌면 결혼과 사랑이란 아름답고 이상적인 말 뒤에 가려진 여자들의 근원적인 고독을 얘기하는 소설인지도 모르겠습니다.

그녀들의 고독이 가장 첨예하게 드러나는 것은 바로 홈 파티와 '부인들의 런치' 같은 만남의 장입니다.

소박한 음식에 술 한잔을 나누고,

그간의 소식을 나누고 대화하면서 서로의 친분을 다지고,

그렇게 화기애애하게 흘러가는 만남의 시간이 오히려 그녀들이 짊어진 비밀스러운 삶의 무게와 내려야 할 결단과 앞으로의 향방을 새삼 확인케 하는 자리라면 아이러니일까요?

그녀들은 외롭다고, 누구든 사랑해달라고 목 놓아 외치지 않을 만큼 자립적이고,

집요하게 결혼이란 틀을 고수하면서도, 사랑이 무너진 순간 홀로 서기를 결심할 만큼 독립적이며,

사랑을 쟁취하기 위해서는 자존심을 꺾을 만큼 이기적인 한편, 언젠가 찾아올 사랑을 위해 느긋하게 기다릴 줄 알 만큼 대범하고,

미래가 없는 불꽃같은 사랑에 몸을 던질 만큼 과감하고,

때로는 자신의 성실함에 취해 남편의 외도를 눈치 못 챌 만큼 어리석고,

부부 싸움을 하고서도 남편이 보내주는 꽃다발에 웃음 지을 만큼 너그럽고,

자식의 아픔에는 한없이 약하며,

자신의 고독에는 눈물을 삼키는,

여자들 모두의 모습, 바로 우리 안에 있는 여자의 모습입니다.

2008년 연인들의 계절에 김난주